古典詩歌研究彙刊

第一輯

龔鵬程 主編

第7冊

盛唐詩時空意識研究（下）

陳清俊 著

國家圖書館出版品預行編目資料

盛唐詩時空意識研究 (下) ／陳清俊 著 — 初版 — 台北縣永和
市：花木蘭文化出版社，2007〔民 96〕

目 4+182 面；17×24 公分（古典詩歌研究彙刊 第一輯：第 7 冊）

ISBN-13：978-986-7128-92-8（全套：精裝）
ISBN-13：978-986-7128-76-8（精裝）
1. 中國詩－歷史－唐（618-907）2. 中國詩－評論
820.9104   96003201

ISBN - 9867128768

9 789867 128768

古典詩歌研究彙刊
第 一 輯　第 七 冊
　　　　　　　　　　　ISBN：978-986-7128-76-8

盛唐詩時空意識研究 (下)

作　　者　陳清俊
主　　編　龔鵬程
出　　版　花木蘭文化出版社
發 行 所　花木蘭文化出版社
發 行 人　高小娟
聯絡地址　台北縣永和市中正路五九五號七樓之三
　　　　　電話：02-2923-1455／傳眞：02-2923-1452
電子信箱　sut81518@ms59.hinet.net
初　　版　2007 年 3 月
定　　價　第一輯 20 冊（精裝）新台幣 28,000 元

盛唐詩時空意識研究（下）

陳清俊 著

第四章　盛唐詩中時空憂患的消解與超越

　　如前所論，天地間的動植飛潛，其生命莫不受時間的範限與支配，只是人爲萬物之靈，多了一分自覺的能力，是故能覺察到一己生命的時間性。因此，面對生命短暫、時間無情的事實，詩人的感嘆總是不容自已，對永恆的渴慕也益發殷切。由四時日月的推遷，詩人惋惜良辰美景的難留；由歷代古跡的傾頹，詩人體悟到歷史的虛幻；由生死流轉的大痛，詩人感受到生命的無憑；總之，在一切變幻無常的現象中，詩人咀嚼著人生無常的苦澀，心如鐘錘，擺盪在有限與無限兩極之間，爲時間對生命的範限，而耿耿難安、感慨憂傷。

　　至於詩人的空間意識，無論是飄泊異鄉對故園的思念，或是遠離京華對長安的嚮慕，抑或是身處邊塞，征服異域與回歸家國的矛盾，就其根源意義而言，乃是人生歸宿的尋求。然而由於理想和政治現實間的差距，詩人一再詠歎著不當其位，或者無所歸屬的悲歌。人生無根蒂的存在感受，其背後隱含著儒家學說對知識分子的期許，以及通往理想之路的崎嶇難行。

　　然而，抑鬱痛苦、惆悵憂傷，終究不是人情之所願，因此，當背負著深沈的時空憂患，詩人固然不乏一往無悔的精神，但是偶而亦不免要遁入他方，以尋求時空憂患的消解與超越。歸納盛唐詩人詩中所述，其消解之道約有如下數端：

第一節　把酒尋歡忘懷得失

壹、引　言

　　中國是一個講究飲食之美的民族，而飲酒自古即是飲食文化中重要的一環。上自祭祀天地鬼神，下至婚冠喜慶，可謂無酒不足以成禮。而由文學史上的記載可知，飲酒更和文人的生活、情感，乃至詩文創作有著密不可分的關係。

　　以中國文學史中第一部詩歌總集《詩經》而論，其中涉及酒、飲酒的作品即有四十八首之多，可見詩人與酒的結緣實是源遠流長。唯《詩經》的酒詩，大都分布在〈雅〉、〈頌〉之中，故其內容洋溢著王公貴族守禮節飲的意識〔註1〕。《詩三百》之後，漢末的〈古詩十九首〉中，飲酒已脫離了儒家禮教的規範，而成為亂世兒女及時行樂的表徵。〈十九首〉的詩人普遍存在著生命危脆、人壽不永的時間憂患，於是「斗酒相娛」遂成為忘憂的良方了。其後魏晉名士以縱酒佯狂逃避政治的迫害，解脫名教的束縛，竹林七賢相互標榜、唱和，使能酒善飲成為名士的光榮標幟。《世說新語・任誕篇》王孝伯云：「但使常得無事，痛飲酒，熟讀〈離騷〉，便可成名士。」其中雖不無微詞，但亦可見名士風流是和詩酒緊密結合的。

　　然而，若要推舉中國第一個以酒聞名的大詩人，阮籍、嵇康恐怕亦不得不禮讓陶淵明了。陶詩中以飲酒為題者，包括〈連雨獨飲〉、〈飲酒二十首〉、〈止酒〉、〈述酒〉等二十餘篇，其他詩篇提到飲酒之事者，如〈停雲〉、〈時運〉等，不勝枚舉，故後人乃有「陶淵明詩篇篇有酒〔註2〕之說。在〈五柳先生傳〉中，淵明自稱「性嗜酒」；〈歸去來兮辭并序〉中，他指出「公田之利，足以為酒」是他求為彭澤令的理由

〔註 1〕　參見劉揚忠《詩與酒》第二章，頁33。劉先生認為，《詩經》中酒詩多集中於〈雅〉、〈頌〉，應和酒的製造、生產尚未普及，故源於民間的〈國風〉自然較缺乏「酒香」。

〔註 2〕　梁昭明太子蕭統於《陶淵明集・序》嘗云：「有疑陶淵明詩篇篇有酒，吾觀其意不在酒，亦寄酒為跡者也。」

之一。快樂的時候他喝酒，所謂：「揮茲一觴，陶然自樂」（〈時運并序〉）；憂傷的時候他也借酒忘憂，所謂：「中觴縱遙情，忘彼千載憂」（〈遊斜川并序〉）；甚至我們可以說他是無日不飲，無時不飲，在〈止酒〉篇他說：「平生不止酒，止酒情無喜。暮止不安寢，晨止不能起」，凡此皆可見飲酒已經融入他的生活，乃至生命之中。對他而言「酒已從客觀外在之物完全轉化為心靈內在之物，……酒不但成為詩人抒情遣興的重要手段，更成為詩人心態情志的某種特定象徵〔註3〕。」換言之，陶淵明不僅是一個偉大的詩人，還是一個深諳酒中三昧的飲者，正因為他樹立了詩酒相親的典範，後世的詩人無不以能飲善飲自矜自喜。

　　入唐以後，由於大唐帝國經濟的富裕，社會的開放，飲酒的風尚便在經濟社會條件的配合下，更加蓬勃地發展起來。詩人或顧影獨酌，或聚飲為樂。酒席之間，或以酒令助興，或以歌伎侑酒。長安城中，無論豪華風雅的酒樓，抑或是別具風情的胡姬酒肆，都有詩人流連的足跡；至若幽雅怡人的私家林園，更依四時節令而有不同的文會酒會。杜甫筆下的飲中八仙：賀知章、李璡、李適之、崔宗之、蘇晉、李白、張旭、和焦遂，便是在這樣的時代環境下孕育出來的。當然八仙只是盛唐「飲君子」的代表，事實上盛唐詩人可以說沒有不能飲酒的。已入酒仙之籍的太白不論，岑參、高適的邊塞生活，不能無酒，乃至以「奉儒守官」自任的杜甫，「茹素唸佛」的王維，詩中亦時有酒氣。詩人的生活既和酒有不解之緣，當其窮愁憂患之際，飲酒作樂遂成為理所當然的選擇了。

　　東坡〈洞庭春色〉認為美酒「應呼釣詩鉤，亦號掃愁帚」，這兩句千古傳誦的妙喻，點出了詩人偏愛美酒的原因。由於篇幅與主題的限制，對於飲酒與創作間的微妙牽繫，在此不擬討論；以下將僅就酒所以號為「掃愁帚」而立論。

〔註 3〕同註 1，頁 246。

貳、舉杯銷愁是寬心解憂的妙方

對於詩人而言，酒最大的功用不在於口腹的快適滿足，而在於它能消解心頭的煩憂。曹操〈短歌行〉開宗明義道：「對酒當歌，人生幾何？譬如朝露，去日苦多。慨當以慷，憂思難忘。何以解憂？唯有杜康。」可見以酒祛除人生苦短所滋生的煩憂，實是其來有自的傳統。

然而，酒所以能遣愁卻悶，乃在於它能激發詩人的豪情，故能抖落種種陰霾的心境。當詩人酒酣耳熱，逸興遄飛之際，「整個情緒系統得到自然釋放而不受任何世俗的約束與限制，甚至對平時畏懼的那些帝王公侯也可以不予理睬，情感的迫力支持著詩人的主體意志。可以使李白『天子呼來不上船』，『一醉累月輕王侯』，可以使孟浩然『醉月頻中聖，迷花不事君』，亦可使張旭『三杯草聖傳，脫帽露頂王公前』〔註4〕。」這也正是曹植〈酒賦〉中所說，酒能使「質者成文，剛者成仁，卑者忘賤，窶者忘貧。」亦即當酒力在血脈中澎湃醱酵，平素受到禮法壓抑、委屈而不得伸張的真性情，遂鼓蕩噴薄而出；隨著心靈的解放，自有一種笑傲公侯、敝屣榮華的傲骨與狂態。

這分傲骨有時又和俠情相結合。李白詩云：

三盃吐然諾，五嶽倒為輕。眼花耳熱後，意氣素霓生。……縱死俠骨香，不慚世上英。(〈俠客行〉，卷一六二)

託交從劇孟，買醉入新豐。笑盡一杯酒，殺人都市中。

(〈結客少年場行〉，卷一六三)

所謂「酒是英雄膽」，李白筆下這些英雄俠客，所以能夠重然諾、輕生死，意氣如虹、快意恩仇，正得力於杯酒的相助。酒力的刺激使人的情緒顯得格外高昂亢奮，並帶給人勇氣和力量，也因此，盛唐諸公要常遁入酒國醉鄉了。例如：

還家萬里夢，為客五更愁。不用開書帙，偏宜上酒樓。

(張謂〈同王徵君湘中有懷〉，卷一九七)

〔註 4〕見孟修祥〈論中國古代詩人的詩酒精神〉，(《中國古代、近代文學研究》，1994 年，第十二期，頁 8)。

　　　　　男兒軼軻徒搔首，入市脫衣且沽酒。……白酒杯中聊
一歌，蒼蠅蒼蠅奈爾何？（馮著〈行路難〉，卷二一五）
　　　　　客心驚暮序，賓雁下襄州。……且酌東籬酒，聊袪南
國愁。（杜甫〈九日登梓州城〉，卷二三四）

由這三首詩可見，無論是爲客萬里的鄉愁，世路崎嶇的無奈，抑或是
旅雁南翔、時序入秋的驚懼，都有待於飲酒來紓解。興來時，與三五
好友歡飲達旦，不醉無歸；落拓時則獨自典衣沽酒，以慰窮愁；或者
把酒東籬，或者酣飲酒樓，麴糵之中別有一醉人的天地，可以流連忘
返，遣愁散憂。

　　再看以下的篇章：

　　　　　浮埃起四遠，遊子彌不歡。依然宿扶風，沽酒聊自寬。
（王昌齡〈代扶風主人答〉，卷一四〇）
　　　　　窮愁千萬端，美酒三百杯。……所以知酒聖，酒酣心
自開。（李白〈月下獨酌四首・其四〉，卷一八二）
　　　　　客淚題書落，鄉愁對酒寬。先憑報親友，後月到長安。
（岑參〈送韋侍御先歸京〉，卷二〇〇）
　　　　　百壺且試開懷抱，……急觴爲緩憂心擣。少年努力縱
談笑，看我形容已枯槁。（杜甫〈薛端薛復筵簡薛華醉歌〉，卷二
一七）

所謂的時間意識，原是一種生命的醒覺，亦即主體生命清晰而又深刻
地覺察到時間的不可拒、不可留，而就在時間無聲的流淌中，現在走
入過去，新聞變成歷史，少年換了白頭，乃至終成古丘。而空間意識
則是人離開家鄉、故國，永遠在流浪，永遠在追尋的飄泊感；縱使回
到故園、京師，在短暫的安定後，心仍是無法安頓，或許正如西方存
在主義哲學所謂的「異鄉人」的情懷吧！所以說，和時空意識並生的
是一種無以名之，而又蒼涼悲愴的感受，姑且就稱之爲時空憂患。

　　當時空憂患襲上心頭，詩人不免要茫然若失，或竟憂心如結了。
此時心境低迷，思緒糾結纏繞，乃至鑽入死胡同之中，找不到出路，
看不見未來，又如被禁閉在黑暗的牢寵裡，見不到廣大的天地。這時

酒爲疲憊的心靈，滿佈創傷的生命，重新注入活力，酣飲所帶來的豪氣意興，振奮了詩人低迷的心情。而有時，酒以另一種方式安慰愁眉不展、憂心如擣的墨客騷人。淺酌後的微醺能使精神逐漸鬆弛，時空意識所造成的緊張、警醒的狀態，遂得以稍稍緩解。

在上引的篇章中，「寬」、「緩」、「開」等字眼，正動態地說明：在酒的作用下，憂愁苦悶的心靈終能由狹隘而寬廣，由急切而舒緩，或由閉鎖而趨於開放。飲酒足以消解時空憂患的論點，由此可得到明證。

學者認爲陶淵明詩中酒是和田園、山水、松、菊、琴、與詩一起發揮作用的〔註5〕。在李白的酒詩中亦常有他物相隨：

> 今人不見古時月，今月曾經照古人。古人今人若流水，共看明月皆如此。唯願當歌對酒時，月光長照金樽裡。(〈把酒問月〉，卷一七九)

> 花間一壺酒，獨酌無相親。舉杯邀明月，對影成三人。……我歌月徘徊，我舞影零亂。(〈月下獨酌四首・其一〉，卷一八三)

> 東風吹愁來，白髮坐相侵，獨酌勸孤影，閒歌面芳林。……手舞石上月，膝橫花間琴。過此一壺外，悠悠非我心。(〈獨酌〉，卷一八二)

> 白日照綠草，落花散且飛。……彼物皆有託，吾生獨無依。對此石上月，長醉歌芳菲。(〈春日獨酌二首・其一〉，卷一八二)

> 處世若大夢，胡爲勞其生。所以終日醉，頹然臥前楹。覺來盼庭前，一鳥花間鳴。……浩歌待明月，曲盡已忘情。
> (〈春日醉起言志〉，卷一八二)

太白既是詩仙，又是酒仙，照理仙人是逍遙自在、遠離煩憂的；然而，由他的飲酒詩中，我們固然感受到那分干雲的豪氣，與灑脫的風采，但是在杯酒之間，仍可窺見他萬般的窮愁，與生命的苦悶。林繼中〈李

〔註5〕 參見張法《中國文化與悲劇意識》，頁205。

白歌詩的悲劇精神〉說：「李白的痛苦不是簡單的：懷才不遇，李白的痛苦更多的來自：自我超越。他要超越這壓抑他個性的現世間，卻又不能忘懷他強烈的濟世欲求；他要擺脫那屈己干人的痛苦，卻又跌入：苟無濟世心，獨善亦何益（〈贈韋祕書子春〉）的痛苦之中〔註6〕。」的確，由以上的酒詩中我們可以看到一種生命無所依託的憂愁，以及一種誤落人間，屬於謫仙的、天才的寂寞。然而除此外，時間意識亦恆是太白耿耿難安的生命困局〔註7〕。白髮相侵的愁緒、浮生若夢的感喟、以及古今如幻的悲哀，宛如蚌中的砂粒，刺激詩人由痛苦之中孕育出一首首珠圓玉潤的詩篇。

　　在這五首詩裡，花的明媚、清麗，月的皎潔、明亮，令全詩雖有感傷惆悵，卻不黏滯沈鬱；在清冷之中，有一分空靈；在濃郁的詩意裡，蘊含著哲人的玄思；真可說是超世絕塵、風華絕代之作。而酒得花月之助，似乎也盪漾著花香，浮泛著月色。若說其中不免包含著「二分梁甫一分騷〔註8〕」，但應多了幾分的酒意。值得注意的是，李白的酒詩還常伴隨著歌唱，「當歌」、「對酒」已經自然地結合在一起。酒後，他偶爾也隨興而舞，然而相較之下，唱歌無寧是更頻繁的。「閒歌」、「浩歌」，從側面寫出他酒酣後的心境，閑雅、坦蕩、舒暢，也許仍有些許淡遠的寂寞，但所有的惆悵感傷已經脫然忘懷，所謂「曲盡已忘情」是也。總之花、月、酒、與歌的交織，應是太白把酒遣愁之作的一大特色，也是其飲酒詩引人入勝之處〔註9〕。

　　相較於太白花間月下、把酒浩歌的清曠高妙，杜甫的酒詩又是另

〔註6〕文見《文學遺產》，1994年，第六期，頁50。

〔註7〕侯迺慧〈試論李白獨酌詩的時空場景〉，（《政大學報》第六十七期），已經論及時空意識、與懷才不遇是太白獨酌詩中感懷之重要主題。本文在此則側重於飲酒與時空意識之消解的關係。

〔註8〕見龔自珍〈雜詩〉。

〔註9〕同註7。該文以為李白獨酌詩最常見的時間背景為春日、夜晚，空間場景則為花與月；而春、夜、花、月所以成為太白獨酌詩的主要時空場景，正是用來烘托、或反襯詩人的心境。

一番情致：

> 江水東流去，清樽日復斜。異方同宴賞，何處是京
> 華。……狂歌過于勝〔註10〕，得醉即爲家。(〈陪王侍御宴通泉
> 東山野亭〉，卷二二七)

> 別來頻甲子，倏忽又春華。……世路雖多梗，吾生亦
> 有涯。此身醒復醉，乘興即爲家。(〈春歸〉，卷二二八)

> 垂白馮唐老，清秋宋玉悲。……多難身何補，無家病
> 不辭。甘從千日醉，未許七哀詩。(〈垂白〉，卷二三〇)

同樣是時空的意識，李白寫來何其虛妙靈動，杜甫又何其眞切沈痛，
詩仙與詩聖之異同，於此可見一斑。老杜筆下，無論寫傷春悲秋、垂
老多病，抑或是世路多梗、流徙無家，都濡染著發自肺腑深處的血淚。
他的悲苦窮愁是如此深沈，並非淺斟低唱的詩酒風流所能緩解，於是
詩人只有選擇痛飲入醉了。所謂「甘從千日醉，未許七哀詩」，「得醉
即爲家」，其實就是以沈醉不醒來逃避清醒時的痛苦，以醉鄉權充故
鄉。在〈杜位宅守歲〉中，他甚至以「爛醉是生涯」(卷二二四)自
況。由求醉覓醉，而竟至以爛醉爲常事，這樣的陷溺沈淪，其背後隱
含的是老杜幾乎要無以負荷，而又不能不負荷的深悲巨痛啊！然而，
醉是否眞能消解如此的愁？而醉醒之後又如何？醉而醒，醒而復醉，
又何有了結？若說李白把酒酣醉之後，遂將愁懷洗淨，杜甫求醉爛醉
之中，卻又憑添一段深愁。

參、開懷暢飲是及時行樂的寫照

上文中由借酒消愁的角度立論，此處則將從把酒尋歡的角度來考
察。話說酒之爲物，雖只是千萬種飲食中的一項，然而卻深具神奇的
效力，故能雅俗共賞、貴賤同歡。酒的香、醇、濃、烈，不但能讓飲
者口體快適，還能使人精神酣暢，無論微醺，或者陶醉，都是嗜酒者
心靈上莫大的享受。雖然貪杯容易誤事，縱酒難免傷身，但是酒席上

〔註10〕「過于勝」三字，《讀杜心解》、《杜詩鏡詮》皆作「遇形勝」，意較
可解。

各色的美酒，精美的酒器，風雅而熱鬧的酒令，醞釀出觥籌交錯、賓主盡歡的氣氛。迷人的酒文化彷彿在在說明，酒是歡樂的表徵。《禮記‧樂記》云：「酒食者，所以合歡也」，誠非虛言。

不過在詩文中，飲酒不僅只是單純地代表歡樂，它還是把握現在、及時行樂的象徵。這一層意涵，學者常常追溯到〈古詩十九首〉的「服食求神仙，多爲藥所誤，不如飲美酒，被服紈與素」（〈驅車上東門〉）；以及「人生天地間，忽如遠行客，斗酒相娛樂，聊厚不爲薄」（〈青青陵上柏〉）。其實還可以上推到《詩經》，〈唐風‧山有樞〉說：「山有漆，隰有栗。子有酒食，何不日鼓瑟。且以喜樂，且以永日。宛其死矣，他人入室。」可見在文學史的源頭，飲酒作樂即是以對治時間憂患的面目出現。既然死亡帶走一切，當死亡被提出來探討、思索，在世時的快樂便顯得格外值得珍惜，於是酒遂進入詩中，成爲詩人對抗生死無常的憑藉了〔註11〕。

盛唐詩人承繼這一傳統的詩篇亦復不少，例如：

太息感悲泉，人往跡未湮。……且盡登臨意，斗酒歡相親。（蕭穎士〈過河濱和文學張志尹〉，卷一五四）

金石猶銷鑠，風霜無久質。畏落日月後，強歡歌與酒。秋霜不惜人，倏忽侵蒲柳。（李白〈長歌行，卷一六五〉）

今日花正好，昨日花已老。……人生不得長少年，莫惜床頭沽酒錢。（岑參〈蜀葵花歌〉，卷一九九）

且看欲盡花經眼，莫厭傷多酒入脣。……細推物理須行樂，何用浮名絆此身。（杜甫〈曲江二首‧其一〉，卷二二五）

不同出身、不同情性的詩人，在生命中的某一個時期，卻不約而同爲時間的流逝，蒲柳的易衰而感傷。再一次印證，時間意識的確是中國詩人最重要的抒情泉源。面對這一課題，自處之道本來可以有許多，

〔註11〕同註5，頁197。張法說：「人必須死作爲一個驚嘆號出現在人們的心中，死之悲作爲最大的悲被突出出來，生之樂就特別值得追求，特別顯得珍貴。在時光飄忽、人生苦短的死之悲的背境下，在對人生之樂的追求裡，酒的位置一下子就重要起來。」

但是「斗酒相歡」自來就是詩人最先考慮的選擇。生死的問題是極其沈重嚴肅的，而飲酒作樂是輕佻庸俗的，兩者之間迥然不能相稱。可是對中國的文人來說，這宛如已是一則公式，當無可奈何之際，便自然趨向固有的解決之道。

飲酒，固然可以作為袪愁除憂的妙方；然而，當它被視為及時行樂的表徵時，它代表的是一種生活型態的選擇，乃至一種價值判斷。《列子・楊朱》所載的公孫朝、公孫穆的故事，即是最好的例證。朝好酒，穆好色，朝穆認為：「凡生之難遇，而死之易及，以難遇之生，俟易及之死，可孰念哉。……為欲盡一生之歡，窮當年之樂。唯患腹溢而不得恣口之飲，力憊而不得肆情於色；不遑憂名聲之醜，性命之危也。」這實在是最徹底的享樂主義者的宣言，揚棄所有的禮法、使命，而純任自我感官的享受，以豐富的現世生活和死亡的陰影抗衡。當然，感官的縱恣畢竟有時而窮，一旦腹溢力憊，心又如何安頓？所以，詩人雖亦倡言：「為樂當及時，何能待來茲」（〈古詩十九首・其十五〉），但畢竟只是一種悲慨，或者是一種珍惜現世生命的表白，並非真正沈溺在感官世界中。

其實以飲酒為代表的「及時行樂」的生活取向，其內涵是多姿多采的。唐人本就重視豐富的生活情趣和休閒娛樂，舉凡郊遊、賞花、觀舞、聽樂、品茗、飲酒、狎妓，都是文人生活的一部分。而酒與妓更常相提並論：

> 林花掃更落，徑草踏還生。……當杯已入手，歌妓莫停聲。(孟浩然〈春中喜王九相尋〉，卷一六〇)

> 把酒顧美人，請歌邯鄲詞。……平原君安在？科斗生古池。座客三千人，于今知有誰？我輩不作樂，但為後世悲。
> (李白〈邯鄲南亭觀妓〉，卷一七九)

> 謝公自有東山妓，金屏笑坐如花人。今日非昨日，明日還復來。……梁王已去明月在，……莫惜醉臥桃園東。(李白〈攜妓登梁王棲霞山孟氏桃園中〉，卷一七九)

酒與色似乎是焦孟不離的，而「江湖載酒，青樓狎妓，不僅是唐代上

層社會驕奢淫逸生活的具體內容，也是文人士大夫中普遍流行的風氣〔註12〕。」有趣的是，面對美人與醇酒，繁華如夢、歲月如流的感慨，反而隨之而生。在李白的勸酒歌中，同樣看到這種微妙的現象：

> 六帝沒幽草，深宮冥綠苔。置酒勿復道，歌鐘但相催。

（〈金陵鳳凰臺置酒〉，卷一七九）

> 古之帝宮苑，今乃人樵蘇。感此勸一觴，願君覆瓢壺。
> 榮盛當作樂，無令後賢吁。（〈春日陪楊江寧及諸官宴北湖感古作〉，卷一七九）

> 昨日朱顏子，今日白髮催。棘生石虎殿，鹿走姑蘇臺。……君若不飲酒，昔人安在哉！（〈對酒〉，卷一八二）

和攜妓詩一樣，這些勸酒詩都是極力描摹帝王將相、王朝偉業的虛幻，突顯出人生不可再的悲哀，而歸結於及時行樂的主題。在此，飲酒觀妓是主，時間憂懼是賓；甚至可以說，人生無常的感嘆只是爲飲酒行樂所找出來的堂而皇之的理由。然而，從另一個角度說，詩人所以會如此勸說，豈不說明詩人原就相信，把握當下、及時行樂乃是抗衡時間流逝的最佳選擇。

　　無待深論，飲酒，或者說及時行樂，並不是眞正能讓人安身立命的終極價值或歸宿。從負面看，它容易流於消極、頹廢；但若從正面看，它意謂著：「在擯棄虛名等的前提下，追求實實在在的現實快樂與滿足，使自己在短暫的一生中最大限度地體驗人生的快樂〔註13〕」，那何嘗不代表著對人生、生命的寶愛和珍惜！

肆、陶然而醉是契入至道的媒介

　　飲酒所以能驅愁遣憂，在於它能激蕩胸中的豪情，鬆弛緊繃的情緒，故能令人擺脫世俗禮法的束縛，從憂患的情境中脫身而出；飲酒所以是及時行樂的表徵，在於它能增添生活的情趣，爲倉促的一生帶

〔註12〕見李志慧《唐代文苑風尚》，頁248。
〔註13〕見喬健〈論陶淵明超世不絕俗的積極人生選擇〉，（《中國古代、近代文學研究》，1994年第一期，頁145）。

來歡樂與笑聲。然而，無論是及時行樂，或是寬心祛愁，就生命的境界而言，究竟不是最高的層次；所以，好飲的詩人每每試圖將飲酒之樂由形而下提升至形而上的境界。明代的醫藥大師李時珍在《本草綱目》卷二十五中說：「酒，天之美祿也。麵麴之酒，少飲則和血行氣，壯神禦寒，消愁遣興，……邵堯夫詩云：『美酒飲教微醉後』，此得飲酒之妙，所謂醉中趣，壺中天者也。」其中「醉中趣」、「壺中天」，正點出一種近乎審美活動的美感，以及一種逍遙自得的精神世界。這恰是歷代詩人所嚮往的以酒契道的意境。

以酒契道的關鍵乃是醉與忘，由醉而忘，由忘而與道相冥合。然而，要真正達到這樣的境地，首先必須能淡泊名利，具備灑脫豁達的胸懷：

> 北登漢家陵，南望長安道。……人生須達命，有酒且
> 長歌。（王昌齡〈長歌行〉，卷一四〇）
> 皇皇三十載，書劍兩無成。……且樂杯中物，誰論世
> 上名。（孟浩然〈自洛之越〉，卷一六〇）
> 閉門生白髮，回首憶青春。歲月不相待，交游隨眾
> 人。……舉酒聊自勸，窮通信爾身。（高適〈秋日作〉，卷二一四）

這三首詩其構思的方式和前兩類飲酒詩雷同，或由時空意識引發及時行樂的人生觀，或意欲借酒來澆愁；然而，詩中已有意地將飲酒與一種達觀的思想相結合。對名利、得失、窮通、生死的執著罣礙，可說是世俗之人的通病，也是詩人憂愁悲苦的根源。而「達命」代表對人生、命運的通透了解，以及由了解而產生的隨順天命的態度。王翰的〈古蛾眉怨〉說：「人生百年夜將半，對酒長歌莫長嘆。情知白日不可私，一死一生何足算。」（卷一五六）李白的〈將進酒〉則云：「鐘鼓饌玉不足貴，但願長醉不願醒。古來聖賢皆寂寞，唯有飲者留其名。」（卷一六二）其中都可見一種忘懷名韁利鎖，超脫生死憂患的自我期許。不過期許終究只是期許，而不是詩人真正達到的人生境界，理上的知，與實證之間，永遠存在著天壤之別。

　　歷代詩人中，陶淵明向以「不慕榮利」、「忘懷得失」（〈五柳先生傳〉），而爲後人所讚歎。由這樣淡泊豁達的胸懷出發，他的飲酒詩乃能呈現出一種哲思與理境：

　　　　運生會歸盡，終古謂之然。……試酌百情遠，重觴忽忘天。天豈去此哉！任眞無所先。（〈連雨獨飲〉）

　　　　不覺知有我，安知物爲貴。悠悠迷所留，酒中有深味。
（〈飲酒詩二十首・其十四〉）

這些詩句寫的是醉境，但也是道境。所謂不知、安知、迷、忘，正是描摹酒酣之後，悠悠忽忽，忘懷一切的情境；然而忘物、忘我、法天、任眞的體驗，又何嘗不是道家所追求的與道冥合的逍遙境界？所以說，「如果我們將莊子的哲學視爲詩化哲學，那麼，陶淵明的詩就是哲學的詩。無論是莊子或陶淵明，他們都闡明了一種深層的人生哲學，設想出了一種永恆而無限的超越，並以此緩解現實的痛苦，滿足精神的渴求〔註14〕。」就這一層意義而言，陶淵明的酒詩，實已將醉境提升到相當高的境地，而飲酒直可說是契入至道的媒介。

　　盛唐詩人中眞能上承陶淵明飲酒詩庶幾近道精神的，唯有李白一人而已。膾炙人口的〈月下獨酌〉詩云：

　　　　三杯通大道，一斗合自然。但得酒中趣，勿爲醒者傳。
（其二，卷一八二）

　　　　窮通與修短，造化夙所稟。一樽齊死生，萬事固難審。醉後失天地，兀然就孤枕。不知有吾身，此樂最爲甚。（其三）

詩中充分流露出詩人瀟灑豁達，隨順自然的胸懷，實可視爲飲酒者的證道之歌。《莊子・大宗師》云：「死生，命也。其有夜旦之常，天也」；又說：「墮肢體，黜聰明，離形去知，同於大通，此謂坐忘。」其中「坐忘」的核心乃是去除形體的、感官欲望的束縛，揚棄成見成心、意計造作，以達到忘我忘物的境界；並由忘物忘我，進而契悟「天

〔註14〕同註4。

地與我並生，而萬物與我爲一」（〈齊物論〉）這一廣大逍遙、絕對自由的精神世界。李白獨酌詩所寫的酒趣、醉境，強調酣醉所帶來的齊生死、失天地、忘吾身，以及與大道冥合如一的體道之樂，又奚啻於莊子所謂的「坐忘」？在〈友人會宿〉中，他則說：

> 滌蕩千古愁，留連百壺飲。良宵宜清談，皓月未能寢。
> 醉來臥空山，天地即衾枕。（卷一八二）

無論是千古愁或萬古愁，在美酒的滌蕩之下，終將一洗而空；當此之時，心境清朗，於是以天爲衾、以地爲枕，醉臥空山，這是何等灑脫自在。因爲酒的作用、醉的媒介，引導詩人放下愁懷，乃至泯除了物我的界限，而能與天地、山河融爲一體。這樣的境界也許可遇而不可求，但卻是飲酒詩的最高典範；事實上，也唯有眞正契悟人與道合的奧義，明白個體生命和天地、萬物同樣分享了宇宙創生的奧祕，才能從時空的束縛之中解脫出來。道是超越於時間之上的永恆存在，故與道冥合，實即跨越時間和生死的流轉，而上窺不生不死的永恆之境。契悟萬物皆是道的顯現，以及物我一如之理，即能消解物我對立的緊張，而有一分無入而不自得的安然寧定，所謂的時空意識亦將消弭於無形了。

綜合以上所論，本節主要的論點可歸結如下：

（1）飲酒自古即是中國飲食文化中重要的一環，文學史上在在可見它和文人的生活、情感、乃至詩文創作皆有密切的關係。無論是《詩經》、〈古詩十九首〉、或陶詩，都紀錄了詩酒結緣的歷史，而盛唐詩人幾乎可說是無人不飲，因此當其窮愁憂患之際，把酒尋歡遂成爲最常見的選擇了。

（2）酒所以能遣愁卻悶，乃在於它能激發詩人的豪情，當酒力在血脈中澎湃，心靈由禮法的壓抑下解放出來，自有一種笑傲王侯、敝屣榮華的狂態和傲骨，故能抖落種種陰霾的心境。而淺酌後的微醺，酣飲後的迷醉，都能使精神鬆弛，因時空意識所造成的緊張、警醒的狀態，遂得以稍稍緩解。是故，李白常以月下獨酌排遣屬於謫仙

的、天才的寂寞，杜甫則往往選擇痛飲入醉來逃避清醒時的痛苦。

（3）在詩文中，飲酒不僅是袪愁解憂的良方，還是及時行樂的表徵。它代表一種把握現在，重視現世樂利的生活型態，常用以對治生死無常所帶來的憂患。唯及時行樂並不能真正讓詩人安身立命，它主要的意義在於表達對人類悲劇性命運的一種抗議，其中容有逃避、甚或負氣的意味，但亦隱含對生命的執著精神。

（4）詩人有時試圖將飲酒之樂由形而下提升至形而上的境界，亦即以酒作為契入至道的媒介。以酒契道的關鍵在於醉與忘，由醉而忘，由忘而與道相冥合，故能淡泊名利，超脫時空的憂患。然而，盛唐詩人中，唯李白的酒詩能展現出忘物忘我，與自然冥合如一的體道之樂；由此亦可知，這種境界實取資於詩人自身的胸懷，及其對道的體悟。

（5）無論如何說，以酒來麻醉自我的意識、忘懷心靈的痛苦，其本質仍是一種逃避、一種補償，何況「舉杯銷愁愁更愁〔註 15〕」，屬於人性底層的痛苦，並不是三杯兩盞淡酒所能消解，在陶然醺然的醉境裡，時空的憂患常只是被沖淡，而非真正地被超越。

第二節　寄情山水回歸本真

壹、引　言

田園與山水，對於盛唐詩人的時空憂患而言，亦具有相當程度的消解作用。事實上，在唐代以前，息隱山林、歸返田園已經成為知識分子理想挫折時最常見的選擇。當然，其中容有消極逃避的傾向，但是卻也包含著儒道思想所孕育沾溉而成的隱逸文化的精神。

《論語・泰伯》云：「邦有道則見，無道則隱」；《孟子・盡心上》則云：「窮則獨善其身，達則兼善天下」；這兩段話明白地指出知識分子進退出處的原則。從中亦可見，孔孟對於隱居所抱持的態度乃是

〔註 15〕見李白〈宣州謝朓樓餞別校書叔雲〉，卷一七七。

守道而隱，或俟時而隱，亦即堅持自我的理想與人格的尊嚴，不願意屈道以從君，故隱居以待時命〔註16〕。至於道家雖然也曾出現「時隱」的觀念〔註17〕，但是若就莊子整體的思想體系來考察，他對現實的政治、社會實保持相當的距離，他所追求的逍遙境界亦已超越仕與隱相對的層次；唯就世俗的觀點而言，道家注重全性保眞、逍遙自適的生命情態，或可視爲一種「全身」之隱〔註18〕。

先秦之後，六朝玄風獨盛，老莊思想盛行，隱居林泉逐漸蔚爲風尚。《宋書·隱逸列傳》記載，宗炳好遊山水，棲丘飲谷三十餘年；《南齊書·高逸傳》亦載，宗測好山水，遊山唯以《老子》、《莊子》二書相隨。山水林泉之好與老莊自然哲學相結合，爲隱逸生活塑造一種高遠絕俗、清逸出塵的風標，於是「企慕隱逸之情往往成爲詩人歌詠的對象，而隱士的幽居生活，以及他所觀賞的自然山水，也會成爲詩人吟詠的主要題材〔註19〕。」例如左太沖〈招隱詩二首·其一〉云：

> 杖策招隱士，荒塗橫古今。嚴穴無結構，丘中有鳴琴。
> 白雪停陰岡，丹葩曜陽林。石泉漱瓊瑤，纖鱗亦浮沈。非必
> 絲與竹，山水有清音。何事待嘯歌，灌木自悲吟。秋菊兼餱
> 糧，幽蘭閒重襟。躊躇足力煩，聊欲投吾簪。（《文選·卷第二
> 十二》）

篇中即極力摹寫自然山水的色澤、聲響，呈現出山居生活的美好，進而表達對隱者的嚮慕之情，以及厭倦仕途願棄官息隱於此的心願。這

〔註16〕 參見劉紀曜〈仕與隱——傳統中國政治文化的兩極〉，（《中國文化新論思想篇：理想與現實》，頁 292～230）。

〔註17〕 《莊子·繕性》云：「古之所謂隱士者，非伏身而弗見也，非閉其言而不出也，非藏其知而不發也，時命大謬也。當時命而大行乎天下，則反一無跡；不當時命而大窮乎天下，則深根寧極而待，此存身之道也。」（錢穆《莊子纂箋》，頁 126）。此段話即具有「時隱」的觀念。

〔註18〕 參見註 16 引文，頁 307。又，《莊子·刻意》云：「就藪澤，處閒曠，釣魚閒處，無爲而已矣。此江海之士，避世之人，閒暇者之所好也。」同註 2 引書，頁 122。

〔註19〕 見王國瓔《中國山水詩研究》，頁 105。

樣的心境在另一首〈招隱詩〉中有更清楚的告白：「爵服無常玩，好惡有屈伸。結綬生纏牽，彈冠去埃塵」，在此左思指出君主的好惡不定，功名富貴的無常，與官場生活的陷溺糾纏是他歸隱東山的原因。在道家「全身之隱」的瀟灑之中，亦隱含對時局和官場文化的抗議；而胸臆中這股抑鬱之氣也唯有賴山水清音的陶寫，方能真正撫平。

　　然而，幽深靜謐的山林固然是隱居之士避世的桃源，田園生活的簡樸真實又何嘗不是足以歸隱逍遙的樂土？晉王康琚〈反招隱〉云：「小隱隱陵藪，大隱隱朝市」（《文選》卷第二十二），陶淵明則云：「結廬在人境，而無車馬喧，問君何能爾？心遠地自偏」（〈飲酒詩二十首·其五〉），他們都強調隱逸的真正精神不在於形跡所在，而在於對紅塵俗世、榮名富貴能保持超脫捨離的心境。換句話說，隱逸的判準乃是在心不在跡！因此，結廬人境的淵明被許為「古今隱逸詩人之宗〔註20〕」，歸返田園亦成為後世在仕途上飽經滄桑的詩人異口同聲的期盼。

　　唐代隱逸的風尚並不因政治的相對安定，仕進之途的開放而消弭，相反的，由於朝廷為求籠絡人心，對隱逸之士甚為看重，並屢加徵召，以示野無遺賢的德政，於是造成「放利之徒，假隱自名，以詭祿仕，肩相摩於道，至號終南、嵩少為仕途捷徑，高尚之節喪焉」（《新唐書·隱逸列傳》）。當然，這種以退為進、沽名釣譽、將隱居視為「終南捷徑〔註21〕」的功利心態，基本上已喪失了隱逸文化中守道待時、養生保真、乃至道德批判的精神，徒具隱逸的姿態、形跡，而缺少其精神內涵。但是初盛唐的隱逸風氣卻就在這股「仕隱」力量的推動下，逐漸蔚為文人才士流行的生活習尚。例如：王維在祿山亂後即過著半仕半隱的生活，日與文士丘丹、裴迪、崔興宗等於輞川別墅遊覽賦詩（《唐才子傳》卷二）；孟浩然少好節義，隱居於鹿門山，即漢龐德公

〔註20〕鍾嶸《詩品》卷中評陶潛之語。
〔註21〕詳見《新唐書》卷一二三，〈盧藏用傳〉，司馬承禎諷刺盧藏用以隱居終南為仕宦之捷徑。

棲隱處，以詩自適（《同上》）；而李白嘗隱於岷山，後與魯中諸生孔巢父、韓準、裴政、張叔明、陶沔等隱於徂徠山，酣歌縱酒，時號竹溪六逸（《舊唐書·文苑列傳》，《新唐書·文藝列傳》）；凡此皆可見當時隱逸風氣之一斑。

　　正因爲盛唐隱逸風氣如此興盛，當詩人遭受時空憂患侵擾之際，回歸田園山水便成爲他們安頓身心的典型模式。隱逸本就意謂著對現實政治生活的捨離，而自然山水的美又足以悅目怡情，何況田園山水所代表的自然，最能導引詩人泯除文明世界的競逐之心，忘懷時間與空間，同歸於逍遙自適的境界。以下將進一步引證說明。

貳、進退出處的抉擇

　　人既誕生於社會之中，便肩負著父母師友的期許，當他入學識字之後，受到傳統文化的薰陶，對於自我、乃至家國天下，亦不免有分責無旁貸的使命感。尤其在儒家思想教育下，知識分子更普遍具有捨我其誰的擔當與勇氣；然而現實的政治環境往往並不盡公平，權力的角逐、官場的傾軋，也非性格天眞的文士所能應付，於是年輕時高遠的理想遂在現實的生活中逐漸幻滅了。在理想遭遇挫折，心神俱疲之際，回歸田園便成爲心中殷切的渴求，例如蕭穎士〈山莊月夜作〉開宗明義道：「獻書嗟棄置，疲拙歸田園」（卷一五四），孟浩然〈歲暮歸南山〉亦云：

　　　　北闕休上書，南山歸敝廬。不才明主棄，多病故人疏。

（卷一六〇）

若說蕭穎士的歸返園田反映出失望和疲憊的情緒，孟浩然在歸南山的自白裡，則有一種掩抑不住的憤懣之情，甚至是對明主的不能識才、故人的援引不力直接間接的批判了。在「北闕休上書，南山歸敝廬」的句子中，說明上書北闕的失利正是歸返南山的原因，由這明確的因果形式，亦可見積極的入世情懷不得不轉爲隱居避世的無奈，但是在字裡行間也看到傳統知識分子高舉遠引的傲然身姿。

下面再看李白〈贈崔郎中宗之〉：

> 胡雁拂海翼，翱翔鳴素秋。驚雲辭沙朔，飄蕩迷河洲。
> 有如飛蓬人，去逐萬里遊。登高望浮雲，彷彿如舊丘。日從
> 海傍沒，水向天邊流。長嘯倚孤劍，目極心悠悠。歲晏歸去
> 來，富貴安可求。仲尼七十說，歷聘莫見收。魯連逃千金，
> 珪組豈可酬。時哉苟不會，草木為我儔。希君同攜手，長往
> 南山幽。（卷一六九）

這是一首空間意識十分濃厚的詩，詩中李白以胡雁、驚雲、飛蓬、孤
劍比擬自己謫官金陵的飄泊寂寞、不得其所，並以夫子周遊列國、流
落不偶，表達時運不濟的感嘆，最後以富貴不可求，歸隱南山作結。
其中同樣隱含著對朝廷的抗議，對世道的不平；與〈尋陽紫宮感秋
作〉：「野情轉蕭灑，世道有翻覆。陶令歸去來，田家酒應熟」（卷
一八三）同一機杼。

這種失時的慨嘆在杜甫〈昔遊〉中亦可見：

> 是時倉廩實，洞達寰區開。猛士思滅胡，將帥望三台。
> 君王無所惜，駕馭英雄材。……隔河憶長眺，青歲已摧頹。
> 不及少年日，無復故人杯。賦詩獨流涕，亂世想賢才。君能
> 市駿骨，莫恨少龍媒。商山議得失，蜀主脫嫌猜。呂尚封國
> 邑，傅說已鹽梅。景晏楚山深，水鶴去低回。龐公任本性，
> 攜子臥蒼苔。（卷二二二）

杜甫在詩中提到昔日和高適、李白的交遊，並將今昔之間君王求
賢的態度作一對比，「市駿骨」以下，遙想四皓、武侯、太公、傅說、
晏子等人深受君王信任重用，而自己徒傷老大、漂泊楚山，終當為龐
公高隱耳。然則，老杜之隱雖有「龐公任本性」之說，但就其思想性
格，以及所舉例證而言，似仍遙承孔孟守道俟時的精神，並諷諭君王
不能任用賢才以拯救時弊。

當然，上面所舉的詩篇中，退隱尚未真正落實為具體的生活，而
只是詩人內心的期願。更真切地說，那是傳統知識分子面對命運播
弄、君王棄置，不自覺呈現出來的自我防禦心態。當他們所受的挫折、

創傷愈深,表現的姿態就愈冷傲、絕決!他們深知生命的理想實難達成,但仍不放棄行道的可能性,所以唯有隱居以待時命。然而,從另一面來看,這何嘗不是對於現實的政治環境、以及君王不能求賢行道的無言抗議,其中甚至具有一種道德批判的意涵。

不過,在隱逸取向的詩作中,並非都具有抗議批判的精神,生命價值的重估才是這類詩作最普遍的內涵。例如盛唐田園詩派的代表王維在〈秋夜獨坐懷內弟崔興宗〉有云:

> 夜靜群動息,螀蛄聲悠悠。庭槐北風響,日夕方高秋。
> 思子整羽翰,及時當雲浮。吾生將白首,歲晏思滄洲〔註22〕。
> 高足在旦暮,肯為南畝儔。(卷一二五)

詩人由萬物的動靜、自然的聲響,體察到日夜的更替、時序的流轉,並由季節之秋引發生命之秋的感懷。在對內弟的懷思中,亦表明「富貴於我如浮雲」〔註23〕的澹泊,進而要求崔氏放棄策高足以據要津(《古詩十九首》)的生活,和自己同歸於南畝。對於盛唐詩人所熱切追求的權位功名,王維自有一種入乎其內而又出乎其外的超脫與淡然,乃至有一種厭離的心態,所謂「安得捨塵網,拂衣辭世喧。悠然策藜杖,歸向桃花源〔註24〕」,視紅塵如網羅,以人間為喧鬧不休,正反映出他渴求逃離塵世,重獲心靈自由的心聲。而在捨彼就此的價值取向中,亦可見個人主導思想對生命歸宿的選擇常具有決定性的作用。

一生以儒家信徒自許的杜甫,在飽經憂患之際,雖有「紈綺不餓死,儒冠多誤身」的激憤之語,亦有「白鷗沒浩蕩,萬里誰能馴」(〈奉贈韋左丞丈二十二韻〉)的隱逸之思,但是終其有生之年,畢竟不能真正安於隱居的生活,因為儒家思想基本上是入世的,縱使是一時的隱退,其目的仍在於出仕。反之,具有濃厚道家、或道教思想的李白,則曾親自體驗隱居山林的情趣,其詩文中亦常流露歸隱的意向。例如

〔註22〕《全唐詩》原作州,此依趙殿成《王右丞集箋註》,頁26,改作洲。
〔註23〕《論語・述而》云:「不義而富且貴,於我如浮雲。」
〔註24〕見王維〈菩提寺禁口號又示裴迪〉,卷一二八。

〈金陵歌送別范宣〉云：

> 金陵昔時何壯哉，席卷英豪天下來。冠蓋散為煙霧盡，
> 金輿玉座成寒灰。扣劍悲吟空咄嗟，梁陳白骨亂如麻。天子
> 龍沈景陽井，誰歌玉樹後庭花。此地傷心不能道，目下離離
> 長青草。送爾長江萬里心，他年來訪南山老。（卷一六六）

篇中借金陵一地起興，極寫王朝偉業的無常：昔日冠蓋相屬、英雄群
集之處，如今早已風流雲散；昔日畫棟雕梁、歌舞不輟的景象，如今
只見青草蕪蔓，在古今的對比之下，流露出強烈的歷史虛幻感。的確，
屬於世間的一切，都要成為過去，走向歷史，這是宇宙不變的法則。
人類費心勞神所堆砌而成的事業，就如夢幻泡影，終將在時間的侵
蝕、淘洗下煙消雲散，只留下一些令人感傷的遺跡，供人憑弔。相對
於歷史的興亡，人生的流變更顯得倏忽倉促，所謂「朝為斷腸花，暮
逐東流水；前水復後水，古今相續流；新人非舊人，年年橋上遊〔註
25〕」，生命就像春天的花朵，在燦爛之後就要凋零，而時間之流永遠
綿亙不絕，這是詩人不得不面對的事實。當生命的有限性在歷史、時
間的映襯下彰顯出來，未來該何去何從？人生終極的歸宿究竟在何
處？這種種嚴肅的課題遂益發重要了。

太白在其他詩篇中亦屢次觸及這一課題，如：

> 棄我去者昨日之日不可留，亂我心者今日之日多煩
> 憂。……人生在世不稱意，明朝散髮弄扁舟。（〈宣州謝朓樓餞
> 別校書叔雲〉，卷一七七）

> 郢門一為客，巴月三成弦。……百齡何蕩漾，萬化相
> 推遷。……終當遊五湖，濯足滄浪泉。（〈郢門秋懷〉，卷一八一）

> 一為滄波客，十見紅蕖秋。……路遐迫西照，歲晚悲
> 東流。何必探禹穴，逝將歸蓬丘。不然五湖上，亦可乘扁舟。
> （〈越中秋懷〉，卷一八三）

對於時間，李白總有分異乎尋常的敏銳。在花開花謝、月圓月缺、以
及滔滔流水之中，詩人體會到歲月無時無刻不棄人而去，萬事萬物在

〔註25〕李白〈古風・天津三月時〉，卷一六一。

時光的催迫下，亦無不與時推遷。時間的緊迫感不免增添白首無成、浪跡天涯的無奈，然而既然生命是如此有限，是否仍要繼續追逐著虛幻的富貴權位，抑或是捨離舊有的目標，重新尋回真實的自我？「終當遊五湖，濯足滄浪泉」，隱居於山水之間是李白給予自己的答案。

總而言之，「歸隱」乃是詩人由入世而趨向出世的重要抉擇，當然也許這是詩人飽經追尋的創傷之後不得不然的決定，而選擇放下半生熱切期盼的目標亦不免痛苦，但是隱逸所以能成為對治時空憂患的方法，正在於「自我的抉擇」與「放下」。事實上盛唐詩人的時空意識泰半源自於理想與政治現實的扞格，但若論其真正的根源無非是他們對生命、對理想的執著。固然這種執著有分動人的力量，但對詩人生命自身卻是一種折磨和重擔；一旦在心態上能放下執著，所有患得患失、進退維谷的心境便能豁然開朗。所謂「退一步海闊天空」，隱逸即是退一步的生活哲學。當真正選擇從政治的漩渦中抽足而出，表面上彷彿失去了獲得富貴、圓成理想的可能性，但在此同時卻已從渴忘、怨慕、憂傷的束縛中脫身而出，獲得精神的自由，而且更有一分「不役於物」、自作主宰的寧定與自足。

參、塵心俗慮的沈澱

以上所論偏重於隱逸心態的探討，本小節將進一步由自然之美，以及田園山水所蘊含的意境來說明自然山水對於時空憂患的消解作用。

山水之美與田園之樂是古代詩人常常詠歌的題材，寄情山水、歸返田園更是詩人遣懷忘憂主要的方式之一。大自然中，山光水色、花容柳態、鳥語花香無一不美，自然景物以其形貌容態、光影色澤、以及聲音香味吸引人的耳目，激發心靈豐美愉悅的感受。而山水的雄偉奇麗，田園的和諧寧謐亦由不同角度呈現自然之美，令人悠遊其中，流連忘返。陶弘景〈答謝中書書〉說：山水勝境「實是欲界之仙都」，它既存在於人間，但又與現實社會大異其趣，可說是人間的仙境、世

外的桃源。

　　盛唐詩人在宦游生活中，不乏異鄉羈旅的經驗，行旅途中自然山水是詩人孤獨時的良伴。王維〈曉行巴峽〉云：

　　　　際曉投巴峽，餘春憶帝京。晴江一女浣，朝日眾雞鳴。
　　水國舟中市，山橋樹杪行，登高萬井出，眺迴二流明。人作
　　殊方語，鶯爲故國聲。賴多山水趣，稍解別離情。(卷一二七)

山水佳趣可以稍稍慰解別離故國之情，只因爲自然景觀的遼闊、新異，喚醒人們打開胸懷，去關注外在的世界，而一旦心神由內向外轉移，便能暫時擺脫情緒的困擾。王昌齡〈過華陰〉說：「雲起太華山，雲山互明滅。東峰始含景，了了見松雪。羈人感幽棲，窅映轉奇絕。欣然忘所疲，永望吟不輟」(卷一四一)，同樣說明山水的奇絕變幻能引起詩人的興趣，進而扭轉其心境，消除心中的煩憂。

　　旅途之中與山水不期而遇已然令人欣喜忘憂，更何況完全置身於自然山水之間，日夕遨遊其中？因此無論是公餘之暇林園的憩止，或名山勝水的造訪，抑或是真正屏跡退處的生活，詩人自有另一番的體會。例如：

　　　　蒼蒼竹林暮，吾亦知所投。靜坐山齋月，清溪聞遠流。
　　西峰下微雨，向曉白雲收。遂解塵中組，終南春可遊。(王
　　昌齡〈宿裴氏山莊〉，卷一四〇)

　　　　青苔常滿路，流水復入林。遠與市朝隔，日聞雞犬深。
　　寥寥丘中想，渺渺湖上心。嘯傲轉無欲，不知成陸沈。(常
　　建〈燕居〉，卷一四四)

　　　　雲臥三十年，好閒復愛仙。蓬壺雖冥絕，鸞鶴心悠然。
　　歸來桃花巖，得憩雲窗眠。……入遠構石室，選幽開上田。
　　獨此林下意，杳無區中緣。永辭霜臺客，千載方來旋。(李
　　白〈安陸白兆山桃花巖寄劉侍御綰〉，卷一七二)

桃花流水、青苔白雲、竹林山月、以及清溪微雨，自然的景致如詩似畫、美不勝收；而山色的蒼翠、水聲的沁涼經由耳目浸潤詩人的心靈，所有屬於人事的熱惱在山水清音的洗滌下遂渙然消釋了。

　　自然山水之美是幽靜絕俗的，當我們走進自然，彷彿步入另一個
獨立的天地，腳步也因之而從容悠緩。在山水的懷抱之中，詩人或隨
興而遊，或靜坐賞月，或嘯傲深林，或雲窗憩眠，相對於世俗的生活
是何等的瀟灑自在；杜絕了官場的虛偽酬酢，遠離了爭競是非，在自
然之前，無需任何矯飾，生活又何其安適真實。面對自然，心獲得了
寧靜，更能清明地觀照心中堆疊積累的塵垢，所謂「嘯傲轉無欲」、「遂
解塵中組」，「獨此林下意，杳無區中緣」，在在說明自然山水對於詩
人的時空憂患具有消解作用〔註26〕。

　　這種觀點在岑參具有隱逸情調的詩中亦再三出現，如：

　　　　物幽興易愜，事勝趣彌濃。願謝區中緣，永依金人宮。
　　寄報乘輦客，簪裾爾何容。（〈冬夜宿仙遊寺南涼堂呈謙道人〉，
　　卷一九八）

　　　　願割區中緣，永從塵外遊。……勝概無端倪，天宮可
　　淹留。（〈登嘉州凌雲寺作〉，前卷）

　　　　勝愜只自知，佳趣為誰濃。……心澹水木會，興幽魚
　　鳥通。稀微了自釋，出處乃不同。況本無宦情，誓將依道風。
　　（〈自潘陵尖還少室居止秋夕憑眺〉，前卷）

　　　　幽趣倏萬變，奇觀非一端。……君子滿清朝，小人思
　　挂冠。（〈太一石鱉崖口潭舊廬招王學士〉，前卷）

　　　　勝概忽相引，春華今正濃。……愛茲清俗慮，何事老
　　塵容。（〈春半與群公同遊元處士別業〉，前卷）

凡此皆可知山水的奇觀，林壑的勝概，給予人無限的山居情趣，那已
不只是對山水之美的欣賞，而是對隱逸生活的肯定。這種「有時逐樵
漁，盡日不冠帶〔註27〕」，「逍遙自得意，鼓腹醉中遊〔註28〕」的生活，
擺脫了世俗禮法，乃至道德責任的束縛，遊心於自然，與草木魚鳥相

〔註26〕李文初〈超世之想與詩境開拓〉中認為：山水可以散懷，亦即借游
　　　　賞山水以排遣胸中的鬱悶，讓受到壓抑的情懷獲得暫時的鬆弛。（《中
　　　　國古代、近代文學研究》，1994年，十二期）。

〔註27〕岑參〈終南山雙峰草堂作〉，卷一九八。

〔註28〕岑參〈南溪別業〉，卷二○○。

交感，自有一分稱心愜意的快樂。由此，更映襯出塵俗生活的陷溺與糾纏，以及功名利祿對人性的局限與牽絆。一旦詩人對自己習慣的生活模式、人生目標重新加以反省、檢視，洞察了名位權勢的虛妄不真，捨離之心便油然生起。盛唐詩人的空間意識主要在於「位置」的尋求，亦即自我在人間定位的問題，而仕宦是他們追尋自我價值必經的途徑。他們將生命的希望放在政治理想的實現，可是失望、痛苦、磨難卻早在此處等待！而山水之美及其所含蘊的塵外之趣，適足以消解詩人的仕宦之情，吳均〈與宋元思書〉說：「鳶飛戾天者，望峰息心；經綸世務者，窺谷忘返」，然則寄情山水的確是忘懷官場是非、名利得失最好的方式。

至於田園之樂對人生憂患的消解，將由下列作品來說明：

> 萋萋春草秋綠，落落長松夏寒。牛羊自歸村巷，童稚不識衣冠。（王維〈田園樂七首·其四〉，卷一二八）

> 眾人恥貧賤，相與尚膏腴。我情既浩蕩，所樂在畋漁。山澤時晦暝，歸家暫閒居。滿園植葵藿，繞屋樹桑榆。禽雀知我閒，翔集依我廬。所願在優游，州縣莫相呼。日與南山老，兀然傾一壺。（儲光羲〈田家雜興八首·其二〉，卷一三七）

> 用拙存吾道，幽居近物情。桑麻深雨露，燕雀半生成。村鼓時時急，漁舟箇箇輕。杖藜從白首，心跡喜雙清。（杜甫〈屏跡三首·其一〉，卷二二七）

盛唐詩人的田園詩不可避免地深受陶詩的影響，詩中往往流露出和自然田園相融相即的情趣，從而表現詩人悠閒自適的生活態度，和清高真淳的品格〔註29〕。上引的三首詩作中，王維〈田園樂〉呈現的是一個天真未鑿、任運自然的世界；儲光羲〈田家雜興〉則寫出閒居優游之樂；而杜甫的〈屏跡〉則描摹暫脫塵累、清明在躬的心境。其中田園風光的點染，鄉居生活的刻劃是諸首詩共同的特色。

事實上，詩人所以歌詠著田園之樂，主要在於田家生活的純樸自

〔註29〕參見註4引書，頁257。

然、真實無偽。也許盛唐詩人已經缺乏陶淵明那種躬耕的體驗，但是在厭倦了城市的喧擾浮華之後，歸返田園，重尋自在簡樸的生活，卻是普遍的風尚。田園生活的真切踏實可以讓飄泊不定的生命安定下來，不再如浮萍般隨波逐流、無所依止；田園生活的樸拙無華則可以泯除屬於文明世界的機巧造作。

　　無論是田園抑或山水，都意謂著未經文明雕琢侵擾的自然，而自然是自足而和諧的，它具有一種潛在的同化力量。回歸自然，在現實社會中不得其位的失落感，以及無所歸屬的焦慮不安，都將在它和諧包容的力量下消弭於無形。

　　回歸自然，就其內在的意義而言，乃是重尋生命的本真與單純；走向田園山水，就是走向內在的自己〔註30〕。這一點在下文中將有進一步的說明。

肆、生命永恆的歸宿

　　自然固然含蘊無限的生命、無窮的生機，但是如果和文明世界車水馬龍、喧騰紛擾的生活相較，卻顯得無比的安靜寧定。因此在王維筆下，山是安靜的：「山靜泉逾響」；深谷也是安靜的：「谷靜唯松響」；夕陽西下時的巷路是安靜的：「深巷斜暉靜」；夜是安靜的：「夜靜群動息」；甚至連顏色也濡染了安靜的特質：「色靜深松裡」〔註31〕。田園山水就是以這樣的幽靜寧謐將它的美含蓄而又深沈地呈現在詩人眼前。

　　我們知道，時間主「動」，其本質不離變化，當外在世界的遷變愈快，無常之感愈深，時間憂患亦愈強。而自然的寧靜彷彿使時間推

〔註30〕參見史作檉《空間與時間》，頁 4。史先生認為：人在成長過程中失去其自然的天真和單純，生命中最偉大的事就是重獲單純與自然。

〔註31〕上引詩句依次出自〈贈東嶽焦鍊師〉、〈遊感化寺〉、〈濟州過趙叟家〉（同出於卷一二七），〈秋夜獨坐懷內弟崔興宗〉、〈青谿〉（同出於卷一二五）。此段曾參考蕭馳《中國詩歌美學・第七章自然境界中自我的泛化與發現》），頁 155。

移的速度減緩，乃至趨向於靜止，源於時間流逝不已的壓迫感，在自然之中遂可稍稍緩解。在水流花開、魚躍鳶飛的現象之內，似乎內蘊著一種恆常不變、超越時間的深沈寧靜，令人隱然窺見永恆的道體，而它以無言淵默的方式撫慰一顆顆流浪飄泊、焦慮惶恐的心靈。於是詩人的腳步、心境乃顯得格外閒適而悠緩：

　　　　我心素已閒，清川澹如此。(王維〈青谿〉，卷一二五)

　　　　寂寥天地暮，心與廣川閒。(王維〈登河北城樓作〉，卷一二六)

　　　　問余何事栖碧山，笑而不答心自閒。(李白〈山中問答〉，卷一七八)

　　　　目送去海雲，心閒遊川魚。(李白〈遊南陽白水登石激作〉，卷一七九)

　　　　卷跡人方處，無心雲自閒。(岑參〈丘中春臥寄王子〉，卷二〇〇)

在這裡「閒」可以指「脫離世俗的憂慮和欲念，本身心平氣和或者與自然和諧相安的一種心境〔註32〕」，但同時又意謂著擺脫時間壓力，從容遊賞的生活美學。這分閒適之情源於自然之幽深寧靜，然而當詩人重新尋得悠然的心境，反過來能以此心觀照外在的世界。原本河川在詩中常象徵時間的流逝，最易喚起時間的意識，浮雲則每每用來形容遊子的飄泊流浪，是詩人表現空間意識習用的意象；但是在引文中，川水是閒澹明淨的，而雲也是閒散自在的，這當然是詩人內在心境的顯現。「水流心不競，雲在意俱遲〔註33〕」，只要自己能眞正自作主宰，保持不爭不競的悠閒心態，就能從時空憂患脫身而出，重新獲得精神的自由。

　　由此亦可見到人與自然間的微妙關係，人原和其他萬物一樣屬於自然的一部分，但是人類自詡爲萬物之靈，憑藉其聰明才智建構了文

─────────────────

〔註32〕見劉若愚《中國詩學》第五章，頁 85。劉先生對王維詩中的「閒」，
　　　　與詞人筆下的「閒情」有扼要的比較。
〔註33〕杜甫〈江亭〉，卷二二六。

明的世界，欲與造化之功相抗衡。於是人離開自然，離開生命的本根，越去越遠，進而迷失在自己構築的世界之中，一生尋尋覓覓，卻不能真正安身立命。在歸返田園山水的詩篇裡，可以看到人和自然由乖隔重趨於和諧，生命由飄泊而找到歸宿的喜悅。且看：

> 清川帶長薄，車馬去閒閒。流水如有意，暮禽相與還。荒城臨古渡，落日滿秋山。迢遞嵩高下，歸來且閉關。（王維〈歸嵩山作〉，卷一二六）

> 來過竹里館，日與道相親。出入唯山鳥，幽深無世人。（裴迪〈竹里館〉，卷一二九）

> 眾鳥高飛盡，孤雲獨去閒。相看兩不厭，只有敬亭山。（李白〈獨坐敬亭山〉，卷一八二）

這三首詩都具有一種閒適幽靜的情調，其中詩人是孤獨的，他們品味著與人世隔絕的寂寞。事實上這是他們自我的選擇，因為唯有屏除所有的塵累，通過絕對的孤寂，才能擺脫成見成心，真正發現到自然的美；然則他們又非真正的孤獨，「流水如有意，暮禽相與還」，「相看兩不厭，只有敬亭山」，山水禽鳥都是良伴，與自然和諧，與萬有的本根（道）相親，這樣的孤寂其實是真正的圓滿豐盈。

所以說，歸隱田園山水，除了隱逸的意義外，還含蘊返本歸根的深層意涵，亦即歸根的意識。那是個人在現實社會尋求、失落、焦慮、徬徨中所產生的回歸意向，希望返回可以安身立命的永恆歸宿與生命本根的渴望〔註34〕。唯有就這一個層面而言，才足以說明自然何以具有超越時空意識的可能性。因為自然以及它所象徵的道，正是宇宙萬有的本根，也是生命真正的源頭與歸宿〔註35〕。

然而，歸隱田園山水，徜徉於自然美景雖不困難，但要完全融入

〔註34〕參見趙有聲等著《生死・享樂・自由》，頁52。書中將人對自我本然狀態的追尋，與對人類及宇宙本根的探究，歸因於個體對母親的依戀。

〔註35〕《老子》四十二章：「道生一，一生二，二生三，三生萬物。」又〈十六章〉云：「凡物芸芸，各復歸其根；歸根曰靜，是謂復命。」

自然，與道冥合，亦絕非易事。盛唐中只有少數詩人能達到這一境界，其中王維是最典型的代表。〈終南別業〉云：

中歲頗好道，晚家南山陲。興來每獨往，勝事空自知。
行到水窮處，坐看雲起時。偶然值林叟，談笑無還期。（卷一二六）

篇中興來獨往、勝事自知表達出自知自足的心境；「行到水窮處，坐看雲起時」一聯，則可見詩人之行止如流水行雲，自在無礙。也正因為這種不預設、不執著的心境，才能在水窮雲起之中體悟大化流行的生機。宇宙萬象既然是任運自化的，個人的生命亦應隨順自然；與林叟偶然相遇，不妨便作忘機之談。不汲汲於營求追逐，乃能真實地活在當下；於是就在人與人真誠的談笑中，忘卻過去和未來，忘記時間的流動，而融入於自然。

在下列以〈輞川集〉為主的五言小詩中，更展現出與道相親相合的悟境：

空山不見人，但聞人語響。返景入深林，復照青苔上。
（〈鹿柴〉，卷一二八）
人閒桂花落，夜靜春山空。月出驚山鳥，時鳴春澗中。
（〈鳥鳴澗〉，前卷）
木末芙蓉花，山中發紅萼，澗戶寂無人，紛紛開且落。
（〈辛夷塢〉，前卷）
颯颯秋雨中，淺淺石溜瀉。跳波自相濺，白鷺驚復下。
（〈欒家瀨〉，前卷）
荊溪白石出，天寒紅葉稀。山路元無雨，空翠溼人衣。
（〈闕題二首·其一〉，前卷）

在一般的山水詩裡，自然山水乃是作為觀賞的對象而存在，主客之間的界限是相當分明的。在那樣的情況下，自然自是自然，我仍是我，永遠無法相契相合。然而，在王摩詰的筆下，「詩人已渾然忘我，視『自我』一若眾生，都是自然現象的一部分，詩中『人』的形象，或是孤獨微小的、或是模糊不清的，有時甚至全然隱去，成為自然現象

的參與者〔註36〕。」就像中國山水畫中，往往見不到任何人物的存在，充其量只是淡淡幾筆人物的側寫、或背影，而其面目常是模糊的。人物在畫面中不是主角，而只是整個自然山水中的一部分，這是人對自然的謙遜，也是自我意識的淡化或泯除。

邵雍〈觀物內篇十二〉云：「不以我觀物者，以物觀物之謂也。既能以物觀物，又安有我於其間哉？」（《皇極經世書・卷六》）王國維據此在〈人間詞話〉中進一步分析說：「有我之境，以我觀物，故物皆著我之色彩。無我之境，以物觀物，故不知何者為我，何者為物。」王維上述的詩篇，絕少強烈偏執的感情色彩，所呈現的正是以物觀物的無我之境。在其中，彷彿只有聽聞，而沒有聽聞者，只有靜靜地觀賞，而沒有觀賞者。去除了屬於人的主觀情緒的干擾，故能見到山水的本然之姿〔註37〕，萬物「各依本能而在，各就本性而生，在時空之中自是自然的演化、活動、延續、消逝，（詩人）最終所體悟到的則是一種宇宙內在終極的和諧〔註38〕」。而人屬於和諧宇宙的一部分，當他泯除了自我意識，就能重新歸返無比清淨、虛靜靈明、能涵括宇宙萬有的本心、本性，並進一步納宇宙於吾心，融生命於宇宙，達到物我兩忘，與自然圓滿交融的境地。在這一「和諧的剎那」，似乎超越了過去、現在、未來所連結成的時間鏈環，契入永恆的存在〔註39〕，同時也超越了物我人己的界限，獲得生命真正的安頓。

然而所謂天人合一，人與自然的圓融，在知識層面的理解固然容易，但是要有真實的體證卻相當困難。若缺乏道家、或禪學的思想基礎，未曾從事實際的修持工夫，所謂與道冥合將只是空談。是故，歸返自然是必須以佛老思想來充實其內涵的，對於時空意識的

〔註36〕同註19引書，頁402。

〔註37〕參見廖棟樑〈詩與超越：試論王維及其詩〉（輔仁大學第二屆國際文學與宗教會議論文），頁13。

〔註38〕見柯慶明《境界的探求》，頁187。

〔註39〕參見呂興昌〈和諧的剎那——論李白詩的另一種生命情調〉，（呂正惠編《唐詩論文選集》，頁186）。

消解與超越，學道、參禪才是更根源的力量。這一點在下文中將有較深入的探討。

綜合本節所論，其要點可歸納如下：

（1）息隱山林、歸返田園是傳統知識分子理想受挫時最常見的選擇之一，唐代隱逸的風尚在朝廷對隱士的籠絡之下，逐漸蔚為文人流行的生活方式。如王維、孟浩然、李白等都曾親自體嘗隱居的生活。

（2）退隱是盛唐詩人面對命運播弄、君王棄置，所採取的自我保護的方法，當他們所受的創傷愈深，表現的姿態就愈冷傲。其中亦隱含隱居以俟時，以及對現實政治的道德性批判。

（3）歸隱乃是詩人由入世而出世的重要抉擇，它是一種退一步的生活哲學，雖然走向山水田園意謂失去獲得富貴、圓成理想的可能性，但在此同時，卻已從渴望、怨慕的束縛中解脫而出，有一分不役於物、自作主宰的自足與寧定。

（4）山水的雄偉奇麗，田園的和諧寧謐，可以觸發心靈豐美愉悅的感受，令人陶然忘憂；而在自然面前，無需任何矯飾，心境格外清淨，遂能觀照心中的塵垢，重新檢視生命的方向，當洞察了名位權勢的虛妄，捨離之心便油然生起。而自然是和諧的，它具有潛在同化的力量；回歸自然，所有在現實社會的失落感，以及無所歸屬的焦慮，都將在它和諧包容的力量下消弭於無形。

（5）時間的本質不離變化，外在的世界變遷愈快，詩人的時間意識也就愈強。而自然之中內蘊著一種深沈的寧靜，彷彿使時間推移的速度減緩，乃至趨向靜止，源於時間流逝的緊迫感，遂得以稍稍緩解。

（6）歸返田園山水還含蘊返本歸根的意義。人本從屬於自然，但當他憑藉其聰明才智建構了文明的世界，就與自然脫離，進而迷失在自我構築的世界之中，一生尋尋覓覓，卻無以安身立命。在回歸自然山水的詩篇裡，可以看到人和自然由乖隔重趨於和諧，生命由飄泊

而找到歸宿的喜悅，因爲自然及其所象徵的道，正是生命眞正的源頭與歸宿。

（7）自然能使人淡化自我意識，而一旦自我意識徹底泯除，宇宙內在終極的和諧將油然而現。在這一瞬間，心靈與自然完全融合爲一，不但超越時間，契入永恆；也超越了物我人己的界限，得到生命眞正的解脫與安頓。

第三節　服食遊仙追求長生

壹、引　言

長生不老、羽化登仙，就今人的觀點而言，不過是一種無稽的迷信，浪漫的遐想；但是在歷史上，它卻曾是許多文人追求的目標，並且是他們苦悶心靈的慰藉。在中國流傳最廣、影響最久的本土性宗教道教的教義中，服食求仙一直是重要的一環。而在文學史上，自〈遠遊〉所肇始的遊仙詩篇，到了六朝受到道教隆盛的推波助瀾，逐漸邁向成熟，直迄唐代仍有一定的回響。

朱乾《樂府正義》卷十二說：「屈子遠遊乃後世遊仙之祖」〔註40〕，在〈遠遊〉中，我們可以看到遊仙的基本動機：

悲時俗之迫阨兮，願輕舉而遠遊。質菲薄而無因兮，焉託乘而上浮。遭沈濁而汙穢兮，獨鬱結其誰語！夜耿耿而不寐兮，魂營營而至曙。惟天地之無窮兮，哀人生之長勤。往者余弗及兮，來者吾不聞。（朱熹《楚辭集注》，〈楚辭卷第五〉）

所謂「悲時俗之迫阨」，意指屈原遭遇小人的陷害，見疑於君王，不得不黯然離開朝廷，心中那種不得其位、才命相妨的抑鬱和徬徨。至

〔註40〕陸侃如《中國詩史》認爲〈遠遊〉並非屈原所作，因其與司馬相如〈大人賦〉頗見雷同，而〈大人賦〉爲相如獻給武帝之作，理不應抄襲前人作品。又：〈遠遊〉出世思想濃厚，與屈子積極入世的心態不符；且篇中有韓眾之名，韓眾是秦始皇時之方士，不應出現在屈原時代，凡此可證其爲後人假託之作。頁129。

於「往者余弗及兮，來者吾不聞」，則是個體生命面對廣宇長宙所產生的生命短暫的感觸，誠如後世陳子昂所詠歎的悲歌：「前不見古人，後不見來者；念天地之悠悠，獨愴然而涕下」；人不能參預過往的歷史，也無法與聞未來的世界，他只是天地之間一個渺小的過客而已。這種人生短暫以及懷才不遇的感懷，乃是〈遠遊〉寫作之緣由，由此亦可知，遊仙在其源頭即是為對治時空憂患而存在的。

漢魏之際，遊仙詩在曹氏父子的努力下真正的奠立。其中，曹子建以〈升天行〉、〈五游〉、〈遠遊篇〉、〈仙人篇〉、與〈游仙詩〉諸作構成了游仙的交響詩〔註41〕。在這些篇中，反覆出現一種「空間局促之感」，例如：「九州不足步，願得凌雲翔」、「崑崙本吾宅，中州非我家」、「四海一何局，九州安所如」〔註42〕，都極寫由於世間的局促，以致無法舒展自己的步履，乃至有天地狹隘，無以容身的感慨〔註43〕。當然，這無非隱喻作者在現實生活飽受排擠，無路可走，所以只有遠離人世，追尋另一個無限廣闊的空間，以安頓自己受創的生命。

於是他凌雲飛騰、輕舉遠遊，蓬萊崑崙、天衢仙山都是所造訪盤桓的仙境，其間有王子喬、羨門子高、湘娥、秦女、河伯、西王母等仙人，有蘭桂、靈芝、瓊瑤、玄豹等珍奇的動植、美玉，令人目不暇給，流連忘返。然而，在描摹仙界的逍遙快樂後，詩人最希冀的仍是神仙的長生不死，〈五游〉結語云：「服食享遐紀，延壽保無疆」；〈遠遊篇〉亦云：「齊年與天地，萬乘安足多」；凡此皆說明，遊仙歸根究柢仍在於長生的渴求。

曹植之後，阮籍〈詠懷八十二首〉中，亦出現遨遊仙境以逃避世務困境與年歲日衰的作品〔註44〕；此外，以〈遊仙詩〉聞名的郭璞更藉遊仙而「坎壈詠懷〔註45〕」，游仙文學的傳統就在六朝詩人的經營

〔註41〕參見張法《中國文化與悲劇意識》，頁171。
〔註42〕以上引詩分別見於〈五游〉、〈遠遊篇〉、以及〈仙人篇〉。
〔註43〕參見余冠英《三曹詩選》，頁94；蕭馳《中國詩歌美學》，頁171。
〔註44〕參見王國纓《中國山水詩研究》，頁89。
〔註45〕鍾嶸《詩品》評郭璞詩之語。見汪中選注《詩品注》，頁151。

下，逐漸邁向成熟的階段。

　　然而，唐人游仙思想的濃厚除受前代游仙文學的啓迪之外，唐代道教盛行，文人與道士往還密切等因素，更具有相當重要的影響。唐代對道教的崇信，起於尊崇老子。相傳在李唐開國時期，老君曾於羊角山現身，指示攸關國祚之事，於是高祖乃爲之立廟於其地。貞觀年間，太宗嘗下詔稱皇室本系，起自於柱下；高宗乾封元年更追尊老君爲太上玄元皇帝，道教遂儼然成爲大唐的國教。其後武則天即位，由於政治因素的考量，不免崇佛抑道；唯中宗、睿宗之後，道教又恢復其地位，至玄宗天寶時期，三次追加老子的尊號，朝廷尊崇道教的風氣達到鼎盛﹝註46﹞。

　　由於皇帝本身自居爲道教始祖的苗裔，公主賜名入道便不足爲奇，如太平公主、金仙公主、玉眞公主俱頗負盛名。其中玉眞公主和文士關係尤爲密切，王維有〈奉和聖製幸玉眞公主山莊因題石壁十韻之作應制〉，儲光羲有〈玉眞公主山居〉，李白則有〈玉眞仙人詞〉、〈玉眞公主別館苦雨贈衛尉張卿二首〉，而據魏顥〈李翰林集序〉，太白與丹丘皆因持盈法師（即玉眞公主）之薦揚而顯達。由此可知，公主入道，建立道觀、山莊，招引詩人詞客吟詠酬唱，亦增添唐代文士與道教文化接觸的機會﹝註47﹞。

　　陳子昂與著名道士司馬承禎、馮太和、楊仙翁皆有交往，王昌齡和焦煉師、黃煉師、朱煉師，李頎則和焦煉師、盧道士、王道士等過往從密。盧照鄰自號幽憂子，曾學道東龍門山精舍；賀知章以遲暮之年辭官還鄉，請爲道士；李白更曾兩度受籙正式入道籍。他們或者與道士爲友，在道觀棲息游覽，由嚮往道門的清幽曠遠，而深受道教精神的影響；或者虔心慕道，服食煉丹，追求羽化成仙的境界，以逃避

﹝註46﹞ 參見王溥《唐會要》卷五十，〈尊崇道教〉。
﹝註47﹞ 參見孫克寬〈唐代道教與政治〉，（《大陸雜誌》，第五十一卷第二期，頁 51、77）。

生死的憂患〔註48〕。總之，學道求仙不只是少數詩人特殊的選擇，而是初盛唐文壇普遍存在的風尚。

　　以上概述了初盛唐詩人學道遊仙的基本背景，下文中將進一步探討它對於時空意識的消解作用。

貳、追求長生超越死亡的威脅

　　一切生命最強烈、最根深蒂固的本能就是維護自身的生存，延續族群的生命，天地間無論是動植飛潛，莫不如是。人雖貴爲萬物之靈，同樣不能自外於生物生存的本能；告子所謂：「食、色，性也」（《孟子‧告子上》），即以維生、傳宗之事爲最基本的人性。因此，無論是權傾當代、富可敵國的王公貴族，抑或是博覽群籍、深造有得的飽學之士，乃至一般販夫走卒、庸夫俗婦，一旦生命遭受威脅，死亡陰影降臨之際，要能淡然處之，又談何容易？王陽明說：「學問功夫，於一切聲利嗜好，俱能脫落殆盡，尚有一種生死念頭，……本從生身命根上帶來，故不易去〔註49〕」；的確名利之心易泯，口體之養易斷，唯有生死之念難消，只因爲它是從「生身命根」所產生的。

　　生命的奧祕之一在於，有生之物既受其形，便執取其生而不願其死；然而，自然的軌則卻是，凡有生必有死。萬物雖有生的執著，但無不隨順自然同歸於化；相較之下，人類對生死的罣礙尤爲深切，只因爲在生命最璀璨之時，他已能預見未來的命運。於是，如何突破時間對生命的範限，自古便是人生的重大課題，而道教服食求仙的思想無異提供一條邁向長生的途徑。試看下列詩篇所述：

　　　　時來農事隙，採藥遊名山。但言所採多，不念路險艱。
　　人生如蜉蝣，一往不可攀。君看西王母，千載美容顏。（儲
　　光羲〈田家雜興八首‧其四〉，卷一三七）
　　　　昔時秦王女，羽化年代久。日暮松風來，簫聲生左右。
　　早窺神仙籙，願結芝朮友。安得羨門方，青囊繫吾肘。（李

<hr>

〔註48〕見葛兆光《想像力的世界—道教與唐代文學》，頁44～53。
〔註49〕見王陽明《傳習錄》卷下，頁164。

華〈仙遊寺〉，卷一五三）

　　當昔襄陽雄盛時，山公常醉習家池。……一朝物變人
亦非，四面荒涼人徑稀。意氣豪華何處在？空餘草露溼羅
衣。……殷勤為訪桃源路，予亦歸來松子家。（孟浩然〈高陽
池送朱二〉，卷一五九）

在現實生活中，只要用心體察，不免要驚訝於時間流逝之快速，也許
年少時期盼未來，有一種等待不及的著急，但他日驀然回首，青春已
消逝無蹤，遂衍生「人生如蜉蝣」的感慨。時光如流水，一去不回頭，
而生命亦是如此，舉凡思慮云為，才一過往，便不可追攀。有時登臨
前賢遺跡，一種昔盛今衰，繁華歸於憔悴的景象，更令人惆悵難已。
固然，人生苦短、歷史無情的感懷在文學作品中已近乎老生常談，但
是當真實地面對自己的衰老死亡，或者在古跡的零落中看到人類共同
的命運，詩人又怎能無動於衷？因此，采藥求仙便成為內在迫切的需
求。西王母、羨門高、赤松子等神仙都是詩人願意歸依的對象。

　　當然，在盛唐之中，道教思想最濃，遊仙情懷最深，而又最具仙
風道骨的，自非李太白莫屬（註50）。他自稱：「十五遊神仙，仙遊未
曾歇」；「雲臥三十年，好閒復愛仙」；「余嘗學道窮冥筌，夢中往往遊
仙山」（註51），可見終其一生他都不改得道成仙的心願。他曾造訪安
陵，請蓋還書寫「真籙」；在長安，天子賜金放還後，亦嘗就陳留採
訪大使李彥允，轉請北海高天師授道籙於齊州紫極宮（註52），甚至還
親自從事冶煉仙丹的工作（註53）。總之，李白對神仙的嚮往，對服食

〔註50〕李白〈大鵬賦序〉云：「余昔于江陵，見天台司馬子微，謂余有仙風
　　　道骨，可與神遊八極之表」；而賀知章更稱美太白為天上謫仙，事見
　　　《舊唐書‧文苑列傳》、《新唐書‧文藝列傳》。

〔註51〕上引詩句分別見於〈感興六首‧其四〉，卷一八三；〈安陸白兆山桃
　　　花巖寄劉侍御綰〉，卷一七二；〈下途歸石門舊居〉，卷一八一。

〔註52〕李白詩中曾為此留下紀錄，詳見〈訪道安陵遇蓋還為余造真籙臨別
　　　留贈〉，卷一六九；〈奉餞高尊師如貴道士傳道籙畢歸北海〉，卷一七
　　　六。

〔註53〕見〈草創大還贈柳官迪〉，卷一六九。

煉丹的熱衷，實是極其虔誠而認真的〔註54〕。

　　所以，學道求仙可以說是太白情性上的偏好，和阮籍、郭璞以遊仙逃避現實生活的失意並不盡相同。然而，當在生活中有感於歲月的遷逝，其學仙之念自更增緊切：

　　　　黃河走東溟，白日落西海。逝川與流光，飄忽不相待。
　　　春容捨我去，秋髮已衰改。人生非寒松，年貌豈長在。吾當
　　　乘雲螭，吸景駐光彩。(〈古風〉，卷一六一)

黃河東走，白日西落，逝水與流年彷若永無止息，而生命隨著時光推移，俯仰之間，青春已換了白頭。所謂「美人自古如名將，不許人間見白頭〔註55〕」，愈是英雄豪傑、天才橫溢，愈怕老病的折磨，太白遊仙主要原因即在於想留住青春，長保生命的活力與光彩。

　　下面的篇章仍反復流露出同樣的渴求：

　　　　仙人相存，誘我遠學。海淩三山，陸憩五嶽。乘龍天
　　　飛，目瞻兩角。授以仙藥，金丹滿握。蟪蛄蒙恩，深愧短促。
　　　思填東海，強銜一木。道重天地，軒師廣成。蟬翼九五，以
　　　求長生。下士大笑，如蒼蠅聲。(〈來日大難〉，卷一六四)

　　　　悠悠市朝間，玉顏日緇磷。所失重山岳，所得輕埃塵。
　　　精魄漸蕪穢，衰老相憑因。我有錦囊訣，可以持君身。當餐
　　　黃金藥，去為紫陽賓。萬事難並立，百年猶崇晨。別爾東南
　　　去，悠悠多悲辛。(〈潁陽別元丹丘之淮陽〉，卷一七四)

　　　　白日與明月，晝夜尚不閒。況爾悠悠人，安得久世間。
　　　傳聞海水上，乃有蓬萊山。玉樹生綠葉，靈仙每登攀。一食
　　　駐玄髮，再食留紅顏。吾欲從此去，去之無時還。(〈雜詩〉，
　　　卷一八四)

對於容貌的變衰，他說：「玉顏日緇磷」、「衰老相憑因」；對於人命的危脆，他說：「蟪蛄蒙恩，深愧短促」、「百年猶崇晨」、「安得久世間」。正因為人生的有限，時間對生命的侵蝕，太白乃汲汲於求取錦

〔註54〕以上觀點受益於林宏作〈李白的入世與出世觀〉，(《書評書目》，第
　　　四三期)。
〔註55〕見於清人艷雪〈和查為仁悼亡詩〉。

囊訣、黃金藥，期望仙藥、金丹能使玄髮永駐，紅顏不改，進而超凡入聖，得道成仙。

誠如前文所論，求生存是一切生命最強固的本能，何況人類的歷史已由蒙昧邁向文明，由於物質條件的改善，精神生活的提升，人們對於自我的生命當然更爲珍惜。因此，當他感到生命無比短暫，死亡的威脅日益嚴重時，如何延續生命避免死亡，遂成爲無由迴避的課題。醫藥保健固然可以稍稍減緩衰老與死亡的來臨，但是唯有長生不死才是澈底消解死亡陰影的方式〔註56〕。《莊子‧在宥》記載，廣成子修身千二百歲，而形未嘗衰，他在回答黃帝如何治身時說：「至道之精，窈窈冥冥。至道之極，昏昏默默。無視無聽，抱神以靜。形將自正，必靜必清。無勞女形，無搖女精，乃可以長生。」這種形軀長生不死的觀念，應是晚世神仙家之言〔註57〕，與莊子「安時處順」的生死觀大相逕庭；但對於道教長生理論的建構，或許亦有一定的影響。

真正從理論與實踐完整地論證神仙的存在，及長生不死的可能性的思想家，當是晉人葛洪。在《抱朴子‧論仙篇》中，他由人類認知能力的有限，以及事物的差異性、特殊性，說明神仙雖超乎凡俗的想像，但卻是真實的存在，因爲「仙人以藥物養身，以術數延命，使內疾不生，外患不入，雖久視不死，而舊身不改，苟有其道，無以爲難也。」至於藥物養身之道，他在〈金丹〉、〈黃白〉等篇，曾詳細列舉各種仙丹的配方與治煉的方法，其中尤以金丹、還丹金液爲求取長生的仙方，具備神奇的效用。李白所遵行的便是道教這一套服食求仙的理論。

檢視盛唐詩人對於長生不死的追求，如果不從迷信的角度來批判，它實內蘊人類心靈中最古老最深沈的憂患，以及對於永恆與自由

〔註56〕參見張三夕《死亡之思與死亡之詩》，頁65。
〔註57〕錢賓四《莊子纂箋》云：「此晚世神仙家言，莊子初未有之」，頁83。

的渴求〔註58〕。它絕不是對死亡的消極反抗和軟弱抵制〔註59〕，而是
人類憑藉其偉大的想像力，企圖越過死亡的關卡，乃至超越時間的範
限，以有限探求無限，以時間扣問永恆的努力與冒險〔註60〕。

參、遨遊名山寄託遊仙的情懷

雖然在道教的理論中，神仙並非不可期，但是在理性的思維下，
或實際的生活裡，仙人、仙境似乎永遠高懸在不可觸及的彼岸，是屬
於與此岸難以互通的他方世界。因此在遊仙的過程中，往往不能一舉
飛昇，直赴仙界，而必須經由一個中繼站：名山勝境或洞天福地〔註
61〕；所以遨遊名山，乃是遊仙活動重要的一環。孟浩然詩云：

> 海行信風帆，夕宿逗雲島。緬懷滄洲趣，近愛赤城好。
> 捫蘿亦踐苔，輟櫂恣探討。息陰憩桐柏，采秀弄芝草。鶴唳
> 清露垂，雞鳴信潮早。願言解纓紱，從此去煩惱。高步凌四
> 明，玄蹤得三老。紛吾遠遊意，學彼長生道。日夕望三山，
> 雲濤空浩浩。〈宿天台桐柏觀〉，卷一五九）

據孫綽〈遊天台山賦·序〉說：「天台者，蓋山嶽之神秀者也。涉海
則有方丈、蓬萊，登陸則有四明、天台，皆玄聖之所遊化，靈仙之所
窟宅。」其實不只是天台山，中國的每一座名山或多或少都有一些神
仙的傳說，因為它們固然座落在人間，但卻遠離世俗的喧囂，具有清
幽出塵之概；而其巍峨高聳，直入雲霄的特質，也彷彿是登上天界的
階梯。再說山林勝地每每深邃神祕，令人難以盡窺其全貌；深澗幽谷、
山巖石窟、古木蒼松、奇花異卉，加上雲霧的變幻、山嵐的氤氳，使

〔註58〕參見註48引書，頁31。
〔註59〕參見註56引書，頁73。張三夕認為：長生不死理論本質上是對死亡
　　　　的消極反抗和軟弱抵制，它是一種重生，乃至貴生賤死的思想，其
　　　　影響所及，產生把生看得高於一切的國民性。
〔註60〕據李燕捷《唐人年壽研究》，在史料可考的記載中，服長生藥致死在
　　　　唐代人口死亡原因中位居第五；唯資料中顯示，這只是上流社會特
　　　　有的現象，並不構成唐代整體人口的主要死因。頁257。
〔註61〕張鈞莉《六朝遊仙詩研究》論及曹操遊仙詩曾指出其具有「迂迴性」
　　　　的特色，可供參考。頁20。

人宛若置身仙境，並引發仙心，增添玄祕的遐想。何況，道教透過洞天福地之說，幾乎將天下名山完全納入十大洞天、三十六小洞天、七十二福地的仙境系統之中〔註 62〕，更促使名山和仙境的關係益形密切。

所謂「山不在高，有仙則名」（〈陋室銘〉），名山既饒有古代仙人羽化成仙的傳說，又是上天派遣群仙統治天下的處所，適足以作爲凡人上登天界、位列仙班的接引之地，是故遊仙常要經由遊山才能達成。反之，由於神仙傳說的觸發，遨遊名山也容易興起仙遊之思。孟浩然這首〈宿天台桐柏觀〉即是由企慕神仙，而攀登天台，並期望巧遇仙人，學得長生之道；天台在詩人心中，正是仙凡二界的交界之處。

「五嶽尋仙不辭遠，一生好入名山遊」（〈廬山謠寄盧侍御虛舟〉，卷一七三），這兩句詩一方面說明太白對遊仙的情有獨鍾，另一方面恰好點出遊名山與訪神仙的關係。甚至可以說，遨遊名山無異是李白遊仙生涯的重心所在，對他而言，遊山與遊仙實是一體的兩面。例如〈登敬亭山南望懷古贈竇主簿〉云：

> 敬亭一迴首，目盡天南端。仙者五六人，常聞此遊盤。
> 谿流琴高水，石聳麻姑壇。白龍降陵陽，黃鶴呼子安。羽化
> 騎日月，雲行翼駕鸞。下視宇宙間，四溟皆波瀾。汰絕目下
> 事，從之復何難。百歲落半途，前期浩漫漫。彊食不成味，
> 清晨起長嘆。願隨子明去，鍊火燒金丹。（卷一七一）

在這樣的詩篇中，滿是古仙人的故事，琴高、麻姑於山中修煉得道，陽子明得白龍之助，飛上去地千餘丈的陵陽山；凡此都令詩人心生嚮往，進而決意擺脫俗務，跟隨前賢「鍊火燒金丹」的腳步，期能得道飛昇。全詩雖是登山臨水之作，卻以遊仙爲詠懷的主題〔註 63〕。

除了描寫對仙人的緬懷之外，有時李白在遊名山的作品中更出現

〔註 62〕參見趙有聲等著《生死・享樂・自由》，頁 164。
〔註 63〕又如太白的〈早望海霞邊〉、〈焦山望寥山〉、〈天台曉望〉（俱見卷一
　　　　八〇），皆可比並參考。

了仙人的蹤跡，如〈廬山謠寄盧侍御虛舟〉所說的：「遙見仙人綵雲裡，手把芙蓉朝玉京」，又如〈遊泰山六首〉云：

> 清曉騎白鹿，直上天門山。山際逢羽人，方瞳好容顏。捫蘿欲就語，卻掩青雲關。遺我鳥跡書，飄然落巖間。其字乃上古，讀之了不閑。感此三歎息，從師方未還。（其二）

> 平明登日觀，舉手開雲關。精神四飛揚，如出天地間。黃河從西來，窈窕入遠山。憑崖攬八極，目盡長空閒。偶然值青童，綠髮雙雲鬟。笑我晚學仙，蹉跎凋朱顏。躊躇忽不見，浩蕩難追攀。（其三，卷一七九）

當然，這是凝心想望的結果，似真而實是幻，似幻而又近乎真。自然山水在他筆下成為仙境式的，或者道教式的自然〔註64〕，而他的仙境是在夢想和名山大壑之間潛藏著〔註65〕。

　　或許，仙界非凡胎俗骨所能親自躋登，而名山卻是人人可以任情遨遊；為了滿足人的需求，仙界由天上下降到人間，仙山由海外移向海內，名山成為仙境的表徵，或者說是仙境在人間的投影。而位於名山勝地的道觀，則類比於仙宮，悠遊其間的道士，更被目為地上的神仙〔註66〕。如孟襄陽〈清明日宴梅道士房〉云：

> 林臥愁春盡，開軒覽物華。忽逢青鳥使，邀入赤松家。丹竈初開火，仙桃正落花。童顏若可駐，何惜醉流霞。（卷一六○）

以赤松家形容梅道士房，雖然容有客套成分，但正反映出社會上尊道士為仙人的傾向。李太白〈題隨州紫陽先生壁〉亦稱美紫陽真人「道與古仙合，心將元化并」，並盼真人「終願惠金液，提攜凌太清」（卷一八四）；凡此皆說明，道士已由溝通仙凡的媒介，逐漸轉化為陸上神仙的角色。於是遨遊名山、道觀，與著名的道士交往，成為重視實

〔註64〕參見註2引書，頁177。
〔註65〕參見蕭馳《中國詩歌美學》，頁179。
〔註66〕參見註2引書，頁176。文中認為道教以山水重建了溝通人仙的場地，而道觀是由人變仙的中轉站。

感的盛唐詩人遊仙的主要內涵，求仙與隱逸山林乃有部分合流的趨
勢：

> 世業傳儒行，行成非不榮。其如懷獨善，況以聞長生。
> 家近華陽洞，早年深此情。巾車雲路入，理棹瑤溪行。天地
> 朝光滿，江山春色明。王庭有軒冕，此日方知輕。（儲光羲〈遊
> 茅山五首・其二〉，卷一三六）

> 北風吹海雁，南渡落寒聲。感此瀟湘客，淒其流浪情。
> 海懷結滄洲，霞想遊赤城。始探蓬壺事，旋覺天地輕。澹然
> 吟高秋，閒臥瞻太清。蘿月掩空幕，松霜結前楹。滅見息群
> 動，獵微窮至精。桃花有源水，可以保吾生。（李白〈秋夕書
> 懷〉，卷一八三）

這兩首詩中，神仙的遐想與山林的美景、隱逸的思想相互融合，呈現
出淡遠出塵的意境。而由「王庭有軒冕，此日方知輕」，「始探蓬壺事，
旋覺天地輕」，可知對於詩人而言，學道求仙意謂著捨俗就真，故能
看淡世俗的榮辱得失，解脫名韁利鎖的束縛，重尋心靈的逍遙自在。
〈秋夕書懷〉蕭士贇注云：「太白當謫逐之時，乃能以仙遊自解，可
謂善處患難者矣〔註67〕」，而其實太白此詩除遊仙之趣外，還包含著
濃厚的老莊隱逸思想。李豐楙認為：「道教中人的希企神仙，本質上
雖有異於隱逸性格，但由於超越現實的理想性與實際隱處求道的生
活，有相當一致之處，所以仙境、神仙等也就易於成為一種方外、世
外的隱喻符號〔註68〕。」這一段話由另一個角度說明，遊仙的真意有
時不完全在「仙」，而在於「隱」，仙境是隱逸型文士的寄託，正如陶
淵明的桃花源，實具備了仙、隱雙重的性質。而由於隱逸精神的注入，

〔註67〕見瞿蛻園等《李白集校注》，頁1404。又：太白〈落日憶山中〉、〈憶
　　　秋浦桃花舊遊時竄夜郎〉（同見卷一八二），亦以遊仙作為貶謫之際
　　　的安慰與希望。

〔註68〕見李豐楙〈唐人遊仙詩的傳承與創新〉，（《中國詩學會議論文集》，
　　　頁426）。事實上，唐代著名道士如王希夷、王遠知、潘師正、司馬
　　　承禎、吳筠等，在《舊唐書》都歸入〈隱逸傳〉中，道士與隱士之
　　　間的界限往往是模糊的。

更豐富了遊仙的實質內涵，並增加其消解時空憂患的作用。

肆、馳騁想像慰藉心靈的苦悶

　　仙境、仙人的傳說固然浪漫而動人，但是由於神仙總是玄虛莫測，神龍見首不見尾，是故相對於成仙的嚮往，有另一種反遊仙的觀點存在。〈古詩十九首〉中即已提出「服食求神仙，多爲藥所誤」的批判；曹植雖頗有遊仙之思，但亦曾寫下「虛無求列仙，松子久吾欺」（〈贈白馬王彪〉）的激憤之語。李華在〈詠史十一首‧其六〉中，似肯定崑崙、仙國的存在，但卻又說：「靈氣皆自然，求之不可得」（卷一五三），否定了凡人成仙的可能性。太白對於服食求仙具有超乎常人的熱情，但是在追尋的過程中，又何嘗沒有懷疑，〈擬古十二首‧其三〉云：「仙人殊恍惚，未若醉中眞」（卷一八三），不正是求仙不得的迷惘？

　　然而，儘管懷疑、失望，詩人遊仙的熱誠並不因之而消褪。因爲就文化的意涵而言，遊仙意謂仙鄉樂土的追尋，而仙鄉是苦悶心靈的寄託與希望。李白〈古風〉云：

> 朝弄紫沂海，夕披丹霞裳。揮手折若木，拂此西日光。雲臥遊八極，玉顏已千霜。飄飄入無倪，稽首祈上皇。呼我遊太素，玉杯賜瓊漿。一餐歷萬歲，何用還故鄉。永隨長風去，天外恣飄揚。（卷一六一）

葛立方《韻語陽秋》卷第十一云：「李太白古風兩卷，近七十篇，身欲爲神仙者，殆十三四：或欲把芙蓉而躡太清，或欲挾兩龍而凌倒景，或欲留玉舄而上蓬山，或欲折若木而遊八極，或欲結交王子晉，或欲高挹衛叔卿，或欲借白鹿於赤松子，或欲餐金光於安期生。豈非因賀季眞有謫仙之目，而固爲是以信其說邪？抑身不用，鬱鬱不得志，而思高舉遠引邪？」這一段話旨在說明，遊仙是太白不得志於時，紓解內心鬱結的方式；由這個觀點出發，對於盛唐詩人遊仙的情懷將有另一番的體認。

如果進一步追問，遊仙何以能成爲苦悶心靈的寄託，又如何能消解時空之憂患？由李白這首〈古風〉或許可以得到解答的線索。在現實的生活之中，每一個人都深受時空條件的制約，時間鞭策我們由生命的起點，匆忙地趨向其終點，無論再如何不捨，也無以改變這命定的結局。而人的形軀，其活動能力亦十分有限，在水不能如魚悠游自得，在陸不能如馬日行千里，在天更不能與鳥競逐而飛；何況或由於生計的催迫，或格於君臣的大義，或源於時運的不濟，傳統的知識分子在精神上常有一種不當其位、跼天蹐地的感受。而神仙世界中，生命時間可以無限綿延，活動空間亦無比浩瀚，朝夕之間，足以雲遊八極，一餐之際，人間已經歷萬年，所有現實的時空框架完全破除，而進入澈底解放，自由自在的境地〔註69〕。

這種自由逍遙的快樂或源於宗教中神仙傳說的鼓盪，或者可以說是來自人類心靈無限自由的想像力。憑藉想像的翅膀，上天入地，恣意邀遊，乃至建構另一個浪漫瑰麗、超越現實的世界，其中意蘊著人類對於永恆與自由的執著和追尋，也呈現出心靈世界的奇幻與偉大。而就在神仙的幻想，仙境的構築中，就有一分不待外求的快慰和滿足，因時空意識所衍生的生命憂患感，遂暫時在這想像的美好世界中得到安頓〔註70〕。

以下再以李白〈短歌行〉、〈夢遊天姥吟留別〉略申前論：

> 白日何短短，百年苦易滿。蒼穹浩茫茫，萬劫太極長。麻姑垂兩鬢，一半已成霜。天公見玉女，大笑億千場。吾欲攬六龍，迴車挂扶桑。北斗酌美酒，勸龍各一觴。富貴非所願，與人駐顏光。（卷一六四）

> 熊咆龍吟殷巖泉，慄深林兮驚層巔。雲青青兮欲雨，

〔註69〕此處乃相對於人世間的局限而言，若仔細考察，所謂仙界似亦有尊卑等階級差別。

〔註70〕張鈞莉以爲：不論這因逃避，因幻想得來的快樂能維持多久，能解決多少問題，遊仙詩畢竟爲人們飄泊的心靈找到了棲息之所，心中的苦悶也得到暫時宣洩。參見註61引書，頁158。

水澹澹兮生煙。列缺霹靂，丘巒崩摧。洞天石扇，訇然中
開。青冥浩蕩不見底，日月照耀金銀臺。霓爲衣兮風爲馬，
雲之君兮紛紛而來下。虎鼓瑟兮鸞迴車，仙之人兮列如麻。
（卷一七四）

〈短歌行〉以人生苦短，而宇宙浩瀚無窮發端，其中穿插天公、玉女、
和麻姑等天仙的故事，並想像自己能登上日車，使六龍迴駕，乃至以
北斗星斟上美酒，令六龍泥醉，於是時光得以暫停，紅顏得以長駐。
〈夢遊天姥吟留別〉則描摹隱於名山間的仙境，熊咆龍吟、雷電霹靂，
仙境乍現前林巒爲之驚動；青冥浩蕩、金銀照耀，石扇之內別有洞天；
虎鼓瑟、鸞迴車，霓爲衣、風爲馬，仙人的衣飾、排場何其瑰麗動人。
凡此，無不是想像力的馳騁與渲染。

　　總之，神仙的追尋雖然只是一種遐想，夢遊之後終究要清醒，
但是以李白爲主的盛唐詩人卻仍對神仙世界充滿希望。他們「或高
蹈風塵，或尋仙林泉，或托神蓬萊，或遨遊太清，以期在一個超越
時空的天國裡讓其生命快感在虛幻中滿足，在宣泄中平息，讓其現
實痛苦在神遊中忘卻，並獲得一種象徵性的長生久視的精神愉悅〔註
71〕。」因此，詩人求仙往往不管神仙世界是眞是假、是實抑虛，這
種無關眞實，但求眞趣的態度，正是以遊仙爲抒情，寄託人類在有
限時空中對於他界的嚮往〔註72〕。然則，遊仙的價值乃在於過程，
而不在於結果；遊訪與追尋才是其意義的核心，至於想像，則是其
魅力眞正之所在。

　　綜合以上所論，本節主要的論點約有如下數端：

　　（1）學道遊仙是盛唐詩人消解時空憂患的主要方式之一，而遊
仙所以能在盛唐成爲一種時尚，一方面是由於〈遠遊〉以降，遊仙文
學的影響，另一方面則與唐代對道教的崇信攸關。盛唐文士喜愛遨遊

〔註71〕見程自信、王友勝〈論古代文人的生命意識〉，（《中國古代、近代文
　　　　學研究》，1993年，第一期）。
〔註72〕參見註68引文，頁428。

名山、道觀，和道士結交，乃至親自受籙入道，服食煉丹以追求長生，都可見道教信仰已經深入其生活之中。

（2）維護自身的生存乃是有生之物最強固的本能，但是有生必有死卻是宇宙自然的軌則，對於凡人而言，名利聲色易泯，唯生死之念難消。也許，人生苦短、歷史無情的感懷已近乎老生常談，但是當真正面臨自己的老病死亡，或在歷史中看到人類共同的命運，心中那分生命意識自是深沈而真切，只因為它是從「生身命根」上產生的。而服食求仙的思想恰為人指出一條逃離生死威脅之道。

（3）在盛唐詩人中，遊仙情懷最為濃厚的，自非李太白莫屬，遊仙不但是他情性上的偏好，還是他對治生命憂患的良方。太白對於時間的推移，人命的危脆，有極敏銳的自覺，對於自身由天上而人間，由京華而夜郎的淪落，亦有滿腔的憤懣。他曾將此情寄託於飲酒，寄託於山林，而服食求仙，則是他超越時空憂患的另一種選擇。

（4）仙界屬於他方世界，非凡胎俗骨所能躋登，而名山既饒有古代仙人羽化登仙的傳說，適足以成為凡人上達天界的接引之處，是故遊仙常要經過遨遊名山的歷程。反之，由於神仙傳說的觸發，名山的遊賞也易於興起仙遊之思。因此，參訪名山、道觀，與道士相互往還，乃是盛唐詩人遊仙的主要內容。

（5）名山的遨遊常與自然的美景、隱逸的情趣合流，所以遊仙的真意有時不在於「仙」，而在於「隱」。仙境是隱逸型文士理想的寄託，而由於隱逸精神的注入，豐富了唐人遊仙的實質意涵，並增加其消解時空憂患的作用。

（6）在神仙世界中，生命時間可以無限延伸，活動空間亦無比浩瀚，所有現實的時空框架完全破除，而進入澈底解放的自由境地。這種自由逍遙的快樂，實源於人類心靈活潑的想像力；當詩人馳騁其想像，仙人、仙境所構成的奇幻世界於焉呈現，就在神仙的幻想，仙境的構築中，因時空意識所衍生的生命憂患感，以及對於永恆與自由

的渴慕，遂獲得暫時的安頓與滿足。

（7）總之，遊仙終究只成爲盛唐詩人抒情詠懷的方式，遊訪與追尋才是其意義的核心，至於豐富的想像力則是它深受詩人喜愛的原因所在。

第四節　參禪學佛出離世間

壹、引　言

在〈古詩十九首〉和陶詩之中，關於生死憂患的消解之道主要包括飲酒、求仙、立善求名、以及任運自然等。其中立善求名以圖不朽，原是對治時間意識的積極途徑，然而，盛唐詩人在功業的追尋過程裡，卻常充滿挫折和痛苦，那恰又成爲空間意識所以產生的內在原因（詳見第一章第三節，第三章第二節）；因此在本章中，並不將它視爲消弭時空憂患的重要方式。至於飲酒、求仙則爲唐人所沿襲，而任運自然所意謂的老莊生活哲學，具體表現在寄情山水田園、歸返自然的隱逸生活中，這正是本章前三節所闡述的重心。與此三者相較，參禪學佛可以說是唐人超越時空憂患較具時代特色的方式。

佛教傳入中國始於西漢哀帝元壽年間〔註73〕，而佛法在中國的昌盛卻在隋唐時期。尤其是唐代，南北政治統一，國家經濟發達，文化交流暢旺，宗教活動亦日趨活絡。如前所論，唐代王室對道教十分禮遇、尊崇，太宗並曾下詔確定「道先佛後」的名位，但事實上唐王室對佛教卻未嘗偏廢。如貞觀十九年，玄奘取經歸來，太宗特敕迎接，其後更爲玄奘新譯佛經作序，即著名的〈大唐三藏聖教

〔註73〕參見鎌田茂雄《簡明中國佛教史》第 8 頁。據《三國志》，〈魏書卷三十〉裴松之注引魚豢《魏略・西戎傳》云：「昔漢哀帝元壽元年，博士弟子景盧受大月氏王使伊存口授浮屠經」，可見佛教傳入中國實比一般所說的漢明帝時代要早，唯早期佛教是以口授方式傳入的。

序〉〔註74〕。而由於太宗、高宗父子對於譯經工作的鼎力支持，使得玄奘得以系統地譯介了反映當時印度佛教全貌的基本著作〔註75〕，為中國佛教注入新生命。武后掌握實權後，僧懷義、法明等撰作《大雲經》，聲稱武氏為彌勒下凡，當取代唐而有天下。因此，武氏即帝位後，在兩京及諸州各設大雲寺一所，並將僧尼的地位提至道士女冠之上〔註76〕。另一方面禪宗北派的領袖神秀，受敕於當陽山設立度門寺，宏揚禪法；華嚴宗領袖法藏亦曾受武氏召見，為之講說華嚴教理。玄宗時，善無畏、金剛智、與不空號稱「開元三大士」，他們因經常為皇帝、朝廷祈福，而備受重視。尤其是不空，先後翼贊玄宗、肅宗、代宗三朝，曾為玄宗施行灌頂法，德望俱隆，中國的密宗就在他的奠基下創立了〔註77〕。

除了君王的信奉、倡導外，初盛唐佛教的興盛，更重要的標幟是宗派的開創。玄奘、窺基創立法相宗，不空、善無畏創立密宗，慧能雖名為禪宗六祖，但卻是中國禪宗真正的奠定者，此外華嚴宗法藏、律宗道宣、淨土教善導、天台宗湛然等名僧輩出，為佛教的中國化貢獻良多。中國化的佛教既是佛教文化進入中國，與其固有思想接觸、衝擊、融合所形成的新宗教，由於具有本土化的色彩，故易於為人所接受。再加上俗講、變文的流行，佛教文化和信仰遂深深植入士民心中，乃至成為唐人精神生活中不可或缺的一環〔註78〕。

中國佛教各宗派之間，無論是所尊奉的經典，宗教哲學的重心，

〔註74〕參見董乃斌《流金歲月》，頁139。
〔註75〕參見李富華〈中佛教史上的四大翻譯家〉，見趙樸初等著《佛教與中國文化》，頁265。玄奘所譯包括因明類《因明入正理論》，說一切有部《阿毗達磨俱舍論》，律部《瑜伽菩薩戒本》，中觀學《大乘廣百論釋》，瑜伽行學派《瑜伽師地論》、《成唯識論》等，晚年還譯出佛教經籍中最大的一部經《大般若經》六百卷，其成就可謂是前無古人。
〔註76〕詳見《資治通鑑》卷二百四，則天后天授元年。
〔註77〕參見註75引文，頁368。
〔註78〕參見註73引書，頁195。

以及修行的法門都存在相當的差異，然而萬變不離其宗，佛教創教時的主要觀點如四聖諦、三法印等卻是大小乘佛教立論的基石〔註79〕。所謂四聖諦即苦、集、滅、道四諦。苦諦意指生命的本質、人生的歷程是痛苦的，誠如《法華經》卷二，〈譬喻品〉所說：「三界無安，猶如火宅，眾苦充滿，甚可怖畏。」在眾苦之中，佛家特別強調生、老、病、死、愛別離、怨憎會、求不得、五陰熾盛等八苦；有時則將八苦合稱為苦苦，另與壞苦（樂境變遷）、行苦（神識遷流不息）並稱三苦，凡此皆是三界生死的果報。集諦意指眾生自心所起的見思煩惱，能驅使人妄造一切惡業，自然招感無盡的生死等苦，可說是三界生死的根源。滅諦意指滅盡一切痛苦煩惱，了脫生死的輪迴，證得涅槃的果位。道諦則意指修持戒、定、慧三無漏學，或四念處、八正道等所構成的三十七助道品，便能徹底斷除貪瞋癡三毒，不再造作生死流轉的業因，而超凡入聖，可說是出離世間的解脫法門。由此可見，四聖諦實包括生命是苦的真相，招致苦果的原因，滅苦之後的境界，與斷集滅苦的方法〔註80〕。

　　至於所謂三法印，乃是諸行無常、諸法無我、與涅槃寂靜之謂，這三大法印是佛教與其他學說的分水嶺，也是後來衡量、判斷佛教學說是否正確的標準〔註81〕。綜合四聖諦、三法印所說，無常、苦、空、以及寂滅實是佛法的核心，更是經、律、論三藏教義衍生、發展的真正基礎。

〔註79〕大乘佛教將三法印、四聖諦認為是佛為小乘聖人所說，如《妙法蓮華經》卷一，〈序品〉云：「（世尊）為求聲聞者，說應四諦法，度生老病死，究竟涅槃。為求辟支佛者，說應十二因緣法；為諸菩薩說應六波羅密，令得阿耨多羅三藐三菩提，成一切種智。」唯六波羅密等大乘菩薩行，應是四聖諦的進一步闡揚，而不是一種否定。

〔註80〕關於四聖諦的說解主要參考雪廬老人講授的《佛學概要十四講》中，第四講、第十一講。

〔註81〕參見方立天《佛教哲學》，頁120。又：三法印本有「諸受皆苦」，唯以無常、無我中已邏輯地包括諸受皆苦的原理，後遂由「涅槃寂靜」所取代。

　　如果將本文所論及的時空憂患與佛教思想略加比附，所謂時間意識與時間憂患，類近於老、病、死、壞諸苦，或者更扼要地說，亦即無常之苦；而所謂空間意識與空間憂患，不外是一種求不得、五陰熾盛所產生的苦惱。至於其產生的根源實在於詩人對自我生命、人生理想的執著，這又和集諦中的身見（我、我所）雷同。然則，佛教既是以解脫世間生死等痛苦為務，盛唐詩人又處於佛教思想蓬勃，佛教文化普及的時代，當他們飽受時空憂患之際，參禪學佛以解脫世間的逼迫憂苦，毋寧是最自然的傾向。

貳、欲知除老病惟有學無生

　　　　山中多法侶，禪誦自為群。城郭遙相望，唯應見白雲。

（〈山中寄諸弟妹〉，卷一二八）

這一首小詩是王維向弟妹描述山居生活的作品，詩中的焦點不是自己，而是隱居山中的僧侶，以及他們尋常的課誦。在白雲深處，禪誦聲隔絕了塵俗的紛擾，而白雲的捲舒，象徵出世的脫俗自在。雖然不免有親情的牽掛，但對於僧侶的修道生活，詩人言下自然流露出一種悠然神往的心境。然而，王維所以學佛除了嚮往這種出塵的情調外，主要還是由於生死憂患的驅迫：

　　　　獨坐悲雙鬢，空堂欲二更。雨中山果落，燈下草蟲鳴。
白髮終難變，黃金不可成。欲知除老病，唯有學無生。（〈秋
夜獨坐〉，卷一二六）

　　　　宿昔朱顏成暮齒，須臾白髮變垂髫。一生幾許傷心事，
不向空門何處銷。（〈歎白髮〉，卷一二八）

一般而言，青少年時期生命尚處於成長、發展的階段，這時身手矯健、思緒敏銳，彷彿擁有取之不盡、用之不竭的精力，對於未來則充滿豪情壯志；老病只如天際偶然飄過的雲影，至於死亡更是既遙遠而又模糊的名詞，似乎永遠不可能與自己相涉。然而，誠如王維所說：「宿昔朱顏成暮齒，須臾白髮變垂髫」，年屆中年之後，原本剛強壯盛的

體魄逐日衰退，所謂「視茫茫、髮蒼蒼、齒牙動搖〔註82〕」的現象遂在身上一一出現。而病和老總是如影相隨，血氣既衰，諸病乃輻湊而至；一旦老病相纏，死亡巨大的陰影便成為揮之不去的夢魘。

　　由朱顏而暮齒，由垂髫而白髮，無常在身體的變化中示現；秋雨之中，山果隕落，觸動的是生命終將飄零的哀傷；孤燈之下，草蟲悲鳴，喚醒的是時間悄然流逝的無奈，對於時間、無常、與生命，王維都有極其深邃洞澈的體悟。至於如何解脫無常之苦？寄情自然山水是他性之所近，參禪學佛則是他心靈真正的依歸。「白髮終難變，黃金不可成」，青春永駐，羽化成仙，只是一種浪漫荒誕的幻想；和太白熱衷於服食求仙迥然不同，王維並不期求肉體的長生不老，他所追尋的是斷滅生死的涅槃寂靜。

　　其實，學佛以消除老病憂苦的觀念，不僅虔誠向佛的摩詰有之，儲光羲亦云：「或念無生法，多傷未出塵」（〈秦中守歲〉，卷一三九），頗以不能擺脫塵雜，全心學佛為憾。韋丹〈答澈公〉則云：

　　　　空山泉落松窗靜，閒地草生春日遲。白髮漸多身未退，
　　依依常在永禪師。（卷一五八）

亦表明對高僧大德的仰慕崇信，以及隨年歲而日長，永不退轉的道心。

　　傅偉勳論及「世界宗教與死亡超克」時曾說：「在所有宗教之中，惟有佛教自始至終以生死大事為宗教應該關注的首要課題，不假借天啟、傳統之類的外力，完全依靠生死體驗、內省工夫、智慧洞見、心性涵養等等純內在精神本領，去如實觀察包括生死現象在內的世間一切，由是發現宗教解脫之道〔註83〕。」憨山大師在《夢遊集》中更強調：「從上古人出家本為生死大事，即佛祖出世，亦特為開示此事而已，非於生死外別有佛法，非於佛法外別有生死。」這兩段話在在說明，佛學是闡明生死大事之學，而佛教是引領人解脫生死流轉之苦的宗教。因此，當老病交侵，生命大限屆臨之際，詩人乃有皈依空門，

〔註82〕參見韓昌黎〈祭十二郎文〉。
〔註83〕見傅偉勳《死亡的尊嚴與生命的尊嚴》，頁153。

超脫生死輪迴的期願。

值得注意的是，佛家超越生死憂患的方式並非順著生命的發展方向，延長其長度，讓死亡永不到來；而是逆向探索死亡的根源，由生為死因，進而追溯到生死的本根，亦即無明。一旦依法修行，滅除無明煩惱，不造業因，不再投生，自無老死憂悲苦惱之患〔註84〕。

詩人筆下「無生」一語，適足以說明佛家如是的生命終極理想；當然它不能理解為常識層面的死亡，而是泯除生死二元對立，不生亦不滅的涅槃境界。然而，欲求斷絕煩惱，滅度生死的因果，又談何容易！其中最重要的關鍵在於如法地修行，親身的體證。盛唐詩人中，奉佛最虔敬，信道最篤實的，自非王摩詰莫屬，是故仍以其詩作為例，說明詩人求取「無生」之道。例如：

> 少年不足言，識道年已長。事往安可悔，餘生幸能養。誓從斷葷血〔註85〕，不復嬰世網。浮名寄纓珮，空性無羈鞅。……一心在法要，願以無生獎。（〈謁璿上人〉，卷一二五）

> 竹徑從初地，蓮峰出化城。窗中三楚盡，林上九江平。軟草承趺坐，長松響梵聲。空居法雲外，觀世得無生。（〈登辨覺寺〉，卷一二六）

> 翡翠香煙合，琉璃寶地平。……香飯青菰米，嘉蔬綠筍莖。誓陪清梵末，端坐學無生。（〈遊化感寺〉，卷一二七）

王縉〈進王右丞集表〉描述其兄的生活云：「縱居要劇，不忘清淨；實見時輩，許以高流。至于晚年，彌加進道；端坐虛室，念茲無生。」劉昫《舊唐書·王維傳》更詳細刻劃王維宗教生活的細節：「居常蔬食，不茹葷血，晚年長齋，不衣文綵。……在京師，日飯十數名僧，以玄談為樂。齋中無所有，唯茶鐺、藥臼、經案、繩床而已。焚香獨

〔註84〕佛教有緣覺乘的十二因緣法，所謂十二因緣乃指無明、行、識、名色、六入、觸、受、愛、取、有、生、老死等十二支，無明為老死的根本原因。詳見註80引書。

〔註85〕《全唐詩》原作「臂血」，臂一作「葷」；趙殿成《王右丞集箋注》卷之三引《唐書·本傳》，以為當作「葷」字。

坐，以禪誦爲事。妻亡，不再娶，三十年孤居一室，屏絕塵累。」綜
合史傳記載與詩中所述，摩詰修道的法門包括：不殺生（誓斷葷血，
居常蔬食）、不邪淫（妻亡，不再娶，孤居三十年），這是端正行爲、
莊嚴操守的戒學。禪坐（軟草承趺坐，端坐學無生；端坐虛室，焚香
獨坐），這是凝心入定、止息妄念的禪定。觀照（觀世得無生）、讀經
（以禪誦爲事），這是去惑斷疑、證悟眞如的慧學。戒、定、慧三學
是佛教最基本的修習法門，透過戒律在於要求道德的完善，經由禪定
可以獲取心靈的寧靜，開啓智慧乃能邁向涅槃的境界；然而戒律、功
夫、與智慧並非孤立的，若能三學並修，更具有相輔相成的效果〔註
86〕。由上面的論述可見，王維對於三無漏學的修行是全面而深入的；
雖然終其一生，他是否眞正體證佛家的涅槃境界已不可知，但是正因
爲積三十餘載的佛學涵養〔註87〕，使其詩境顯得格外沖澹虛靜、閒雅
出塵，王漁洋以「詩佛」稱之，應是最高的讚譽〔註88〕。

　　總之，學佛以對治生老病老的無常，縱使不能超出三界，永離生
死，只要能行解並修，深造有得，一旦大限來臨之際，亦不至於張惶
驚懼，而能順受其命了。

參、白法調狂象安禪制毒龍

　　參禪學佛以治心爲主，所以說佛法即心法。佛學、佛典又稱內學、
內典〔註89〕，這不但分別了教內與教外之學，還指明佛法「向內觀心」

〔註86〕關於三學之觀點主要參考註81引書，頁102。
〔註87〕據趙殿成〈王維年譜〉，王維三十九歲著有〈大薦福寺大德道光禪師
　　　　塔銘〉，而銘中有言：「維十年座下，俯伏受教」；然則他年未三十已
　　　　受教於名僧。《新唐書・本傳》記載維辛時六十一，可見他學佛在三
　　　　十年以上。此處觀點曾參考袁行霈《中國詩歌藝術研究》，頁204。
〔註88〕李正治〈山河大地在詩佛〉結尾云：「綜觀王維後期的詩，確實能創
　　　　造中國詩的新境，而透入靜態美的深遠意涵，我們承認王漁洋的『詩
　　　　佛』尊稱有其意義，不只是因爲王維晚年是個篤信的佛徒，而實是
　　　　因王維詩呈現了獨特的美的悟境」，可供參考。（《鵝湖》，第一卷第
　　　　六期）。
〔註89〕《陳書・傅緯傳》云：「三論之學，爲日久矣。龍樹創其源，除內學

的特質。然而，除了獨居修行外，盛唐詩人的宗教生活亦包括名山古剎的參訪，或向禪師高僧請益。其中尤以隱逸傾向較濃的自然詩派詩人，留下較多的記載，虔心向佛的王維暫且不論，在詩題上即和佛寺禪僧明顯相關的詩篇，孟浩然有二十八首，王維的詩友綦毋潛，《全唐詩》共錄其詩二十六首，但寫方外之事者卻達九首之多，裴迪二十九首詩中，〈輞川集〉二十首充滿了禪意，其他九首中又有三首是關於僧寺的（註90）。在這類作品中，可以看到詩人對於佛教的觀點，與對佛法的體認。例如裴迪〈青龍寺曇壁上人院集〉云：

> 靈境信爲絕，法堂出塵氛。自然成高致，向下看浮雲。
> 迤邐峰岫列，參差閭井分。林端遠堞見，風末疏鐘聞。吾師
> 久禪寂，在世超人群。（卷一二九）

詩中連綴了許多饒具宗教意味的語詞，諸如：靈境、法堂、出塵、高致、禪寂等等。固然這樣的描述有時不免輾轉相因，成爲習套，濃厚的說理說教風格，亦沖淡詩歌的情韻，但是其中卻反映了詩人的宗教生活，和宗教情懷。

　　唐代各地公私寺院、蘭若數目頗爲驚人，據《資治通鑑》卷二四八所載，武宗會昌滅佛時，「奏括天下寺四千六百，蘭若四萬，僧尼二十六萬五百」，以此逆推，盛唐時寺院、蘭若亦應相當普及。寺院，一方面是僧尼修行之處，另一方面也是方便接引大眾之所，它可以說是方外生活的具體表徵。詩人在寺院的參訪中，最常領受的是一種幽靜空寂的宗教氛圍，以及由此而生的出塵之感。裴迪詩中所謂「法堂出塵氛」、「在世超人群」，即點出佛教出世間的基本性格。又如：

> 雲向竹谿盡，月從花洞臨。因物成眞悟，遺世在茲岑。
> （綦毋潛〈登天竺寺〉，卷一三五）

> 宴息花林下，高談竹嶼間。寥寥隔塵事，疑是入雞山。
> （孟浩然〈遊景空寺蘭若〉，卷一六○）

之偏見」；《南史・何胤傳》則云：「何胤入鍾山寶林寺聽內典，其業皆通」；二書即以內學、內典稱佛學、佛經。

〔註90〕以上統計參見周裕鍇《中國禪宗與詩歌》，頁66。

　　　　石徑入丹壑，松門閉青苔。閒階有鳥跡，禪室無人
開。……了然絕世事，此地方悠哉。(李白〈尋山僧不遇作〉，
卷一八二)

　　　　平原十里外，稍稍雲巖深。遂及清淨所，都無人世
心。……吾欲休世事，於焉聊自任。(高適〈同群公題中山寺〉，
卷二一二)

在這些詩句中，遺世、隔塵事、絕世事、休世事，既描寫寺院所在的
清幽絕俗，還表示詩人在宗教氣氛的浸染下，興起擺脫塵累，遺世獨
立的心願。上一節曾說遊仙與隱逸有部分合流的趨勢，在此亦可見詩
人彷彿將方外生活視為另一類型的隱逸情態。然而和山林隱逸相較，
佛教思想具有更澈底的出世情懷，以詩中常見的動詞而論，隱居山林
每每出現歸、返等字，反之為表現佛家對世俗的捨離，輒用出、遺、
隔、絕、休等字眼，孟浩然〈尋香山湛上人〉則云：「願言投此山，
身世兩相棄」(卷一五九)，這些意謂著全然否定的語詞，正說明詩人
對於佛家出世特質的把握。

　　然而，所謂世間究竟為何？佛教認為世人所貪愛追逐的無非財、
色、名、食、睡等五欲。食、色、和睡屬於身體感官的渴欲，而財與
名則為心理的需求。盛唐詩人所耿耿於懷的除了時間的無常外，主要
即是名位的追尋，以及追尋歷程中的挫折、創傷；患得患失的憂懼，
與所求不得的煩惱在心中積聚縈繞，生命遂永無安頓寧定之時。飲酒
是借酒精的效力，暫時遺忘痛苦，隱逸是由自然的美景來撫慰心靈，
遊仙乃是在想像的馳騁中，獲得虛幻的滿足，佛陀的教旨則是指出憂
苦的根源，要人以智慧之火，將它澈底根除。《佛說四十二章經》云：
「人從愛欲生憂，從憂生怖，若離於愛，何憂何怖〔註91〕」，憂苦產
生的根源既是愛欲，而愛欲又如深壑大海，沒有填平的時刻，那麼捨
愛棄欲恐怕才是離苦得樂的正道。

　　唯凡俗之人既生於世間，遂安於世間，雖然以五欲財利之故，

─────────────────────

〔註91〕見迦葉摩騰與竺法蘭譯《佛說四十二章經》。

受諸種苦，卻仍貪戀執著，在眾苦充滿的三界火宅中，東馳西走，不肯出離〔註92〕，或者雖有出離之想，卻時生退轉之心，所以說出世智慧的開啟，除根器大利者外，實有賴於眞實的修行。王維〈過香積寺〉云：

> 不知香積寺，數里入雲峰。古木無人徑，深山何處鐘。
> 泉聲咽危石，日色冷青松。薄暮空潭曲，安禪制毒龍。（卷
> 一二六）

這首詩歷來最被稱美的是其頷、頸二聯寫景如畫的特質，《唐宋詩舉要》卷四云：「幽微夐邈，最是王、孟得意神境。」然而，若從思想意涵而言，尋訪古寺的過程就意味著一次心靈淨化，或參禪悟道的過程。由不知寺，而何處鐘，以迄於到達目的地，正如由愚迷而邁向覺悟，雖然必須經過迂迴曲折的旅程，但終究有開悟證道的一天，這是就參禪悟道來說。至於由人間而入深山的參訪，經由山光水色的洗滌，屬於人間的熱惱已經逐步得到淨化、昇華，加上安禪靜坐的功夫，心中一切塵雜妄想終至消除殆盡；因此，過訪香積寺無異是一次心靈淨化的動態歷程〔註93〕。

　　鐘聲是自古標識時間的方式，早晚的鐘聲代表時間的更移，也喚醒時間流逝的意識〔註94〕，然而寺院的鐘聲卻具有更豐富的意義。本詩中，深山悠揚的鐘聲宛若引路指迷的路標，引領、召喚詩人正確的途徑和方向。在其他和佛法、寺廟、僧侶有關的詩篇中，鐘聲也是頗

〔註92〕參見鳩摩羅什譯《妙法蓮華經》卷二。經云：「見諸眾生，爲生老病死，憂悲苦惱之所燒煮，亦以五欲財利故，受種種苦，又以貪著追求故，現受眾苦。……眾生沒在其中，歡喜遊戲，不覺不知，不驚不怖，亦不生厭，不求解脫，於此三界火宅，東西馳走，雖遭大苦，不以爲患。」節自《釋氏十三經》本，頁54。

〔註93〕參見註90引書，頁351。

〔註94〕如王維詩：「九門寒漏徹，萬井曙鐘多」（〈同崔員外秋宵寓直〉，卷一二六），「晚鐘鳴上苑，疏雨過春城」（〈待儲光羲不至〉，卷一二六），曙鐘、晚鐘標識著時間的更移；而孟浩然：「五更鐘漏欲相催，四氣推遷往復回」（〈除夜有懷〉，卷一六○），則有一種時間流逝的壓迫感存焉。

為常見的意象。如：「寒燈坐高館，秋雨聞疏鐘」，「林端遠堞見，風末疏鐘聞」，間歇蕭疏的鐘聲，伴著風雨，顯得格外清冷寂靜發人深省；「塔影挂清漢，鐘聲和白雲」，「黃昏半在下山路，卻聽鐘聲連翠微」，鐘聲和白雲相隨，增添了出塵的情致，而黃昏時滿山的鐘聲，則如法音的宣流；至如：「東林精舍近，且暮但聞鐘」，意謂著對佛法與高僧的嚮往，而「萬籟此都寂，但餘鐘磬音」〔註95〕中的鐘聲，不但暗示著修行道場的肅穆莊嚴，在萬籟俱寂時，更彷彿是天地間唯一的聲音，如此恢宏而明淨，令人澄心靜慮，塵思雜念蕩滌盡淨。總之，鐘聲不論在文學或人生中對於聽者都饒富深意〔註96〕，它悠揚迴盪、餘音綿邈的特質，在在具有一種難以言宣的遠意，令人低迴沈思、深心警醒，並易於帶領人走進脫離塵囂的意境，是故成為最具宗教意涵的表徵。

　　然而，鐘聲雖能觸發詩人慕道之心，但若要使佛法融入生活，為自己解決生命的重負和痛苦，則必須將向道的熱誠落實在具體的修行上。王維所謂「安禪制毒龍」即指出了修行的方法及其作用。其實不僅是王摩詰，盛唐詩人談及安禪、禪坐的作品亦不少見。如：

　　　　鳥囀深林裏，心閑落照前。浮名竟何益，從此願棲禪。
　　（裴迪〈游感化寺曇興上人山院〉，卷一二九）
　　　　安禪一室內，左右竹亭幽。有法知不染，無言誰敢酬。
　　（裴迪〈夏日過青龍寺謁操禪師〉，同上卷）
　　　　開士度人久，空巖花霧深。徒知燕坐處，不見有為心。
　　（綦毋潛〈題招隱寺絢公房〉，卷一三五）
　　　　西山多奇狀，秀出倚前楹。……吾師住其下，禪坐證

〔註95〕本段所引關於鐘聲詩句依次見於：王維（〈黎拾遺昕裴秀才迪見過秋夜對雨之作〉，卷一二六）、裴迪（〈青龍寺曇壁上人院集〉，卷一二九）、綦毋潛（〈題靈隱寺山頂禪院〉，卷一三五）、〈過融上人蘭若〉，前卷）、孟浩然（〈晚泊潯陽望廬山〉，卷一六〇）、常建（〈題破山寺後禪院〉，卷一四四）。
〔註96〕參見簡政珍《語言與文學空間》，頁68～71。文中對於西洋文學中的鐘聲意涵有精要之說解，可比較參考。

無生。(孟浩然〈遊明禪師西山蘭若〉，卷一五九)

大體而言，禪坐的要義在教人「凝心入定，住心看淨，起心外照，攝心內證」，亦即息慮凝心，坐而修禪，以究明本性本心〔註97〕。在坐禪入定的過程中，念頭由紛紜雜遝而逐漸純一，以迄於無念的境地；心如一泓秋水，澄澈明淨、水波不興，能照見宇宙萬物的眞相，又不隨之而擾攘不安。妄念止息，清淨心自然朗朗而現，世俗的征名逐利之心，乃至成功立業之想，遂如煙消雲散；所有因名位追尋，飄泊流浪所產生的煩惱與憂傷，在禪定之中，都將蕩然而無存。王維云：「白法調狂象」(〈黎拾遺昕裴秀才迪見過秋夜對雨之作〉，卷一二六)，說明心如「狂象無鉤，猿猴得樹，騰躍踔躑，難可禁制〔註98〕」，唯有以佛法調治，方能消除其貪欲、嗔怒、愚癡等毒惱，還其本然清淨的面目。由此可見，一切煩惱憂苦的根源既在心靈的貪愛執著，若能透過安禪學佛的工夫，將此根源澈底杜塞鏟除，則人生的憂患夫復何有？

肆、大千入毫髮世界法身中

學佛、坐禪固然以調心、去煩惱、進而了脫生死大事爲主，但此心要能安頓，便不能不涉及人與物、人和他所處的宇宙之關係。有時詩人把握的是自心清淨不染，不受世俗塵垢的本質。如：

義公習禪處，結構依空林。戶外一峰秀，階前群壑深。夕陽連雨足，空翠落庭陰。看取蓮花淨，應知不染心。(孟浩然〈題大禹寺義公禪房〉，卷一六○)

遠公愛康樂，爲我開禪關。蕭然松石下，何異清涼山。花將色不染，水與心俱閒。一坐度小劫，觀空天地間。(李白〈同族姪評事黯遊昌禪師山池二首〉，卷一七九)

蓮花是佛教文化中最具象徵意涵的花卉，在此，孟浩然由其出淤泥而不染的特質，讚歎禪師的出世超俗。但是，若就「看取蓮花淨，應知

〔註97〕參見丁福保《六祖壇經箋註》，〈坐禪品第五〉註，頁148。唯此種觀點爲北宗漸修法門，與南宗頓教，不看心亦不看淨不同。

〔註98〕見《王右丞集箋註》，頁127，趙殿成引《遺教經》。

不染心」二句而言，也意謂著心正如蓮花般清淨出塵，縱在五濁惡世之中，亦不受染污。《六祖壇經・定慧品第四》云：「能離於相，則法體清淨，此是以無相為體。善知識，於諸境上心不染，曰無念，於自念上常離諸境，不於境上生心。」這段話指出，在修學上，能離相而不著相、離境而不著境，便可不染不著，證得清淨法體。更何況，自性本是空性，所謂：「本來無一物，何處惹塵埃〔註99〕？」

　　李白詩中，「花將色不染，水與心俱閒」，以花體和花色的互不染著，暗示心不受物染的自在，頗具禪理禪趣。王縉的「問義天人接，無心世界閒」（〈同王昌齡裴迪游青龍寺曇壁上人兄院集和兄維〉，卷一二九），說明只要不執著攀緣，便能解脫塵俗的負累。王維的「眼界今無染，心空安可迷」（〈青龍寺曇壁上人院集〉，卷一二七），則指出自性體空，故本不存在染淨、迷悟的問題。

　　然而，對於本心的清淨空明，常建在〈題破山寺後禪院〉中，有更意象化的描摹：

　　　　清晨入古寺，初日照高林。竹逕通幽處，禪房花木深。
　　山光悅鳥性，潭影空人心。萬籟此都寂，但餘鐘磬音。（卷
　　一四四）

錢鍾書認為：徒言情可以成詩，專寫景亦可成詩，但一味說理則與興觀群怨之旨相左，故宜「扯形而下者，以明形而上，使寥廓無象者，託物以起興，恍惚無朕者，著跡而如見。……如心故無相，心而五蘊都空、一塵不起，尤名相俱斷矣。而常建則曰，潭影空人心。以有象者之能淨，見無象者之本空。在潭影，則當其有，有無之用；在人心，則當其無，有有之相，洵能撮摩虛空者矣」〔註100〕。本段所論，主要在強調禪理必須藉由具體的物象來表達，方能不流於質直，無當於理趣。其中對於「潭影空人心」的說解，尤為切中肯綮，將心性本空

〔註99〕　本偈見於註97引書，〈行由品第一〉，頁78。
〔註100〕　　　見錢鍾書《談藝錄》，頁270。文中又認為，王維「行到水窮處，坐看雲起時」寓有道無在而無不在，隨處皆道，觸處可悟之意，亦是理趣詩的佳作。

之奧義抉發無遺。

　　至此，已約略觸及「空」在佛法中的重要意義，佛教所以稱作空門，和其認識宇宙人生的特殊觀點攸關，龍樹在《中論‧觀四諦品》說：「眾因緣生法，我說即是無，亦爲是假名，亦是中道義。未曾有一法，不從因緣生，是故一切法，無不是空者。」（《大藏經‧第三十冊》）宇宙萬法，皆由因緣和合而生，既由因緣和合而生，在未生之前本無此物，在既滅後亦無此物，即使在其生後滅前，也不過是因緣和合下所有的幻相，故云萬法皆空〔註 101〕。然而所謂緣起性空，並非虛無、或不存在，而是對獨立實在性的否定，即無自性、自性空。進而言之，彰顯諸法實相爲本無自性的「空」，亦是假借之名，故須「空亦復空」，以迄於「畢竟空」，破除「空」與「不空」的二元對立，這才是諸法實相的究竟第一義諦，亦即中道〔註 102〕。

　　王維〈夏日過青龍寺謁操禪師〉一詩，即提出第一義諦，與空、空病等佛學的討論：

　　　　龍鐘一老翁，徐步謁禪宮。欲問義心義，遙知空病空。
　　山河天眼裡，世界法身中。莫怪銷炎熱，能生大地風。（卷
　　一二六）

《中觀‧觀四諦品》說：「諸佛依二諦，爲眾生說法。一以世俗諦，二第一義諦」；所謂第一義諦又稱勝義諦、眞諦；世俗諦又稱世諦、俗諦，中觀即是綜合眞、俗二諦來看待世界萬物。從眞諦看，萬物是空，但從俗諦看，萬物卻是有；唯眞諦所說的空不是虛無，而是一種不可表述的存在，俗諦所說的有不是眞有，而是因緣和合的假有。若能不執著空，也不執著有，不偏於眞，也不偏於俗，方謂之中道〔註 103〕。所以大乘佛教雖亦反覆陳說無我、無物之理，但並不住於空。《維摩詰經註‧文殊師利問疾品第五》云：「得是平等，無有餘病，

〔註 101〕　　參見于凌波《向智識分子介紹佛教》，頁 117。
〔註 102〕　　參見註 83 引書，頁 148。
〔註 103〕　　參見註 81 引書，頁 284～286。

唯有空病，空病亦空」；鳩摩羅什註曰：「上明無我無法，而未遣空，未遣空，則爲累，累則是病，故明空病亦空也。」至於所謂「空病亦空」，意指以畢竟空遣空，故能免除空病之累，如此，則可臻於中道實相的境界。玄奘法師譯《心經》云：「色不異空，空不異色；色即是空，空即是色」；又云：「是諸法空相，不生不滅，不垢不淨，不增不減」；可見中道實相（諸法空相）是超越有無、色空、多寡、垢淨、乃至生滅的絕對道體。就佛而言，它是佛的法身，「無生而無不生，無形而無不形〔註104〕」；就人而言，它是自性本心，本自清淨、本不生滅、本自具足、本無動搖、而且能生萬法〔註105〕。所以說，若能證悟究竟第一義諦，則山河大地、三千世界無不在法身之中，亦無不在自性之中，這或即是王維詩中「山河天眼裡，世界法身中」的真意。

最後，再看李白〈廬山東林寺夜懷〉：

> 我尋青蓮宇，獨往謝城闕。霜清東林鐘，水白虎溪月。
> 天香生虛空，天樂鳴不歇。宴坐寂不動，大千入毫髮。湛然
> 冥真心，曠劫斷出沒。（卷一八二）

固然李太白並不是虔誠的佛教徒，然而詩中所說：「宴坐寂不動，大千入毫髮。湛然冥真心，曠劫斷出沒」，卻足以說明：「法身常住，湛然不動〔註106〕」，本心超越生死，而又具足萬法的真諦。

總之，佛家所要體證的不論是光明清淨的自性本心，或是了脫生死的究竟涅槃，抑或是不涉理路、不落言筌、不可思議的中道實相，都是修行者經過長期的真理探索、宗教體驗，所究明的宇宙人生的真相。一旦達到這一終極圓滿的境界，所有世間的苦樂、得失、成敗、生死、乃至時空的執著，一時俱泯。然則，學佛、安禪實爲盛唐詩人提供了澈底消解、超越時空憂患的大道。

〔註104〕見僧肇述《維摩詰經註》，〈方便品第二〉，頁29，「佛身者，即法身也」註。
〔註105〕參見註97引書，〈行由品第一〉，頁80。
〔註106〕見《南史》卷七八，〈海南諸國傳〉，梁武帝與大僧正慧念問答之語。

綜合本節的論述，其主要論點約有如下數端：

（1）盛唐詩人處於佛教思想蓬勃，佛教文化普及的時代，而佛法乃是以解脫世間眾苦為務，是故當詩人深受時空憂患之苦，走入宗教，以出世的智慧尋求世間憂苦的解決之道，遂成為另一種選擇。

（2）佛教是引導人解脫生死流轉之苦的宗教，唯其方法並非順著生命發展的方向，延長其長度；而是逆向探索生死的本根，進而滅除無明煩惱。詩人筆下「無生」一詞，即意謂泯除生死二元對立，不生不滅的涅槃境界。至於戒、定、慧三學，則是證悟「無生」的基本法門。

（3）名山古剎、高僧大德的參訪，亦為盛唐詩人宗教生活的一環。在寺院的參訪中，詩人最常領受的是幽靜空寂的宗教氛圍，以及由此而生的出塵之感。由詩中隔、絕、出、遺、休、棄等全然否定的語詞，正說明詩人對佛家出世特質的把握。

（4）寺院的鐘聲具有悠揚迴盪、餘音裊裊的特質，易於引領人走進脫離塵囂的意境，並觸發虔敬的宗教情懷。至於坐禪修定，經由息慮凝心，可以止息妄念，杜絕心靈的貪愛執著，所有因名位追尋、飄泊流浪而產生的煩惱，亦將蕩然而無存。

（5）佛教所以稱作空門，和其認識宇宙人生的特殊觀點攸關，依據緣起性空的理論，宇宙萬法皆由因緣和合而生，故云萬法皆空。唯其究竟第一義諦，乃是超越空有、生滅、苦樂、得失、時空、生死的諸法實相，若能契悟這終極圓滿的境界，所謂時空憂患自然完全被消解、超越了。

第五節　寄意詩章陶寫憂思

壹、引　言

飲酒、歸隱、游仙、與學佛，雖然對於盛唐詩人的時空憂患都具有不同程度，或者說不同層次的消解和超越作用，但是由於詩人性格

傾向、主導思想的差異，其選擇對治時空憂患的方式亦各自不同。所以，飲酒等方式固然頗具代表性，但畢竟仍有其局限。嚴格而論，真正普遍被詩人用來消弭時空憂患的，並非其他種種，而是詩歌創作本身。

詩歌是中國文學的主流，而唐詩更是其中最瑰麗燦爛的一章。唐人對詩歌藝術可謂情有獨鍾，因此乃將其推向前所未有的繁榮、興盛的境地。胡元瑞《詩藪》外篇卷三云：「甚矣，詩之盛於唐也。其體則三、四、五言，六、七、雜言，樂府、歌行，近體、絕句，靡弗備矣。其格則高卑、遠近，濃淡、淺深，巨細、精麤，巧拙、強弱，靡弗具矣。其調則飄逸、渾雄，沈深、博大，綺麗、幽閒，新奇、猥瑣，靡弗詣矣。其人則帝王、將相，朝士、布衣，童子、婦人，緇流、羽客，靡弗預矣。」文中由體式的完備，格調的多樣，以及創作人口的普及，說明唐詩波瀾壯闊、蓬勃發展的氣象，唐詩之興盛於此亦可見其一斑。

依據康熙〈全唐詩序〉所載，《全唐詩》錄詩四萬八千九百餘首，詩人凡二千二百人，若再加上散佚、失傳的部分，為數當更可觀〔註107〕。從這些數據實反映出唐人對詩歌的熱愛，幾乎所有的知識分子無不能詩，無不是詩人。其中又以盛唐階段，名家輩出，各領風騷，最是精采絕倫。王摩詰的閒適澹遠，李太白的才氣縱橫，杜子美的沈鬱頓挫，岑嘉州的豪邁雄放，為唐詩樹立最高的典範；「盛唐氣象」成為後世詩人所嚮往、追尋，卻又難以企及的境界。

或許誠如文學史中所言，唐詩發達的原因不外乎帝王的提倡、科舉的影響、詩的社會基礎擴大與詩歌本身的發展等〔註108〕。詩人處身於鼓勵詩歌創作的社會環境，不論是為追求功名，或是為獲得同儕

〔註107〕　　北京中華書局刊行的《全唐詩補編》纂輯五種輯佚本，得詩五千餘首，作者亦有所增補。其中固然容有誤收、重出之處，但加上《全唐詩》所錄，總數應在五萬以上。
〔註108〕　　參見葉慶炳《中國文學史》第十五講，頁315。

的肯定，抑或是爲實現自我的理想，都必須在詩藝上有傑出的表現；因此他們無不苦心孤詣，戮力在詩歌的園地中用心耕耘、墾拓，甚至對詩文學的發展和創作提出反省和檢討。如太白〈古風・其一〉云：

　　大雅久不作，吾衰竟誰陳。王風委蔓草，戰國多荆榛。龍虎相啖食，兵戈逮狂秦。正聲何微茫，哀怨起騷人。揚馬激頹波，開流蕩無垠。廢興雖萬變，憲章亦已淪。自從建安來，綺麗不足珍。聖代復元古，垂衣貴清眞。群才屬休明，乘運共躍鱗。文質相炳煥，眾星羅秋旻。我志在刪述，垂輝映千春。希聖如有立，絕筆於獲麟。（卷一六一）

詩中縱覽古今詩歌源流，「上溯風騷，俯觀六代，以綺麗爲賤，情眞爲貴〔註109〕」，其復古的文學主張和陳伯玉遙相應和；至於「志在刪述，垂輝千春」的抱負，更有一分當今天下捨我其誰的豪邁氣概。此外，在〈古風・其三十五〉中，他對於東施效顰，邯鄲學步的創作方式多所批判，亦即反對模擬雕琢，強調創作的眞誠，可見李太白所倡導的復古，並非形式的模擬，而是精神的承繼與發揚。

　　李白之外，認爲「詩是吾家事」（〈宗武生日〉，卷二三一.）的杜甫對詩藝的探求尤其不遺餘力。在〈戲爲六絕句〉中，他對庾信與四傑的詩文優劣，皆有平允的論述，對於前賢、和前代詩歌體式，他則採取兼容並蓄的觀點。所謂：

　　不薄今人愛古人，清詞麗句必爲鄰。竊攀屈宋宜方駕，
　　恐與齊梁作後塵。（〈戲爲六絕句・其五〉）

　　未及前賢更勿疑，遞相祖述復先誰。別裁僞體親風雅，
　　轉益多師是汝師。（〈戲爲六絕句・其六〉，卷二二七）

從這兩首絕句中可見，杜甫在創作過程裡對於文學傳統與時尚的學習和取捨。「別裁僞體」就是剔除不合理、不適用的東西，有原則地對傳統與時尚進行選擇、加工；而所謂「轉益多師」，則是要突破一家一派的局限，用其所長而不爲其所限，進而超邁前賢，創建一代新的

─────────────

〔註109〕　　見瞿蛻園等注《李白集校注》卷二，頁93，引《唐宋詩醇》。

風尚〔註 110〕。正因爲他有這樣開闊宏觀的胸襟，以及高度的創作自覺，所以能推陳出新，「上薄風、雅，下該沈、宋，言奪蘇、李，氣吞曹、劉，掩顏、謝之孤高，雜陳、庾之流麗，盡得古今之體勢，而兼人人之所獨專」（元稹〈唐故檢校工部員外郎杜君墓係銘〉）；亦即集古今詩文學之大成，而卓然成家。

　　以李、杜爲首的盛唐詩人，一方面不斷地進行詩藝的實驗和探索，期能開展出更高、更大、更深的詩歌意境；另一方面，又將詩歌創作深深地植根於現實生活的土壤，以獲取源源不絕的寫作靈感和題材。於是，詩與生活遂互相滲透、融合，詩歌的創作成爲生活的重心，生活中的一切都成爲詩作可貴的素材。無論是「堂陛之賡和，友朋之贈處，與夫登臨讌賞之即事感懷，勞人遷客之觸物寓興，一舉而託之於詩」（《全唐詩》序）；總之，盛唐文士可說是無人不作詩，無日不吟詩，乃至無事不賦詩，是故詩歌自然成爲他們紓解時空憂患最得力的工具。

貳、抒發情感宣洩積鬱

　　在中國傳統的文學觀中，言志與抒情自來即被視爲詩歌創作的動機與作用〔註 111〕，其中言志之說較傾向於倫理、政教的內涵，在此我們姑且不論，至於抒情則是一切純文學最重要的特質。司馬子長在〈報任少卿書〉中說：「詩三百篇，大抵聖賢發憤之所爲作也。此人皆意有鬱結，不得通其道，故述往事，思來者」（《文選》卷第四十一）；太史公認爲詩歌是詩人發憤之作，固然隱含言志的觀點，然抒發鬱結的說法正是強調抒情的作用。蔡邕〈瞽師賦〉亦云：「詠新詩之悲歌，

〔註 110〕　　參見陳伯海《唐詩學引論》，頁 77。
〔註 111〕　　《尚書・堯典》說：「詩言志，歌永言」，是言志說最早的出處。〈詩大序〉中進一步闡述說：「詩者，志之所之也，在心爲志，發言爲詩。情動於中而形於言，言之不足，故嗟嘆之，嗟嘆之不足，故永歌之，永歌之不足，不知手之舞之，足之蹈之也。」唯細繹此段文字，已將情與志並提，下啓緣情說之觀點。

舒滯積而宣鬱〔註112〕」，更明確指出詩歌的創作具有舒緩、宣洩內心積鬱的功能，能使壓抑的緊張情緒得到紓解，重新恢復心理的平衡。反之，這分積蓄於心的鬱結，也正是詩人創作的抒情泉源，鬱積愈深，表現在詩中的情感就愈飽滿、愈深刻〔註113〕。

杜工部詩向有「沈鬱頓挫」之稱〔註114〕，當然，杜詩的「沈鬱」和中原板蕩、烽火不息的時代相關，和窮愁潦倒、飄泊流離的身世相關，亦和憂國憂民、定國安邦的胸懷相關，更重要的是他始終自覺地以詩歌創作作為洩導內心積鬱的途徑。〈乾元中寓居同谷縣作歌七首〉云：

> 四山多風溪水急，寒雨颯颯枯樹溼。黃蒿古城雲不開，
> 白狐跳梁黃狐立。我生何為在窮谷，中夜起坐萬感集。嗚呼
> 五歌兮歌正長，魂招不來歸故鄉。（其五）

> 男兒生不成名身已老，三年飢走荒山道。長安卿相多
> 少年，富貴應須致身早。山中儒生舊相識，但話宿昔傷懷抱。
> 嗚呼七歌兮悄終曲，仰視皇天白日速。（其七，卷二一八）

詩中，子美極寫同谷縣窮山惡水的情狀，襯托置身異域，有家歸不得的感慨；並有一種流落不偶、白首無成的傷懷和憤懣。時光的流逝，空間的錯置，生命的飄泊，萬感交集，無可奈何之際，唯有仰賴詩歌的陶寫。誠如漢樂府所說：「悲歌可以當泣」（〈悲歌〉），若說哭泣是內心情感直接的宣洩，淚水可以洗滌、淨化心靈的染污，那麼詩歌亦可使抑鬱的情緒昇華，回歸心靈的平靜〔註115〕。劉鐵雲《老殘遊記·

〔註112〕見《古今圖書集成·人事典》，頁125。

〔註113〕參見童慶炳《中國古代心理詩學與美學》，頁29。文中對詩窮而後工的說法有深入的探討。

〔註114〕嚴滄浪《滄浪詩話·詩評》云：「子美不能為太白之飄逸，太白不能為子美之沈鬱」，即以「沈鬱」形容杜詩之風格。又按：《新唐書·文藝傳》杜審言嘗以「沈鬱頓挫」自許，後人轉以此評論杜子美之詩風。

〔註115〕參見朱光潛《文藝心理學》，頁208。文中有言：「人有情感自然要發洩，歡喜必形諸笑，悲痛必形諸哭」；又說：「文藝是表現情感的，就是幫助人得到舒暢而免除抑鬱的一種方劑。」

自序》說：「吾人生今之時，有身世之感情，有家國之感情，有社會之感情，有種（疑當作宗）教之感情，其感情愈深者，其哭泣愈痛」；又說：「離騷為屈大夫之哭泣，莊子為蒙叟之哭泣，史記為太史公之哭泣，草堂詩集為杜工部之哭泣，李後主以詞哭，八大山人以畫哭，王實甫寄哭泣於西廂，曹雪芹寄哭泣於紅樓夢」；這二段話正可為「悲歌當泣」的理論作一註腳。

　　在下面的篇章中，子美更直接點出作詩可以排悶、遣興的觀點：

　　　　坦腹江亭暖，長吟野望時。水流心不競，雲在意俱遲。
　　寂寂春將晚，欣欣物自私。故林歸未得，排悶強裁詩。（〈江亭〉，卷二二六）

　　　　冬至至後日初長，遠在劍南思洛陽。青袍白馬有何意，
　　金谷銅駝非故鄉。梅花欲開不自覺，棣萼一別永相望。愁極
　　本憑詩遣興，詩成吟詠轉淒涼。（〈至後〉，卷二二八）

　　　　春日春盤細生菜，忽憶兩京梅發時。盤出高門行白玉，
　　菜傳纖手送青絲。巫峽寒江那對眼，杜陵遠客不勝悲。此身
　　未知歸定處，呼兒覓紙一題詩。（〈立春〉，卷二二九）

這三首詩都是寓居他方思念故鄉、京師的作品，篇中所謂：「排悶強裁詩」、「愁極本憑詩遣興」，「呼兒覓紙一題詩」，在在可見詩人將詩歌創作視為消解煩悶，排遣愁苦的手段。然而，詩歌所以能驅遣愁悶，消解憂患，一方面固然在於它是詩人當下感情的流露、傾吐，它反映了作者內心情感的全貌，因此，在詠歎、傾訴的創作活動裡，詩人安頓了自己的情緒〔註116〕。在另一方面，藝術雖然是情感的表達，卻同時也是情感的節制，作者必須深入自己的經驗之中，深入而自覺地探索，並對自己的情感經驗加以反省觀照。在沈潛於人性的底層後，進而由個人生命的缺憾，洞察人類共同的命運與範限，並將它化為文學的作品。當作者全神貫注於意象的捕捉，詩句的錘鍊，在美的創造過程中，已足以令其渾然忘我。何況一旦作品完成，實是將痛苦的經

〔註116〕參見蔡英俊〈抒情精神與抒情傳統〉，（《抒情的境界》，頁82、103）。

驗、人生的憂患陶鑄為不朽的藝術生命，不但心靈有一種經過藝術淨化後的恬靜和喜悅，事實上，經由詩歌的創作，詩人超越了時空憂患，也超越了自己〔註117〕。

　　在〈解悶十二首‧其七〉中，杜甫曾說：「陶冶性靈在底物，新詩改罷自長吟。熟知二謝將能事，頗學陰何苦用心」（卷二三○）；從中我們可以見到詩人苦心孤詣，陶鈞文思的用心，以及字斟句酌，不憚三易其稿的執著，或許正是這股對詩歌藝術熱愛的精神，讓他完成一首又一首動人心魄的作品。而就在反復推敲，重組鎔裁的創作活動中，複雜陰霾的情感逐漸釐清，鬱積糾結的心緒豁然疏通，原本內在於生命的時空憂患，外化為古近體格律井然的詩句，詩人的愁苦憂傷轉嫁給詩文來負載、承擔，生命的重負遂暫時得到解脫。

　　有時詩人將詩與酒結合，用以對治時空的憂患。下面仍以杜子美詩來說明：

　　　　花飛有底急，老去願春遲。可惜歡娛地，都非少壯時。
　　寬心應是酒，遣興莫過詩。此意陶潛解，吾生後汝期。（〈可惜〉，卷二二六）

　　　　稠花亂蕊畏江濱，行步敧危實怕春。詩酒尚堪驅使在，
　　未須料理白頭人。（〈江畔獨步尋花七絕句‧其二〉，卷二二七）

　　　　泛愛容霜髮，留歡卜夜閒。自吟詩送老，相勸酒開顏。
　　戎馬今何地，鄉園獨舊山。江湖墮清月，酩酊任扶還。（〈宴王使君宅題二首‧其二〉，卷二三二）

東坡曾將酒比喻為「釣詩鉤」，的確，酒可以引發詩興，而詩可增添酒趣，詩酒的結盟在中國可謂源遠流長。在上引的詩作中，杜甫將詩與酒並舉，所謂：「寬心應是酒，遣興莫過詩」，「自吟詩送老，相勸酒開顏」，既指出酒能寬心開顏，亦表明詩能遣興忘老。「詩酒尚堪驅使在，未須料理白頭人」，則更明白宣告，只要有詩供己驅使，又何畏白髮相侵？

〔註117〕參見張淑香《抒情傳統的省思與探索》，頁24～26。

趙翼《甌北詩話》卷二說：「杜少陵一生窮愁，以詩度日」，言下所透露的消息，殊堪玩味。證諸杜公〈西閣曝日〉詩：「用知苦聚散，哀樂日已作。即事會賦詩，人生忽如昨」（卷二二一）；可知無論是親友的離合聚散，遭遇的順逆得失，情感的悲喜哀樂，抑或是人生如夢的感喟，種種窮愁悲苦，千彙萬狀的感受，他都將之融入詩歌；而詩歌恐怕才是詩人沈淪生命苦海中，唯一能支撐他涉過今日苦痛，邁向明日的憑藉，詩歌的殿堂，才是他真正安身立命的所在。

「但覺高歌有鬼神，焉知餓死填溝壑」（杜甫〈醉時歌〉，卷二一六），就在詩歌完成的躊躇滿志之中，在詩人對自身作品的自負自許裡，現實生活的苦難顯得渺小而遙遠；在詩歌的創作中，詩人重新尋獲信心與希望，足以承擔生命挫折的磨鍊，放下心頭無謂的憂傷，為未來開創新的方向。

參、超越時空遊心無限

詩文學既是一種創作，便不僅是對自然一成不變的模擬，或是經驗世界的複製再現；創作過程中，不論是以個人的情感，或時代的風貌為題材，都必須依照美學的原則，將粗糙的印象、感受重新加以提煉、陶鑄，最後賦予它完整、精美的藝術形式。換句話說，詩歌固然相當程度地反映了現實的生活和世界，但卻融入了作者主觀的情志，並具有詩文學本身特殊的結構、秩序，而形成一個獨立自足的天地。因此，在藝術國度中，詩人往往超越和突破了客觀時空的束縛，悠遊徜徉於無限的時空裡。

陸士衡在〈文賦〉中論及創作時的心理狀態說：「其始也，皆收視反聽，耽思傍訊，精騖八極，心遊萬仞。……觀古今於須臾，撫四海於一瞬」（《文選》卷第十七）；劉彥和《文心雕龍》〈神思第二十六〉則說：「寂然凝慮，思接千載，悄焉動容，視通萬里」；亦即經由收視反聽、寂然凝慮的功夫，作者的心靈進入一個虛靜靈明的境界。一方面忘懷了現實生活的種種，不再意識到時間的流逝，另一方

面，在想像力所構築的精神世界裡，上下古今、去來萬里，自由自在穿梭往來於時空之中，時間與空間遂不再是心靈的束縛和負擔。在藝術創作的歷程中，詩人彷彿擁有主宰一切的權力，他可以粉碎現實時空框架，重作安排，也可以「課虛無以責有，叩寂寞而求音」(〈文賦〉)，享受無中生有，「另創宇宙」的快慰和滿足〔註118〕。

就詩歌所描寫的內容而言，遊仙的題材最能彰顯作者超越現實、不受羈勒的想像力，祇因為神仙本質上就是人類想像、與願望的化身。他們以瓊漿尤芝為飲食，以虹霓彩羽為衣裳，以金殿玉樓為棟宇，以龍馬雷車為坐騎，須臾之間，可以上天入地、周遊八方；他們在天上俯瞰人間，看盡古今興亡，滄海桑田，但自己卻能青春長駐，永生不死，完全不受時空的局限與規範。這點在本章第三節中已有詳細的說明，此處不再贅述。

此外，懷古詩中，詩人登臨歷史遺跡，對昔日的繁華不免滿懷追思。在歷史的流風餘韻中，試圖捕捉、重現過去的盛況，所憑藉的除了歷史知識外，無非是心靈所蘊含的想像力、創造力。例如王泠然〈汴堤柳〉云：

> 隋家天子憶揚州，厭坐深宮傍海游。穿地鑿山開御路。
> 鳴笳疊鼓泛清流。流從鞏北分河口，直到淮南種官柳。功成
> 力盡人旋亡，代運年移樹空有。當時綵女侍君王，繡帳旌門
> 對柳行。青葉交垂連幔色，白花飛度染衣香。今日摧殘何用
> 道，數里曾無一枝好。驛騎征帆損更多，山精野魅藏應老。
> 涼風八月露為霜，日夜孤舟入帝鄉，河畔時時聞木落，客中
> 無不淚沾裳。(卷一一五)

篇中概述煬帝開鑿通濟渠，從洛陽西苑引穀洛二水繞洛陽城南，東到洛口（今河南鞏縣北）入黃河；然後沿黃河東到坂堵，再引黃河入汴水，至盱眙入淮水〔註119〕，這大體是根據史傳所作。至如：「當時

〔註118〕參見劉若愚《中國文學理論》，頁146。文中說〈文賦〉這幾話：「含有文學亦即創造，以及文學作品乃是另創宇宙這種概念的雛型。」
〔註119〕參見傅樂成《隋唐五代史》，頁22。

綵女侍君王，繡帳旃門對柳行。青葉交垂連幔色，白花飛度染衣香」；極力摹寫當時河畔柳條搖曳、柳絮紛飛的景象，而綵女繡帳、衣香鬢影更點染著風流旖旎的情氛，這應是作者想當然耳的描繪。透過虛實相生的筆法，昔盛今衰，年移代謝之感遂油然而生；然而在蕭條荒涼之中，再現昔時的繁華，而後又讓繁華重歸於寂寞，這恰是詩人的當行本色。

再如薛奇童〈雲中行〉云：

> 雲中小兒吹金管，向晚因風一川滿。塞北雲高心已悲，城南木落腸堪斷。憶昔魏家都此方，涼風觀前朝百王。千門曉映山川色，雙闕遙連日月光。舉杯稱壽永相保，日夕歌鐘徹清昊。將軍汗馬百戰場，天子射獸五原草。寂寞金輿去不歸，陵上黃塵滿路飛。河邊不語傷流水，川上含情歎落暉。此時獨立無所見，日暮寒風吹客衣。（卷二○二）

其中憶昔以下八句，同樣是詩人馳騁其想像之辭，在字裡行間，魏國山川的壯麗，宮闕的堂皇，君臣的威猛勇武，以及朝廷的歌舞昇平，一一生動地浮現。在時間的結構上，〈汴堤柳〉是由昔而今，順應客觀時間的秩序；本詩則是由今憶昔，由昔返今，符合藝術迭宕變化的法則。由此亦可見，相對於現實的經驗世界，在藝術、詩歌的天地裡，人不必再匍匐於時空的網羅之下，不能逃脫又不能抗辯，而能展現主體自由自主的精神，將時空依照自己的意願與審美的需求，重新加以調整、組合，而呈現出嶄新的時空樣貌。

盛唐詩人中，構思最奇崛，想像最豐沛，最能展現「另創宇宙」氣魄的，除李太白實不作第二人想。太白詩有言：

> 白髮三千丈，緣愁似箇長。（〈秋浦歌十七首・其十五〉，卷一六七）

> 黃河落天走東海，萬里寫入胸懷間。（〈贈裴十四〉，卷一六八）

> 大鵬一日同風起，摶搖直上九萬里。假令風歇時下來，猶能簸卻滄溟水。（〈上李邕〉，同上卷）

　　　　　天姥連天向天橫，勢拔五嶽掩赤城。天台四萬八千丈，
　　對此欲倒東南傾。(〈夢遊天姥吟留別〉，卷一七四)
　　　　　日照香爐生紫煙，遙看瀑布挂前川。飛流直下三千尺，
　　疑是銀河落九天。(〈望廬山瀑布水二首·其二〉，卷一八〇)

在以上徵引的詩句中，太白對時空的描寫實在極盡誇飾之能事，然而
這種酣暢淋漓、雄渾奇幻的風格，卻不能僅由修辭學上的誇飾格來加
以說明。其中亦反映出作者精采絕倫的才情，和自由奔放的創作力，
洶湧澎湃的想像衝擊著現實時空的框架，那實是主體精神最充分、最
昂揚的展現。皮日休說李太白詩：「言出天地外，思出鬼神表。讀之
則神馳八極，測之則心懷四溟。磊磊落落，眞非世間語者〔註120〕。」
所謂「言出天地」、「思出鬼神」，其實正點出太白憑藉其天馬行空、
恣縱橫逸的想像力，突破客觀時空的藩籬，遨遊於無比遼闊悠遠的想
像世界裡。

　　杜子美詩雖以沈鬱見長，然而其詩境絕不寒傖迫促，而有一種涵
蓋乾坤的恢弘氣魄。例如：
　　　　錦江春色來天地，玉壘浮雲變古今。(〈登樓〉，卷二二八)
　　　　乾坤萬里眼，時序百年心。(〈春日江村五首·其一〉，卷二
　　二八)
　　　　悵望千秋一灑淚，蕭條異代不同時。(〈詠懷古跡五首·其
　　二〉，卷二三〇)
　　　　日月籠中鳥，乾坤水上萍。(〈衡州送李大夫七丈勉赴廣州〉，
　　卷二三三)

由上可知，詩人創作時並不局限於自己的經驗世界，或斤斤於個人
的榮辱得失；而能以宏觀的視角，高瞻遠矚，展現出歷史和宇宙的
全幅樣貌。正因爲杜詩具有這樣深沈的歷史感，和無限的宇宙感，
故其意境格外雄渾，足以馳騁盛唐，雄視千載，而獲得無數知音的
讚佩。

　　除了李、杜詩獨特的時空表現外，其實藉著在語言結構中創造另

―――――――――――――――

〔註120〕同註109，〈附錄五〉引皮日休〈劉棗強碑文〉。

一個世界，詩人已經超越了時間和空間，因爲一旦詩作完成，即潛存於時空之外，使無數的讀者能夠在他們自己的時空中重新創造詩中的世界〔註121〕。這一點將在下文中進一步說明。

肆、名留千古期求不朽

立德、立功、立言，自古即是儒家學說所崇尚的三不朽〔註122〕，魏文帝在〈典論論文〉中尤其推崇立言的價值，他說：「蓋文章經國之大業，不朽之盛事，年壽有時而盡，榮樂止乎其身，二者必至之常期，未若文章之無窮。是以古之作者寄身於翰墨，見意於篇籍，不假良史之辭，不託飛馳之勢，而聲名自傳於後」（《文選》卷第五十二）；這段話充分表述，個人的生命固然有限，文學的生命卻是無窮，經由作品，作者的思想情感能穿越時空，感動、影響不同時空的讀者，而文名的流傳實即精神上的不朽。

曹丕這樣的文學觀點對於後世詩人無疑地具有一定的影響，如李太白〈江上吟〉云：

木蘭之枻沙棠舟，玉簫金管坐兩頭。美酒尊中置千斛，載妓隨波任去留。仙人有待乘黃鶴，海客無心隨白鷗。屈平詞賦懸日月，楚王臺榭空山丘。興酣落筆搖五嶽，詩成笑傲凌滄洲。功名富貴若長在，漢水亦應西北流。（卷一六六）

篇中雖描述了挾妓縱酒，及時行樂的風流情態，但重點卻在於肯定詩歌不朽的價值。所謂：「屈平詞賦懸日月，楚王臺榭空山丘」，將楚國的王朝大業和屈子的文學作品相較，更彰顯出偉大的作品比起一國一姓還具有永恆性。當然詩人對屈騷的推重，往往是借他人之酒杯，澆自己之塊壘，祇因爲：「遇有深沈，時有得失，畸才彙於末世，利祿萃其性靈，廊廟山林，江湖魏闕，曠世而相感，不知悲喜之何從，

〔註121〕參見劉若愚〈中國詩中的時間、空間與自我〉，（《書目季刊》二一卷，第三期，頁33）。

〔註122〕《左傳》襄公二十四年，叔孫豹說：「大上有立德，其次有立功，其次有立言，雖久不廢，此之謂不朽。」

文人情深於詩騷，古今一也」（章學誠《文史通義》內篇一，〈詩教上〉）。

由於功名富貴得失的關鍵往往操之於人，因此詩人追求的歷程中，難免飽受挫折和創傷，於是轉而否定富貴功名的意義，試圖為自己的人生再尋出路。遊仙是許多文士的選擇，唯仙人畢竟渺不可期；對於詩人而言，真正能憑藉與掌握的，只有手中的詩筆。「興酣落筆搖五嶽，詩成笑傲凌滄洲」，太白以飽蘸情思的如椽巨筆，揮灑出一篇篇驚天動地、震古鑠今的鉅作，詩成之際，「為之四顧，為之躊躇滿志〔註 123〕」的愉悅，已彌補了生命中所有的缺憾。

而為了使自己的作品得到更多知音的欣賞，有時詩人將之題於名勝或要衝之地〔註 124〕，如李頎〈宴陳十六樓〉說：

> 西樓對金谷，此地古人心。白日落庭內，黃花生澗陰。
> 四鄰見疏木，萬井度寒砧。石上題詩處，千年留至今。（卷
> 一三四）

李太白〈登梅岡望金陵贈族姪高座寺僧中孚〉則云：

> 鍾山抱金陵，霸氣昔騰發。天開帝王居，海色照宮闕。
> 群峰如逐鹿，奔走相馳突。江水九道來，雲端遙明沒。時邁
> 大運去，龍虎勢休歇。……賦詩留嚴屏，千載庶不滅。（卷
> 一八○）

詩人有感於繁華如夢、霸業成空，富貴功名不可憑恃，於是強調題詩嚴壁以留名千古的想法。關於題壁詩，羅宗濤在〈唐人題壁詩初探〉一文中指出：「基本上，詩人題壁，其目的就在於傳播」，而「值得注意的就是在《全唐詩》所收的二千多詩人中，有些人就靠題了一首詩於壁上，才能留名至今」〔註 125〕。可見雖說：「題詩留萬古，綠

〔註 123〕《莊子·養生主》語。

〔註 124〕羅宗濤〈唐人題壁詩初探〉中論及題壁的處所說：「唐人題壁，徧及宮、省、院、臺、府、郡、縣、驛、館、寺、觀、關、城、自宅、親友宅、塔墳、雪地……等，幾乎無處不可題壁題梁。但是其中題詩最多的處所則為寺院、驛亭、公廨廳壁」，所說最為詳審。見《中華文史論叢》第四七輯，頁 158。

〔註 125〕同上註引文，頁 179、181。

字錦苔生〔註126〕」，但是只要是真正的佳構，透過題壁方式的傳播與保存，縱然一時被淡忘，卻不會完全磨滅。

　　誠如杜工部〈偶題〉所說：「文章千古事，得失寸心知」（卷二三〇），詩歌的優劣高下雖不免有仁智之見，但只要虛心審視，對於作品的得失短長作者應有一分「自知之明」；而詩文之於詩人，不僅是一生，乃至是千古的事業，這是何其認真而嚴肅的工作。正因為對詩歌有這樣執著的精神，所以詩至盛唐呈現出繁花似錦、千卉競秀的空前盛況。「公生揚馬後，名與日月懸」，子美在〈陳拾遺故宅〉中推崇子昂〈感遇〉詩，認為可與日月爭輝，永垂人間，言下除讚嘆感佩外，亦不無「有為者亦若是」的嚮往之情。

　　總而言之，千古的詩人憑藉其才情和血淚，共同創構了詩的王國，雖然它沒有固定的疆界和領土，但卻是無限廣大豐饒的天地。凡是肯用心墾植、經營者，必能開拓出屬於自己的苑圃，獲得豐碩的成果，甚至管領一時的風騷，衣被千載的詞客。每當吟詠前賢的詩章，詩人常有一分莫名的同情與感動，雖然世殊事異，但屬於生命本質的憾恨，與文士共同的命運卻是古今如出一轍。生命有限、時光無情，懷才不遇、飄泊無依，這恆是傳統文人情感的共同焦點。也由於生命之情的共通交感，詩人了解只要詩作能流傳不輟，自己的精神、志意、思想、情感亦將越過時空，重現於讀者心中，所謂「後之視今，亦猶今之視昔」〔註127〕，藉由人性的相通交感，立言遂能邁向精神的不朽，而可與立功、立德相比擬，這正是所有詩歌創作所隱含的理想〔註128〕。

〔註126〕李太白〈秋浦十七首‧其九〉，卷一六七。

〔註127〕以上觀點主要來自王右軍〈蘭亭集序〉。

〔註128〕高友工曾說：「在一個不以宗教信仰為中心的文化傳統，不朽的問題始終是一個難題。但名的觀念的建立是使無宗教信仰者有一個精神不朽的寄託。即是說如心境之存在為生之價值，那麼此心境能在其他人心境中繼續存在，即是藝術創作的一種理想，可以與立功、立德相比擬。」見〈文學研究的美學問題（下）：經驗材料的意義與解釋〉，（《中外文學》第七卷，第十二期）。

　　綜合以上所論，本節主要的論點約有如下數端：

　　（1）盛唐詩人處身於鼓勵詩歌創作的社會環境，是故無不醉心於詩藝的探索，期能開展出更高遠閎深的詩歌境界；而現實生活是他們擷取寫作素材和靈感的泉源，於是詩與生活遂相互融合，詩人無日不吟詩，無事不賦詩，詩歌自然成為他們紓解時空憂患最得力的工具。

　　（2）詩歌是詩人感情真誠的流露、傾訴，具有宣洩內心積鬱，紓解緊張情緒，以及恢復心理平衡的功能。創作時，經由意象的經營，詩句的鍛鍊，情感經驗和人生憂患重新被反省觀照，進而陶鑄為不朽的藝術生命，詩作完成時，心靈自有一分經過藝術淨化的恬靜。所以說，憑藉著詩歌的創作，詩人超越了時空的憂患，也超越了自己。

　　（3）盛唐中自覺地以詩歌創作作為洩導內心積鬱的詩人，應首推杜工部。無論是置身異域，有家歸不得的感慨，抑或流落不偶，白首無成的憤懣，他都一寓於詩。原本內在於生命的時空憂患，外化為古近體詩句，詩人的愁苦憂傷轉嫁給詩文來負擔，生命的重負遂暫時得到解脫。

　　（4）相對於現實的經驗世界，在詩歌的天地裡，人不必再匍匐於時空之下，而能展現主體自主的精神，上下古今，去來萬里，穿梭於任一時空之中，神仙的世界、歷史的情境，在創作心靈中都如如呈現。詩人彷彿擁有主宰一切的權力，可以將時空依照自己的意願和審美的法則，重作安排，享受「另創宇宙」的成就和滿足。

　　（5）總之，個人的生命固然有限，文學的生命卻是無窮。千古的詩人以其才情和血淚，共同創構了詩的王國，作為他們安身立命的所在。由於生命本質的憾恨，與文士悲劇的命運古今如一，因此藉由心與心的相互映照，立言遂能邁向精神的不朽，而可與立功、立德相比擬。

結　語

　　俗話說：「人生不如意事十常八九」，的確，生命固然含藏無限的潛能，但也充滿缺憾與不足，人生的境遇固然有幸與不幸，但理想圓成的機運畢竟是可遇而不可求。盛唐詩人處於一個南北民族融合，中外交通頻繁，國運蒸蒸日上的大時代，加以君王對詩歌的倡導，詩賦取士制度的奠立，在在鼓舞詩人摘取功名，實現知識分子兼善天下的理想。然而，如前所論，能在仕途上飛黃騰達者幾希，他們的期許愈深、理想愈大，遭遇挫折時的創傷、痛苦也愈深切。何況時光飛逝，生命如此有限，即此有限的人生欲求取不朽的志業，又何其艱難，這是屬於生命本質上的憾恨。

　　面對時間的焦慮，以及不得其位的徬徨，是大多數盛唐詩人生命中共有的憂患。為了消解或超越時空憂患，詩人或把酒尋歡、及時行樂，在沈醉中忘懷煩惱；或寄情山水、回歸田園，在隱逸生活中淡泊明志；或服食游仙、追求長生，在想像世界裡獲得慰解；或安禪學佛、勤修定慧，在出世法中了脫生死；抑或寄意詩文、宣洩積鬱，以立言期求精神的不朽。然而，不論何種方式都代表詩人對於永恆鍥而不捨的追求，以及對於安頓生命的努力。

　　由盛唐詩中時空憂患的消解與超越之道，可以發現它充分反映了中國文化中儒釋道三家互補的原則。詩人的時空意識意謂著生命的醒覺，故渴望著意義與價值的肯定；而「立功」是他們首先追求的目標。當立功的願望落空，詩人在無可奈何之際，唯有調整屬於儒家的性格，走進佛道之中以求解脫。其中飲酒、歸隱、與求仙較傾向於道家或道教思想，學佛則是對釋教的奉行。若就經世濟民的觀點來說，佛道思想似覺消極避世，但若就生命意義的探索而言，它們可以說既入乎其內，又出乎其外；是故能深化詩人對生命本質的體認，另一方面又使詩人對人生的方向與生命的價值重作評估，進而超脫世俗的欲求與因追求而產生的憂慮痛苦。三家思想對於宇宙、人生的看法固然大相逕庭，乃至相互對立，但是若從更高的視角來觀察，它們卻又具有

相互補充、相互支援的作用，故能使整個文化機制保持動態的平衡，並能運行而不輟。

至於立言，與立功同屬於儒家三不朽理想的範疇。當然三不朽的追求可以同時並進，但是一旦立功之路滯礙難行，其他二者自然更受到重視。唯就盛唐詩所見，立德已經外化爲建立德業，而和立功合流，因此單純的如顏淵式的立德之說較爲少見，立言遂成爲儒家思想體系中唯一可以和立功抗衡、互補的理想。

對於不同的詩人而言，因時空意識所衍生的憂患之感本質上是雷同的；然而，由於性格的差異，人生觀的異同，其消解與超越憂患之道卻各有偏重。如李太白深受道教思想的影響，故傾向於飲酒和游仙，王摩詰性喜佛老的空無虛靜，故偏愛於隱逸與學佛，而杜子美以儒者自許，面對生命的憂患，本具有直下承擔的悲劇精神，然而在無可如何之際，唯有以詩度日，宣洩內心的鬱結。詩仙、詩聖、與詩佛的分野由此亦了了可見。

當然，飲酒、歸隱、游仙、學佛、與賦詩並非已經囊括了所有消解時空憂患之道，但是由盛唐詩中所見，它們是較具普遍性，並可作爲典型的方式。其中，飲酒、歸隱、與游仙的風尙，在文化史、文學史上流傳已久，非盛唐詩人所獨擅。至於參禪學佛、和即事賦詩，在文壇以幾近全民運動的形貌出現，並成爲消解、超越時空憂患的重要方式，這卻不是前朝詩壇所能得見，尤其值得重視。

第五章　盛唐詩中時空的描寫與時空觀念

　　詩歌是詩人內在情思的展現，也是社會生活的反映，生活離不開時空的場景，而情思也不能脫離時空而存在。因此，正如現實的人生一般，在詩歌作品裡時空亦是不可或缺的要素。盛唐詩中，詩人繁複深切的情感無不寄寓於悠遠廣袤的時空之中，情、理、時、空的巧妙融合，使其情思益發真切，意境更為高遠，盛唐詩藝的魅力與其時空描寫的圓熟實息息相關。

　　緣於對時空描寫的重視，黃永武《中國詩學——設計篇》曾有專文探討「詩的時空設計」〔註1〕，該文對於時空設計的型式，與時空描寫的技巧，皆有精簡扼要的分析。劉若愚〈中國詩中的時間、空間與自我〉則著重自我與時、空交互關係的研究，對於自我與時間的方向性，以及時間觀點與空間意象的聯繫，提出了新穎獨到的見解〔註2〕。

〔註1〕　其中包括時間的漸長、時間的速率、時間的改造、時間的壓縮、空間的擴張、空間的凝聚、空間的轉向、空間的深度、空間的改造、空間的簡化、時空的換位、時空的溶合、時空的分設、時空的交感等節，本文中將視其需要，酌予參考。
〔註2〕　文中認為自我與時間的關係可分為對照與並存兩類，對照意指與時間相對，並存則是指方向一致。唯其論證皆為孤例獨證，其部分觀點亦不免雜有主觀色彩，如陳子昂詩：「前不見古人，後不見來者」，作者以為乃詩人向後轉並移向在人背後的過去，而時間靜止，其說似覺牽強。不如解釋為詩人直接面對過去，背對未來，以見其崇古的價值取向。

凡此都對本文的撰述多所啓發。

　　然而，本文並不擬將重點停留在時空描寫的外在形式，而希望經由詩中的時空描寫，深一層去把握盛唐詩人自覺、或不自覺呈現的時空觀念。那是民族心靈的內在圖式，亦是文化系統的重要特質，其中蘊涵著中華民族的美學傾向、人生觀、歷史觀、宇宙觀等等。當然，詩歌原以情感的抒發爲主，觀念的表述究竟不是當行本色，是故由詩中時空描寫所透顯出的時空觀念，不免仍含有相當程度的主觀色彩，和哲學家以時、空作爲研究對象，那種客觀、理性的態度自然大異其趣。唯其如此，盛唐詩中的時空觀念更能適切地反映大唐帝國的民族心理。

第一節　時間描寫的特質與時間觀念

壹、引　言

　　西洋哲學中關於時間的探索主要包括：時間的起源、時間之矢的方向、時間的性質、直線時間（一去不返）與曲線時間（終而復始）的差異、時間與運動的關係、時間是客觀的存在或主觀的認知形式、以及時間與自我生命、時間與永恆等課題。其中涉及嚴謹的邏輯推理，玄妙的形上哲學，與宗教色彩濃厚的神學思想，饒有哲學思辨的理趣。雖然我們不能也不必削唐人之足以適洋人之履，然而西方哲人對時間本質的探討，亦有助於釐清、掌握盛唐詩人的時間觀念。

　　至於中國哲學中，易道變易、與不易的觀點，正足以說明時間既變化又恆常的性質；佛道思想中，時間可以上溯到窮古之極，無始之始〔註3〕，唯其追尋的終極目標，乃是無有起源、終點，不分往古來今，超越時間之流，而與永恆的絕對精神相契的境界。此外，儒家思

_____

〔註 3〕佛家典籍常有無始劫一語，《莊子・齊物論》亦云：「有始也者，有未始有始也者，有未始有夫未始有始也者」，皆足以說明時間的開端實不可求。

想對歷史的重視，道家思想對「道」的體認，及佛家輪迴思想所內蘊的時間觀，往往以一種隱奧的形式影響詩人對時間的感覺和認知，這也是探討盛唐詩人時間觀念必須關照的層面。

在第二章中，分別由季節、歷史、與個體生命的角度討論詩人的時間感懷，其內容側重在面對時間流逝時詩人主觀的感受。那種揮之不去的時間壓迫感，最終歸結於自我的生命意識，故在論文寫作上，先季節、次歷史、後生命。本節所論則傾向於觀念的抽繹，故由近而遠，首論遷化流逝的時間特質，次論崇古尚遠的歷史意識，進而論及循環永恆的天道觀念；其中亦涉及直線與曲線雜揉的時間觀點，時間與自我的方向性，以及時間與永恆的探討等等。以下即以盛唐詩人對時間的描寫爲素材，依次論述如下。

貳、遷化流逝的時間特質
一、時間的推移變化

凡人普遍具有知覺時間的能力，而時間的知覺主要源於宇宙萬有的推移變化。晝夜的交替，日月的起落，四時的推遷，寒暑的更迭，造成光影有濃淡深淺、節候有暖涼寒暑的差異。配合著自然的節奏與韻律，白晝來臨時，人們由夢中甦醒，展開熙攘繁忙，而多姿多采的社會生活；當夜幕低垂，白日的喧騰逐漸止息，大地又重歸寧靜。一日之中，便有明暗、動靜、忙閒等諸般變化，喚起人對時間的知覺。至於一朵花由含苞待放，而初露蓓蕾，由完全盛開，而日漸凋零，又何嘗不蘊涵著時間的影子？白雲蒼狗、滄海桑田，乃至於月的圓缺，星光來自蒼穹深處的閃爍，也無不啓示著時間的奧祕。

　　　　潤水流年月，山雲變古今。（崔曙〈緱山廟〉，卷一五五）
　　　　青春流驚湍，朱明驟回薄。不忍看秋蓬，飄揚竟何託。
　　（李白〈古風〉，卷一六一）
　　　　今日花正好，昨日花已老。（岑參〈蜀葵花歌〉，卷一九九）
　　　　節物驚心兩鬢華，束籬空繞未開花。（高適〈重陽〉，卷二一四）
　　　　日月不相饒，節序昨夜隔。（杜甫〈立秋後題〉，卷二一七）

在澗水山雲的流變中，見到歲月與古今；在春花秋蓬的生滅裡，驚歎時序的推移；或在花朵的昨日今日中，覺察萬物的無常；盛唐詩人正是由自然的變化，感受到時間的存在，其中隱含著時間的本質不離變化的體悟。

從另一個角度而言，時間也正是促使事物遷變無常的潛在力量。尤其是在個體生命由少而壯，由壯而老的人生歷程裡，時間更扮演著催人年老的角色。且看：

> 疇類皆長年，成人舊童子。（王維〈休假還舊業便使〉，卷一二五）

> 憶昨尚如春日花，悲今已作秋時草。（崔顥〈邯鄲宮人怨〉，卷一三○）

> 浮生速流電，倏忽變光彩。天地無凋換，容顏有遷改。（李白〈對酒行〉，卷一六五）

> 紅顏老昨日，白髮多去年。（李白〈代美人愁鏡二首·其一〉，卷一八四）

> 少壯能幾時，鬢髮各已蒼。⋯⋯昔別君未婚，兒女忽成行。（杜甫〈贈衛八處士〉，卷二一六）

隨著時光的流轉，詩人由初識之無而學富五車，由年少旳青澀魯莽而至年長的成熟穩健，抑或由寒窗苦讀的寂寞而獲致譽滿天下的地位，凡此固然都是士子苦心自勵的成果，但若缺乏時間的陶鑄培養，又何以致成？所以說時間實在是增進學識、美化人格、成就功業不可或缺的要素。然而，詩人卻偏愛從形貌的改變中，強調流光對生命的摧折，在今昔對比之下，凸顯光陰流逝的快速。舊日的童子、今日的成人，春花般嬌艷的笑靨、秋草般憔悴的容貌，昔時的紅顏、今日的白髮，無不說明在時光的飛逝之中，生命不得不隨之遷改。「百齡何蕩漾，萬化相推遷」（李白〈郢門秋懷〉，卷一八一），無論是人事的紛擾多變，生命的起伏動盪，或者是萬物的生住異滅，在在呈現出現象界變化不定的特質；然而這一紛紜萬變的現象世界，若沒有時間的流注推蕩，頓時將完全僵固靜止。花不再開，水不復流，雖然沒有老死，但

也不能生長，天地將只是一片絕對的死寂，所以說時間為世界帶來多采多姿、繁複生動的樣貌，亦是促使萬象變化的根本力量〔註4〕。這股力量不僅影響有情之物，甚至類近於永恆不變的天地、日月也難免受其規範。李白〈擬古十二首·其八〉云：「日月終銷毀，天地同枯槁」（卷一八三），如此的觀點，實已將時間的探討帶入哲思的領域〔註5〕。

如上所論，時間推動現象界的變化，而也唯有在萬象的遷化之中，時間的存在方能被覺察。進一步說，時間自身亦是變動不居的。前引崔曙的「澗水流年月，山雲變古今」，李白的「青春流驚湍，朱明驟回薄」，即以流、變描摹時光推移變化的本質。所以說，時間與變化有其密不可分的關係，對變化的領悟實是時間探索的起點。

二、時間的難以留駐

在西方傳統物理學中，時間被認為是絕對、統一、成等速運行的〔註6〕。第八世紀的中國詩人則從日常的生活，體驗到時間的運行不輟：

> 隙駒不暫駐，日聽涼蟬悲。（孟浩然〈家園臥疾畢太祝曜見尋〉，卷一五九）
>
> 流年不駐漳河水，明月俄終鄴國宴。（張鼎〈鄴城引〉，卷二○二）
>
> 今日苦短昨日休，……萬壑東逝無停留。（杜甫〈錦樹行〉，卷二二二）

〔註4〕成中英《知識與價值》，〈時間之層級論及其與中國哲學的關係〉中有云：「原始時間的運動及變化實為萬物孕育成長的母體及泉源」，頁84。

〔註5〕詩中大都將天地視為自然的代詞，而強調其不變性，即如太白詩亦有：「天地無凋換，容顏有遷改」（卷一六五）之語；因而本詩云天地亦將枯槁，格外具有洞澈宇宙真相的意義。

〔註6〕如牛頓即肯定絕對時間，認為它是一種永恆的、不變的、不息的川流，與物質世界的存在無關。參見李震《哲學的宇宙觀》第十二章，〈論時間〉，頁167。

的確，光陰是一刻不停的。歷史的長河由太古蜿蜒流注到今日，復由今日綿延向未來，雖然王朝有興衰久暫，但時間卻絕不稍息。年復一年，來年變爲今歲，今歲已成去年；日復一日，明天是未來的今日，今日曾是昨日的明天。誠如希臘哲人所云：人不能兩度涉足同一河流，因爲新水不停在身側流逝〔註7〕。其實我們不但不能停留在今日，乃至無法眞正把握現在；因爲，現在只是當下的一刹那，當說及現在的頃刻，所謂的現在已經沒入過去，而新的現在又已到來，時間正是如此新新不停，永不止息。

　　雖然如此，面對白駒過隙、逝水東流，詩人仍不免興起留住時光的心願，這種觀點甚至可上溯到神話的傳說。在《山海經》中，載有夸父逐日的神話；《淮南子·覽冥訓》裡，亦記載魯陽公揮戈逐日，日爲之倒退三舍的故事；傅玄〈九曲歌〉則有：「歲暮景邁群光絕，安得長繩繫白日」的詩句，凡此都表露出人類與時間競逐的雄心，或挽留光陰的期望。盛唐詩人中，時間意識最強烈，主體意識最高昂的李太白，在其詩作中常洋溢著逆挽時光的豪情。如〈惜餘春賦〉用傅玄詩意云：「恨不得挂長繩於青天，繫此西飛之白日」；〈短歌行〉則說：「吾欲攬六龍，迴車挂扶桑。北斗酌美酒，勸龍各一觴」（卷一六四）。只是這分期願終究不免要落空，詩人唯有感慨：

　　　　棄我去者昨日之日不可留，亂我心者今日之日多煩憂。（李白〈宣州謝朓樓餞別校書叔雲〉，卷一七七）

　　　　長繩難繫日，自古共悲辛。黃金高北斗，不惜買陽春。石火無留光，還如世上人。（李白〈擬古十二首·其三〉，卷一八三）

　　　　光景不可留，生世如轉蓬。（李白〈效古二首·其一〉，卷一八三）

關於第一首詩，劉若愚認爲：由於受到「昨日之日」與「今日之日」

〔註7〕同註6引書，頁21。此爲海拉克利都斯（HERACLITUS）所說的名句，主要在強調宇宙變化的現象。

這罕見結構的影響，重心遂由「昨日」、「今日」，轉移至具有普遍性的「日」上。「日」字的重複，暗示著連綿的日子不停地行經發言者而流逝，加上由「棄」這個字將「昨日」擬人化，戲劇化了時間的移動和發言者的無力讓它停止〔註8〕。這一段話恰足以說明，在詩人的觀念之中，時光是永不停留的，人無論擁有多少權勢財富，或者聰明才智，對於時間的流逝亦將一籌莫展。

　　杜工部〈別唐十五誠因寄禮部賈侍郎〉亦云：「九載一相逢，百年能幾何？……相視髮皓白，況難駐羲和」（卷二二○），同樣是感歎時光的難以留駐。而由時間的不可留，進而遂有歲月不相待的警醒：

　　　黃河走東溟，白日落西海。逝川與流光，飄忽不相待。

　（李白〈古風〉，卷一六一）

　　　光景不待人，須臾髮成絲。（李白〈相逢行〉，卷一六五）

　　　曾聞昔時人，歲月不相待。（岑參〈張儀樓〉，卷一九八）

　　　閉門生白髮，回首憶青春。歲月不相待，交游隨眾人。

　（高適〈秋日作〉，卷二一四）

正如在「棄我去者昨日之日不可留」中，「日」被視爲主語一般，在「光景不待人」、「歲月不相待」的詩句中，「光景」與「歲月」亦具有主格的作用。由於它具有變動不居的特質，又不隨順人的心意而稍作停留，故不免被認爲「無情」，唯其無情，若不積極主動地把握，以成就自己，時間將在人靜止不前之際，繼續向前流逝。因此，在「歲月不相待」中，不但包含時光飄忽的感傷，而且隱含一種行動的意志。

　　而由時間與自我相提並論，時間以主格的方式出現於詩句之中，都可印證李約瑟如下的觀點：「不管發生在時間中的事物是榮是枯，在中國人的心目中，時間絕對是實在的」；「主觀的時間概念並不是中國人的思想特色」〔註9〕。佛教哲學中，以時間爲假有的觀點，康德思想中，以時間爲先驗形式的看法，似乎不曾在中國萌芽。時間在盛

〔註8〕見劉若愚〈中國詩中的時間、空間與自我〉，（《書目季刊》二十一卷第三期，頁15）。

〔註9〕見李約瑟《大滴定——東方的科學與社會》，頁214。

唐詩人筆下，在中國人心中，常被視爲眞實而客觀的存在。

三、時間的一往不復

時間既被認爲是推移變化、奔流不息的客觀存在，其中似已隱含一去不返的觀點。然而，變動不居的時間之流也有可能經由輪迴而不斷循環。如此，萬物雖有生住異滅的變化，但是藉著時間之環，結尾與開端互相緊密地連結，於是生命因無限制的輪迴趨向於永生，這即是所謂曲線時間。至於直線時間則視時光如幾何學上的直線，雖可向無窮遠之處綿延，但卻一去不返，無法回頭；因此，萬物在時間之中，皆將由始而終，由生而滅〔註10〕。

輪迴思想與曲線時間雖伴隨佛教而傳入中國，但是在詩人心中卻未曾深信〔註11〕，如阮籍〈詠懷·其八十一〉云：「人生樂長久，百世自言遼。白日隕隅谷，一夕不再朝」；陶淵明〈雜詩十二首·其一〉則云：「盛年不重來，一日難再晨。及時當勉勵，歲月不待人」，兩首詩都認爲生命只有一度，一去則不再復返，亦即屬於直線時間的觀念。盛唐詩人對於個體生命同樣秉持如是的觀點，例如：

古人已不見，喬木竟誰過。（李頎〈登首陽山謁夷齊廟〉，

卷一三二）

古人不可攀，去若浮雲沒。（李白〈同友人舟行遊台越作〉，

卷一七九）

四十九年非，一往不可復。（李白〈尋陽紫極宮感秋作〉，

卷一八三）

人生不再好，鬢髮白成絲。（杜甫〈薄暮〉，卷二二七）

這種「人生不再好」、「一往不可復」的觀念，意謂著時間是一逝永逝

〔註10〕參見雅斯培《哲學淺論》，頁120。

〔註11〕俗文學中類似七世夫妻恩怨相纏的故事頗爲尋常，唯詩歌中較缺少
　　　生命輪迴的觀念。以盛唐詩言，除王維：「宿世謬詞客，前身應畫師」
　　　（〈偶然作六首·其六〉，卷一二五），李白：「金粟如來是後身」（〈答
　　　湖州迦葉司馬問白是何人〉，卷一七八）外，詩中大都以超越輪迴、
　　　究竟解脫爲追求的目標。詳見本書第四章第四節。

的，是一次性的。儘管日月終古長明，但是今日已非昨日；儘管節候
運行不爽，但是今秋不是去年。雖說「燕子去了，有再來的時候；楊
柳枯了，有再青的時候」（朱自清〈匆匆〉），然而在萬物新新不停的
現象之下，隱藏著個體生命一去不返的規律。李白詩云：

　　　前水復後水，古今相續流。新人非舊人，年年橋上遊。
（〈古風〉，卷一六一）

　　　今人不見古時月，今月曾經照古人。古人今人若流水，
共看明月皆如此。（〈把酒問月〉，卷一七九）

這幾句話正是時間規律最詩意的詮釋。在前後相接、古今相續、新舊
循環之中，可以看到時間的綿延不斷，人類的生生不息；但是由另一
個角度來觀察，前水不是後水，新人取代舊人，時間的確是稍縱即逝，
而生命終究不能回頭。再如：崔國輔〈古意〉寫荷：「未得兩回摘，
秋風吹卻花」（卷一一九），岑參〈登古鄴城〉所說：「漳水東流不復
回」（九一九九），都可見時間一往不復的性質。

　　如果時間是依首尾相接、終始循環的曲線軌跡進行，那麼時間流
逝、一去不返將不再令人感傷，因為生命可以無止盡的輪迴，死亡只
是另一個生命的開始。然而，盛唐詩人在經驗世界裡，卻真實地感受
到萬物的無常，時光的不再。也許在文學作品中這已不是新鮮的主
題，但是一旦我們認真思索時間與生命的本質，一種與時競逐、人生
短暫的憂懼，亦將油然而生。總之，直線時間的觀念促使詩人的時間
意識格外沈鬱，乃至有一種悲劇之感，這也正是時間意識所以能成為
中國詩歌抒情泉源的原因。

參、崇古尚遠的歷史意識

一、悠遠的時間視野

　　歷史是人類過去生活的紀錄，其中記載著無數英雄豪傑的事蹟，
刻劃著民族文化遞嬗的軌則。在歷史之中，可以見到王朝的變遷、世
事的波瀾，以及人類由蒙昧而步向文明的努力。對於個人而言，失去

記憶意謂著自我的失落；而歷史正是人類共同的記憶，斬斷歷史不但無以邁向未來，現在亦將失去憑據。唯有在古今代謝的因果法則中，人們可以獲得寶貴的歷史教訓，在民族文化的綿延發展裡，才可以尋得自我生命的定位。所以說，歷史能幫助人了解人性、了解自己，進而認識個人所從屬的民族，以及人類共同的命運。

緣於對民族文化的關注，與自我生命的醒覺，盛唐詩人大都具有濃厚的歷史意識。在其詩歌中，不僅常以歷史為題材，而且常將時間由短暫的現在延伸至悠遠的歷史，含括古今而立論。例如：

> 宇宙誰開闢，江山此鬱盤。登臨今古用，風俗歲時觀。

（孟浩然〈盧明府九日峴山宴使君張郎中崔員外〉，卷一六〇）

> 胡關饒風沙，蕭索竟終古。（李白〈古風〉，卷一六一）

> 錦江春色來天地，玉壘浮雲變古今。（杜甫〈登樓〉，卷二二八）

> 眼前今古意，江漢一歸舟。（杜甫〈懷灞上游〉，卷二三一）

孟襄陽由今日峴山之會，懷想昔時羊祜登臨懷古的故事，藉著相同的空間場景，將唐、晉、以及晉以前的歷史人物連結在一起。李太白則由胡關的蕭索，想見亙古以來邊塞的荒涼。杜工部在浮雲的變幻中，看到古今的興亡輪替，而產生歷史的滄桑感。凡此皆可見，盛唐詩人往往透過當前的事物，領悟到整個歷史循環的規律，或者透過全幅的歷史來體味當下的一刻，而不局限於有限的現實時空，故其時間視野較諸前代尤為悠遠遼闊。

除了古今、終古之外，有時詩人亦以千年、千載描摹時間的綿長不盡，如崔顥〈黃鶴樓〉云：「黃鶴一去不復返，白雲千載空悠悠」（卷一三〇），高適〈宋中十首・其一〉亦云：「梁王昔全盛，賓客復多才。悠悠一千年，陳跡唯高臺」（卷二一二）。此外，千古、萬古更是詩中習見，而又別具意義的語詞，例如：

> 因嫁單于怨在邊，蛾眉萬古葬胡天。（常建〈塞下曲四首・其四〉，卷一四四）

> 五花馬，千金裘，呼兒將出換美酒，與爾同銷萬古愁。

（李白〈將進酒〉，卷一六二）

　　人生飄忽百年內，且須酣暢萬古情。（李白〈答王十二寒
夜獨酌有懷〉，卷一七八）

　　天地一逆旅，同悲萬古塵。（李白〈擬古十二首・其九〉，
卷一八三）

　　雄筆映千古，見賢心靡他。（杜甫〈別唐十五誡因寄禮部賈
侍郎〉，卷二二〇）

所謂千古、萬古，與古今、終古一般，並不具體指涉某一特定的歷史
時間，但也正因其不作具體的指涉，是故涵蓋面更廣，更具概括性〔註
12〕。唐君毅即曾指出詩歌中表示時間的量詞常帶有不定、周遍、或
無限的特質。如言千古、萬古，即同於言無限之時間，故「與爾同銷
萬古愁」即銷無盡時期之愁也〔註13〕。

　　盛唐詩人既偏愛這類具有高度概括性的時間量詞，實反映出他
們吐納今昔、雄視千古的胸襟和氣度。源於文化、思想的蓄積，以
及受到大唐總結六朝興亡、完成天下一統的激勵，較諸前代詩人，
他們對於歷史文化的確有更深的體悟和更強的使命感。因此在詩文
中，往往將時間視野由個人有限的生命推擴到無盡的歷史，乃至無
窮的宇宙。從而超越了「人生天地間，忽如遠行客」那種僅就生命
歷程發抒時間憂患，帶有自限性的時間觀點〔註14〕。在有限的時間
中體味歷史長河的悠悠況味，由個人的經歷上窺人類全體共同的命
運；從盛唐詩人習用的時間語詞裡，在在可見他們深切的歷史感，
與悠遠的時間觀念。

〔註12〕參見蔣寅〈時空意識與大曆詩風的嬗變〉，文中認為：盛唐詩人都愛
　　　　用大字面，實際上這是一種不切，但正是這種對具體事物的不切開
　　　　闊了詩的視野，形成一派恢宏的氣度。（《文學遺產》，1990：1，頁
　　　　80）。
〔註13〕見唐君毅〈文學意識之本性──文學意識與歷史意識中之「時空」
　　　　及「類」〉，（《民主評論》第十五卷十四期，頁316）。
〔註14〕參見李暉〈論唐詩的時間描寫〉，（《中國古代、近代文學研究》，1994：
　　　　8）。

二、崇古的價值取向

尊重傳統、重視歷史是華夏民族根深蒂固的民族性，而對歷史的重視，最具體的表現便是史籍的完備。尤其是自太史公《史記》以降，二十五史的作者詳細記載了王朝的興衰、制度的損益、以及百姓的哀樂等等，先民在歷史舞台中所留下的痕跡，遂得以超越時間之流的淘洗而不致銷磨殆盡。

然而，若說卷帙浩繁的史料史籍，表徵著這一古老民族對人類文明與文化的敬重，儒、道二家對遠古文化的嚮往，則更進一步顯示以古為美的取向。孔子自稱「述而不作，信而好古〔註15〕」，在以述為作的觀念中，已經暗示古文化並不因時間的過往而流於腐朽敗壞，其中實蘊涵完美的質素，亟待後人重新發覺、整理。孔孟對於堯、舜聖王之治的傾慕，乃至《禮記·禮運》大同之世先於小康的描述，皆可見儒家的崇古取向。至於道家不但反對封建體制，且不以聖王之治為然，他們期望消解一切人為的桎梏，重返人性的本眞，讚許的是「小國寡民」、「民至老死不相往來」〔註16〕的太古生活，可以說是更澈底的返古論者〔註17〕。

在儒、道崇古思想，與以古為鑑的觀念支配下，中國詩人對於歷史總有一分無以言喻的深情，無論是披覽史籍，抑或登臨古蹟，思古的幽情每每油然興發，難以自已。

再就時間用語來考察，同樣可見詩人對歷史對過去的關注。陳子昂〈登幽州台歌〉云：「前不見古人，後不見來者」，詩中清楚地說明了說話者的位置，前面是蒼茫的過去，古人已遠；而背後是未知的未來，幽深難測。亦即時間運行時，說話者大致是以過去為前

〔註15〕見《論語·述而》。

〔註16〕見《道德經》，八十章。

〔註17〕按西洋思想史中亦有返古論的概念，他們認為人類歷史的最早階段是最好的，當人類沒有技藝與科學的負擔，滿足於最簡單的生活，即是人類的至樂。這種觀點與道家思想頗為相近，可相互參考。詳見李亦園等編譯《觀念史大辭典》，頁441。

方〔註18〕。的確，由語意的脈絡來分析，前、後與古人、來者相對
應，不但點出過去、未來在時間序列上的相關位置，並且暗示過去
是在身前，而未來則在背後。換句話說，詩人是面向過去，而背對
未來的〔註19〕。

　　這樣的時間視角在盛唐詩中亦不乏其例，如：

　　　　古人不可攀，去若浮雲沒。（李白〈同友人舟行遊台越作〉，
一七九）

　　　　瞻光惜頹髮，閱水悲徂年。（李白〈秋登巴陵望洞庭〉，卷
一八〇）

　　　　乃知靜者心，千載猶相望。（高適〈宓公琴臺詩三首·其二〉，
卷二一二）

　　　　千秋萬歲名，寂寞身後事。（杜甫〈夢李白二首·其二〉，
卷二一八）

遙望古人走進歷史，身影日漸淡遠，正如目送浮雲消逝於天際一般，
詩人自是面對著古人的方向；而追攀一詞亦隱含由後向前攀緣，主、
客之間應是順向的關係。「閱水悲徂年」，以水的流逝比喻時間的過
往，悲字本身雖不具方向性，但與閱字呼應，實可見無論是情感的意
向，或是視線的焦點，都是落在逝水流年的方向。「千秋萬歲名」是
未來的盛名，而視「未來」在「身後」，仍洩露出背對未來的民族心
態。至於千載之後，仰望前賢、上友古人，詩人面向歷史的傾向，在
「望」字中已表露無遺。

　　當然，所謂「面向過去，背對未來」的說法並非絕對的。事實上，
以回憶和懷念為感情主軸的時候，自然面向著過去；反之，在期盼和
憧憬之時，則將面對著未來，如杜工部〈春日憶李白〉云：「何時一尊

〔註18〕參見黃居仁〈時間如流水──由古典詩歌中的時間用語談到中國人
　　　　的時間觀〉，（《中外文學》，第九卷十一期，頁80）。

〔註19〕同註8引文，頁18。劉若愚認為：陳子昂乃儒家信徒，故懷鄉地回
　　　　顧一個理想化的歷史的過去。唯詩人面對過去是因為他轉身朝過去
　　　　移動，所以古人在他面前，而將來之人在他後面。此說與本文所採
　　　　取的觀點略有不同。

酒,重與細論文」(卷二二四)者是。然而大體而言,緬懷過去、吟詠
歷史確是中國人情感上的偏好。緣於對歷史、傳統的高度重視,雖然
王朝代有興替,但傳統社會仍維持其穩定的結構,不致土崩瓦解;唯
詩人所咀嚼玩味的並不在於此,而在於一種歷史的滄桑感。例如:

  　人事有代謝,往來成古今。(孟浩然〈與諸子登峴山〉,卷
一六〇)

  　四十餘帝三百秋,功名事跡隨東流。(李白〈金陵歌送別
范宣〉,卷一六六)

  　五朝變人世,千載空江聲。(岑參〈送許子擢第歸江寧拜親
因寄王大昌齡〉,卷一九八)

以山水的永恆與人事的流變相映照,將歷史規律納入生命流逝的模式
來考察,詩人「所關注的已不是個別歷史事件的發展,而是一個個歷
史結局所包孕的哲理〔註20〕。」另一方面,懷古亦是將個人的生命置
入歷史來體味、反省,透過歷史的虛幻如夢,沈思人生無常的本質。
王朝偉業終不免走向銷亡,個人生命中小小的波瀾與曲折又何足掛
念?生之憂患,就在歷史的悲劇中得到撫慰與淨化。

　　然而,盛唐詩中濃厚的歷史取向,尚可由以古為美的審美觀念加
以說明。誠如朱光潛《文藝心理學》第二章所說:「愈古愈遠的東西
愈易引起美感」,因為經過時間的「距離」,歷史的人事從極繁複的社
會習慣和利害觀念中抽離而出,再經過時間的醞釀、琢磨,遂如玉石
般晶瑩溫潤,亦如老酒般香醇可人,這是一種「心理距離」所產生的
美感。面對歷史,又如與飽經風霜的老者晤談,在其「世事洞明」、「人
情練達」的談吐中,乃至在其白髮與皺紋裡,無不散發著洞察的智慧,
以及深沈且富於哲理的清光。

　　陳器文〈論古典詩中思古與慕遠之情〉中說:「生命的姿態可以
千千萬萬,生命的底蘊卻同出一轍。人性中這一角荒寒,可以說是先
詩人而存在的,是由人性本然的需渴轉生的。所以詩人嚮往一個逝出

――――――――――――

〔註20〕蕭馳《中國詩歌美學》第六章,頁 136。

的時代，嚮往一個於心有戚戚然的逝去靈魂，不應只是從保守、好古成癖這一角度去解釋。當我們誦讀這些超乎時空，今古和鳴的詩篇，有時常能感受到一種熟悉的溫馨，一種荒城臨古渡，落日滿秋山的美，是既淒愴又穠艷，既蕭條又有生意的。」的確，對於詩人而言，歷史的意蘊是無比豐富的。縱使是古老的宮殿、陵廟，荒涼的亭臺、樓閣，或者是苔痕暗生的城牆、古道，詩人所感受到的不只是歲月的滄桑，還有一種因時間的累積堆疊所滋生的歷史光澤。其中融合著興盛與頹敗、繁華與寂寞、完美與殘缺、乃至無常與永恆等看似矛盾而又相互調和的特質，具有特殊的藝術魅力與美感，無怪乎善感的詩人要再三咀嚼吟詠了。

三、無常與永恆的對峙

　　面對歷史，盛唐詩人情感的基本類型主要分為緬懷與感傷兩大類。從緬懷的角度來描寫，在於強調人事的文化價值，以及偉大人格與精神的永垂不朽；反之若由感傷的角度來著墨，則凸顯時間的銷鑠力量，以致人事的努力都將不免於幻滅。前者由正面肯定歷史的價值，後者則由反面否定其意義〔註21〕。然而所以有如此極端的情感傾向，亦意謂詩人對於歷史的觀點和評價常在無常和永恆兩極間擺盪。例如李太白〈越中覽古〉、〈蘇臺覽古〉云：

　　　　越王勾踐破吳歸，戰士還家盡錦衣。宮女如花滿春殿，
　　只今惟有鷓鴣飛。(卷一八一)

　　　　舊苑荒臺楊柳新，菱歌清唱不勝春。只今惟有西江月，
　　曾照吳王宮裡人。(卷一八一)

兩首詩都是以吳越春秋作為詠懷的題材，其中「越中一首，著重在明寫昔日之繁華，以四分之三的篇幅竭力渲染，而以結句寫今日之荒涼抹殺之，轉出主意。蘇臺一首則著重寫今日之荒涼，以暗示昔日之繁華，以今古常新的自然景物來襯托變幻無常的人事，見出今昔盛衰之

〔註21〕參見張火慶〈中國文學中的歷史世界〉，(《中國文化新論・文學篇一・抒情的境界》，頁293)。

感﹝註22﹞。」這種繁華如夢，盛衰無常的感慨，正是由流逝的觀點來看待歷史。太白在金陵懷古系列的作品中，更將古今如幻的觀點發揮得淋漓盡致：

> 六帝沒幽草，深宮冥綠苔。(〈金陵鳳凰臺置酒〉，卷一七九)
> 天地有反覆，宮城盡傾倒。六帝餘古丘，樵蘇泣遺老。
> (〈金陵白楊十字巷〉，卷一八一)
> 當時百萬戶，夾道起朱樓。亡國生春草，離宮沒古丘。
> (〈金陵三首‧其二〉，卷一八一)
> 古殿吳花草，深宮晉綺羅。併隨人事滅，東逝與滄波。
> (〈金陵三首‧其三〉，卷一八一)

在今昔對比之下，繁華終歸寂寞的歷史悲情油然而生；而其中冥、沒、傾、倒、反、覆、滅、亡等語詞，更直接點出一切人事、功業的徒勞。彷彿所有人為的努力，只如積木而成的樓閣，或者如沙灘上的城堡，畢竟經不起時間之流的沖刷淘汰。

其實，歷史原就是人類過往生活的軌跡，是已經發生的故事，就時間而言，意指過往的年代，所以自然蘊涵著已然、過去、乃至消逝的特質。雖說因果相生的法則，歷史循環的規律貫穿古今，但在線性時間的支配下，歷史的事件終究不能重現。例如秦兼併六國，旋即為漢所取代，而後兩漢開創了大一統的盛世；而隋結束六朝的紛亂，旋即為唐所取代，其後大唐亦再創歷史的高峰。然而，漢武漢文到底不是太宗玄宗，相如子長終非太白子美，長江後浪推前浪，一代新人換舊人，歷史只是積澱著過去的記憶。何況由今視昔，只能藉由斷簡殘垣去蠡測管窺歷史的全幅面貌，其所得往往只如吉光片羽，因此易於興發世事無常的慨歎。這是由流逝、無常的角度來看待人類的歷史。

但是在另一類懷古詩作中，詩人則肯定人類精神的歷史價值。例如：

﹝註22﹞見《唐詩鑑賞辭典》，頁 341。按：本書雖以鑑賞為主，唯執筆者皆為大陸國學界之學者專家，其分析深入淺出，自具有一定之水準，故本文亦酌採其說。

但見陵與谷，豈知賢與豪。……獨餘湘水上，千載聞離騷。（陶翰〈南楚懷古〉，卷一四六）

窅冥合元化，茫昧信難測。飛聲塞天衢，萬古仰遺則。

（李白〈商山四皓〉，卷一八一）

感通君臣分，義激魚水契。遺廟空蕭然，英靈貫千歲。

（岑參〈先主武侯廟〉，卷一九八）

盛事會一時，此堂豈千年？終古立忠義，感遇有遺編。

（杜甫〈陳拾遺故宅〉，卷二二○）

篇中仍點染著人事與古跡在歲月中的滄桑，賢豪的不再、四皓的冥化、武侯廟的蕭然、及拾遺宅的不免於傾頹，在在可見歷史的時間性。然而，詩人在萬象無常的感喟之後，終究爲前賢不顧身命，立德、立功、立言的風範而喝采。雖然個人形軀的生命有限，但是精神的生命卻可以因歷史而長存。只因爲走進歷史，深一層說，乃是完成自己，建立一種人格的典型，亦即與往古來今同一類型的生命合流，只要人類存在一天，則其生命的姿采亦將萬古長在。

當然，若和日月星辰、長江大河相較，人類的歷史顯得何其短暫渺小，但若相較於人生百年，歷史的生命又何其綿亙悠遠。在歷史之中，詩人見到短暫和悠遠，無常和永恆的矛盾與對峙，唯對於歷史的深情、關注，代表著詩人渴望超越自我、超越時空，邁向永恆的期願。經由歷史的迴廊，永恆之光穿透時間和無常所投射的陰影，閃耀著熠熠的光芒，引領著具有大生命、大人格的歷史人物向其邁進〔註23〕。

肆、循環恆常的天道觀念

所謂天道，在中國哲學領域中自有其特定的內涵與外延，唯詩人並非思想家，詩歌亦非哲學論著，因此本文所稱的天道，乃泛指與人事相對的自然法則，尤其是指天體運行、四時變化等和時間息息相關的自然規律而言。以下便依此而論盛唐詩中所見之天道觀。

〔註23〕同註10引書，頁20。

一、循環反復周流不息

　　誠如前文所論，時間離不開運動與變化，唯有經由萬物的運動和變化，時間方能爲人所經驗、度量；而世間萬象的變化，最爲昭明顯著的莫過於日月與四時，是故自古即以之作爲度量時間的標準。《易‧繫辭傳上》云：「變通莫大乎四時，縣象莫大乎日月」；又云：「日往則月來，月往則日來，日月相推而明生焉；寒往則暑來，暑往則寒來，寒暑相推而歲成焉」；就在日月往來、寒暑相推之中，人間的歲月於是形成。

　　盛唐詩人亦常由天體的運行而體察時間的變化和規律，如顏眞卿〈三言擬五雜組〉云：

　　　　五雜組，甘鹹醋。往復還，烏與兔。不得已，韶光度。
　　（卷一五二）

詩中主要在說明時光的流逝不止，以及歲月不相待的無奈，但是在「往復還」三字中，已點出天道往還的規律。

　　日月周而復始的推移，進而產生四時寒暑的差異，每當歲終年初之際，由於一年即將終了，天候也由嚴寒逐漸趨向溫暖，故格外易於喚醒詩人的時間知覺。如：

　　　　客愁當暗滿，春色向明歸。（丁仙芝〈京中守歲〉，卷一一四）

　　　　海日生殘夜，江春入舊年。（王灣〈次北固山下〉，卷一一五）

　　　　今歲今宵盡，明年明日催。寒隨一夜去，春逐五更來。
　　（史青〈應詔得除夜〉，卷一一五）

　　　　天開地裂長安陌，寒盡春生洛陽殿。（杜甫〈湖城東遇孟雲卿復歸劉顥宅宿宴飲散因爲醉歌〉，卷二一七）

　　　　天時人事日相催，冬至陽生春又來。（杜甫〈小至〉，卷二三一）

在原詩裡，歲末年關的到臨不免觸動詩人時光無情、與異鄉飄泊的感嘆；然而若就其中所含蘊的時間觀念來分析，則可見一種循環反復的

規律。其實，時間本就極爲抽象玄奧，因此雖是人人所熟知，但其本質、特性究竟爲何，卻是眾說紛紜。民族性格的傾向，思想觀念的不同乃至人生閱歷的多寡都會影響個人的時間觀念。詩中常以流水來比喻時間，如李太白〈古風〉說：「前水復後水，古今相續流」（卷一六一），由其中我們可以體悟到時間的變動不居、相續不斷、乃至綿延不絕的特質。在此，詩人則著眼於四時的更迭變化，所謂：「寒隨一夜去，春逐五更來」，「冬至陽生春又來」；而在「寒去春來」、「寒盡春生」的語句之中，呈現出天道循環不息、生生不已的律動。這種自然的節奏和規律，更具體而微地表現在花鳥草木的往來榮落之中，例如：

> 門外青山如舊時，……歲歲花開知爲誰。（李頎〈題盧五舊居〉，卷一三四）
>
> 林花掃更落，徑草踏還生。（孟浩然〈春中喜王九相尋〉，卷一六〇）
>
> 秋來桐暫落，春至桃還發。（李白〈桓公井〉，卷一八一）
>
> 今年花似去年好，去年人到今年老。（岑參〈韋員外家花樹歌〉，卷一九九）
>
> 鶯入新年語，花開滿故枝。（杜甫〈傷春·其二〉，卷二二八）

相對於人事的短暫與易衰，自然之物總顯得生意蓬勃，雖然終究亦不免於凋零，但凋零之後，還復生長。在歲歲花開、年年花好的現象裡，在花落草生、桐落桃發的輪替中，無不潛藏著天道好還的訊息。老子《道德經》四十章云：「反者，道之動」，正說明天道是依反復循環的軌則進行的，而四時的交迭，萬物的往還，則是天道在人間最眞實的顯現。

　　然而進一步推究，天道循環的現象實源於陰陽二氣的起伏消長，所謂：

> 五更鐘漏欲相催，四氣推遷往復回。（孟浩然〈除夜有懷〉，卷一六〇）

　　　　陰陽相主客，時序遞回斡。(杜甫〈七月三日亭午已後較熱

退晚後小涼穩睡有詩因論壯年樂事戲呈元二十一曹長〉，卷二二一)

陰與陽原是相互依存、相互補充、而又相消長的力量，兩者是動態對
立但卻又互補的統合體，因爲其對立恆植根於道的統合之中，是以二
氣相互的作用、摩蕩，實是推動萬有生成、變化的根本力量〔註24〕。
老子說：「萬物負陰而抱陽」(《道德經》，四十二章)，陰陽之力既內
在於萬物之中，因此二者的消長起伏，遂造成萬物的生殺盛衰。然則
花落花開、春去秋來，又何嘗不是「陰陽相主客」的結果？

　　陰陽的主客消長，四時的往復推遷，草木的榮落生殺，在在可
見天道的運行並非一往不復的；而經由天道來體察時間，自然易於
產生循環反復的時間觀。日升日落、月圓月缺，暑往寒來、寒盡春
生，無不啓示著時間的本質雖不離變化，然而時間的變化卻內蘊於
不變的規律之中。天道循環不息，時間亦循環不息；進而言之，天
道的循環反復、周流不息，實象徵時間自身的周而復始、綿延不絕。
這種思維模式有時亦運用於歷史，張法《中國文化與悲劇意識》，第
一章中說：「以天干地支紀年，六十年一個花甲，一個循環。前進的
歷史時間轉化爲循環之圓。歷史的發展，三皇五帝、夏后商周，代
代有初盛中晚，天下大事，久合必分，久分必合，呈現爲不斷的循
環。歷史和時間本來是一條進化直線，但在中國文化的意識中被轉
化爲一條循環之線。這對於中國宇宙的整體性和中國文化的穩定性
具有非常重要的意義。」這一段話恰足以說明循環反復的天道觀與
時間觀對中國文化的深層意義。

二、超越古今恆常不改

　　天道的循環反復固然相當程度地影響了中國人的歷史觀，但是
在詩歌中，卻偏重將天道的循環不息與人事的一去不返作爲對比，

〔註24〕同註4引書，頁92、96。文中認爲：道或氣的創造力是經由和諧，
　　　　而不是衝突以化生萬物。陰陽對立所顯示的是差異的統合，而不是
　　　　二者間的緊張互斥。

藉以凸顯世事短暫無常的悲慨，抑或歷史如夢的體悟。然而在此姑且不論詩人描摹天道的創作意圖，而特就詩中所透露出的天道觀而立論。

　　若說循環反復、周流不息呈現出天道動態綿延的特質，那麼明月的千古長在，則彰顯了天道本體的恆定。且看下列的詩句：

　　　　今日非昨日，明日還復來。……君不見梁王池上月，
　　昔照梁王樽酒中，梁王已去明月在。(李白〈攜妓登梁王棲霞山
　　孟氏桃園中〉，卷一七九)

　　　　只今惟有西江月，曾照吳王宮裏人。(李白〈蘇臺覽古〉，
　　卷一八一)

　　　　蒼蒼金陵月，空懸帝王州。天文列宿在，霸業大江流。
　　(李白〈月夜金陵懷古〉，卷一八五)

　　　　吾悲子雲居，寂寞人已去。娟娟西江月，猶照草玄處。
　　(岑參〈揚雄草玄臺〉，卷一九八)

在「今日非昨日，明日還復來」的句式中，仍表現出時日的流逝與循環，強調時間對人事銷鑠的力量。唯對於明月的描寫並不放在其陰晴圓缺的流變，而在於它曾走過春秋、戰國，走過秦漢、六朝，直至有唐仍照臨天下。所謂「昔照梁王樽酒中」、「曾照吳王宮裡人」、以及「猶照草玄處」，由昔照、曾照、以至猶照的語詞，正可見明月閱歷古今，而又超越古今，亦即昔在、今在、乃至於永在的性質。的確，明月因為高懸天際，較諸青山、流水更具有一種夐然出塵，超越人間時流的恆定，詩人在詩句中泯除其循環的軌跡，而呈現出天道的永恆。「梁王已去明月在」，「天文列宿在」，「在」字充分肯定明月存在的真實不虛；相對於此，個人的生命、一姓一朝的霸業、與所有人世的繁華，終究只如夢幻泡影一般，旋生還滅。

　　天道的永恆除了表現在明月的終古長存外，還表現在其千年不改。岑嘉州詩云：

　　　　荒臺漢時月，色與舊時同。(〈司馬相如琴臺〉，卷一九八)
　　　　蒼苔白骨空滿地，月與古時長相似。(〈函谷關歌送劉評事

使關西〉，卷一九九）

春去秋來不相待，水中月色長不改。（〈敷水歌送竇漸入

京〉，卷一九九）

人世幾經滄桑，而月色今古相同。誠如東坡〈赤壁賦〉所云：「逝者如斯，而未嘗往也；盈虛者如彼，而卒莫消長也。」從現象界的角度來看，明月固然不免有盈虛變化，但是由本體界而言，卻是湛然長存、萬古不易的。因此，明月雖曾閱歷古今，但本質上卻無古月今月的差異；換言之，無論時空如何變遷，它永遠是以「今月」的精神樣相與世人相見。而月光的普照，正是永恆的天道在人間的示現。

總之，循環反復無非是天道「周行而不殆」的妙用，而恆常不易則是其「獨立不改」的本體〔註25〕。本體主靜，故超越古今，湛然不變；妙用主動，故周流不息，生生不已。然而體不離用，故不變之中隱含變化之因，雖寂而常照；用全歸體，故變化之內含藏不變之性，雖照而常寂。體用兼賅，方能見到天道在詩人心中的完整面貌。

而天道就某一層意義而言，適為時間的形而上表述〔註26〕，由此可知，時間固然常被視為變動不居、一去不返的線性運動，就形上的角度而言，卻又是循環不息、恆常不改的。變與不變，有限與無限，無常與永恆，這些看似矛盾的性質相互滲透雜揉，賦予時間更為隱奧豐富的意蘊，對於時間的追尋，亦因之而憑添無窮的意趣。

由以上的論述，本節主要的觀點約可歸納為下列數點：

（1）時間在盛唐詩人筆下，在中國人心中，常被視為真實而客觀的存在。詩人在自然與人事的變化中覺察其律動，並由此體認時間自身亦具有變動不居的性質，進一步說它還是推動萬象變化的根本力量。

（2）時間不停流逝，無以挽留，尤其是對敏感的詩人而言，一

〔註25〕《道德經》二十五章云：「有物混成，先天地生。寂兮寥兮，獨立不改，周行而不殆，可以為天下母。吾不知其名，字之曰道。」

〔註26〕同註4引書，頁93。書中有云：「時間究其極必須被理解為道或終極的氣本身」，也許詩人並未形成如此明晰的論點，然就詩中對天道的描寫來考察，時間與天道的確不可分離。

往不復的時間觀點促使其時間意識格外沈鬱，乃至有一種悲劇感，故時間意識能成爲詩歌創作的抒情泉源。

（3）緣於對民族文化的關注，與自我生命的醒覺，盛唐詩人普遍具有濃厚的歷史意識；故詩中常以歷史爲題材，並習於以古今、終古、萬古等時間語詞，將時間由短暫的現在，延伸至悠遠的歷史場景。由全幅的歷史來省思自我的生命，或者由當前所見上窺歷史循環的規律，與人類全體共同的命運，凡此亦反映出其吐納古今，雄視千古的胸襟和氣度。

（4）經由詩中的時間語詞，尚可發現詩人常面向過去而背對未來。對於歷史，乃至於荒涼的古蹟，中國詩人總有一分難以言喻的深情，這種以古爲美的心態正可見其崇古的價值取向。

（5）在歷史之中可以發現人事的無常，但同時亦可見精神生命的不朽。雖然個人形軀的生命有限，但只要走進歷史，建立人格的典型，則其生命姿采亦將萬古長存；是故，歷史可說是連結有限與永恆之間不可或缺的橋梁。

（6）日月的運行，四時的往來，以及自然物的輪迴，正說明天道的循環反復、周流不息；唯就另一方面而言，天道又是超越古今、獨立不改的。由天道來理解時間，可知時間內蘊著變與不變，有限與無限，無常與永恆等宇宙人生的奧祕，故能吸引具有強烈生命意識的詩人去體察、尋思其本質與意義。

第二節　空間描寫的特質與空間觀念

壹、引　言

和時間一般，空間是我們認識世界、認識自己的重要元素。通常它被視爲無限廣大、無有底止，足以容納宇宙萬物的場所；而人類由出生至死亡，一切的悲歡離合便是在此一生命舞臺上演。不過，亦有人認爲它是內在於人類生命的直覺形式，亦即空間不是客觀的存在，

而是主體認識外在現象的形式條件〔註27〕。然而，不論由主觀抑或客觀的角度來詮釋，空間觀念的存在則是不爭的事實。

　　一般而言，空間的探討常涉及方位、距離、處所、以及物體的展延等問題。由於空間中萬象羅列，物與物、物與我相較之下，乃產生前後、左右、上下、遠近、裡外等概念；而物體皆具有向長、寬、高延展的特性，因此在觀念中，空間最主要的特性即為向度〔註28〕。若說時間是線性的、一維的，那麼空間則具有三個向度，亦即是立體的。《莊子·庚桑楚》郭象注云：「宇者，有四方上下，而四方上下未有窮處」，實已指出空間向上下四方三個向度延伸，而又浩瀚無垠的本質。

　　在盛唐詩中，無論是敘事、言志、或抒情，皆不能與空間描寫分離。因為詩歌本就著重意象與意境的經營，而意象、意境雖以表述情意為主，卻必須經由物象與外境的刻劃，方能具體呈現；因此，空間景物的描寫實是詩歌藝術不可或缺的一環。而透過詩中的空間描寫，不但可以發現詩人的空間概念，進而可以見到他們面對浩瀚的宇宙時，內心的基本態度；此外，空間包羅萬象，物類紛呈，然而物我的關係究竟如何？凡此亦可經由詩中的空間描寫而得知。

貳、虛實相生的空間結構

一、真切的立體空間

　　從懵懂無知的幼兒期開始，我們即透過眼睛來觀察自己所存在的這個世界，逐漸發現萬物不論其大小皆佔有一個空間，當其靜止時皆處在某一特定的位置，而位置從屬於更大的場所，場所又從屬於整個宇宙。我和萬物並存在這一廣大的宇宙之中，為更進一步把握彼此的空間關係，遂衍生出方位的概念。

〔註27〕參見第一章有關康德的空間觀念。

〔註28〕參見李震《哲學的宇宙觀》，頁 145。至於向度的概念意指物體皆向長、寬、深伸展，也就是說物體的測量依三個方向而成，而方向即物體的向度。

　　所謂上下四方已經說明空間包含著三個相互垂直的方向。不錯，
空間是立體的，這不只是一種抽象的觀念，更是真實而親切的生活體
驗。在詩人筆下，對於其居處、遊覽的場景無不有真切的描摹：

　　　　野曠天低樹，江清月近人。（孟浩然〈宿建德江〉，卷一六
　　○）

　　　　長安一片月，萬戶擣衣聲。（李白〈秋歌〉，卷一六五）

　　　　水路東連楚，人煙北接巴。（岑參〈郡齋平望江山〉，卷二
　　○○）

　　　　塞門風落木，客舍雨連山。（杜甫〈秦州雜詩二十首‧其十
　　五〉，卷二二五）

　　　　花遠重重樹，雲輕處處山。（杜甫〈涪江泛舟送韋班歸京〉，
　　卷二二七）

在這些詩句中，固然點染著天上的月色、雲雨，然而誠如岑嘉州詩題
所說，這些景致屬於「平望江山」的性質，是故著重在描寫空間場景
的綿互遼闊。原野平曠、長安萬戶、地接巴楚、風雨連山、乃至雲山
處處，在在可見空間由近而遠，並在眼前橫向鋪展的特色。天與樹齊
低，月與人相近，上下、高低之感似覺格外淡然。唯由於身體結構的
影響，平望卻是我們用以觀察周遭世界最自然、亦最常用的視角。

　　除了遼闊感之外，悠遠幽深的空間感受也是詩人常描繪的重點。
例如：

　　　　遠樹蔽行人，長天隱秋塞。（王維〈別弟縉後登青龍寺望藍
　　田山〉，卷一二五）

　　　　天寒遠山淨，日暮長河急。（王維〈齊州送祖三〉，卷一二
　　五）

　　　　疊嶂列遠空，雜花間平陸。（李白〈陵歊臺〉，卷一八一）

　　　　寒花隱亂草，宿鳥擇深枝。（杜甫〈薄暮〉，卷二二七）

　　　　遠鷗浮水靜，輕燕受風斜。（杜甫〈春歸〉，卷二二八）

詩中或直接用深、遠等形容詞來呈現空間的悠遠深邃，或用隱、蔽
等動詞具體呈現多層次的空間感。如「遠樹蔽行人，長天隱秋塞」、

「寒花隱亂草，宿鳥擇深林」二聯，遠樹、行人、長天、秋塞，寒花、亂草、宿鳥、深林等景物本就具有大小相形的作用，加上隱、蔽掩映的效果，在視覺上遂有一種濃淡深淺的層次感，空間的深遠亦由此可見。王摩詰〈敕借岐王九成宮避暑應教〉有云：「林下水聲喧語笑，巖間樹色隱房櫳」（卷一二七），與此同一機杼。此外，詩人間或以遠近的對比呈現出空間的縱深，如遠處明淨的山色與近處湍急的河流，遠處的天空與近處的平陸，遠處浮水的鷗鳥與近處斜飛的燕子，在前景近景相互襯托之下，景深的感覺自然滋生。

有時詩人則藉由聲音來表達空間距離的遠近，例如：

寒燈坐高館，秋雨聞疏鐘。（王維〈黎拾遺昕裴秀才迪見過秋夜對雨之作〉，卷一二六）

鳥囀深林裏，心閒落照前。（裴迪〈游感化寺曇興上人山院〉，卷一二九）

靜坐山齋月，清溪聞遠流。（王昌齡〈宿裴氏山莊〉，卷一四〇）

猿嘯風中斷，漁歌月裡聞。（李白〈過崔八丈水亭〉，卷一八〇）

近鐘清野寺，遠火點江村。（岑參〈巴南舟中夜市〉，卷二〇〇）

映階碧草自春色，隔葉黃鸝空好音。（杜甫〈蜀相〉，卷二二六）

眼耳鼻舌身等五官是我們賴以認識外在世界的媒介，其中又以眼耳最爲人所倚重。眼能辨別外物的形狀、大小、色澤、以及萬物間的關係位置，一切空間觀念主要是經由視覺而奠立、開展。相對於此，耳則由聲音的強弱、高低、快慢去分判其性質、意義、與距離的遠近等。形相訴諸視覺，可以刹時具現，聲音訴諸聽覺，卻必須在時間的歷程中方能完成；因此，在日常生活裡，雙眼的效用似乎尤勝於兩耳。唯仔細探討，聽覺亦有視覺所不及之處，例如，受限於生理位置，眼一時之間僅能見到前方景物，耳則能兼聽上下四方；眼不能隔物而視，

耳則能附牆而聽；眼有賴於光線的輔助，否則夜不能視物，耳則不分晝夜，有聲便能聽聞，足見耳根實有其殊勝之妙用。

　　詩中任何聲音的出現本非偶然，自有其特定的意義，然而在此姑且不論。值得注意的是聲音的來源，大體發聲者都不能清晰得見。隱藏在森林深處有群鳥巧囀，隔著茂密的枝葉有黃鸝清唱；夜坐高館，寒燈相伴，蕭疏的鐘聲穿越清冷的秋雨，由遙遠之處傳來；猿聲隨風而至，又隨風而逝；月色籠罩下，漁歌更增添了詩情畫意；遠處的溪流，野寺的鐘聲；凡此種種無不點染著幽深、靜謐、而又夐遠的情氛。聲音或遠、或近，或清晰、或微細，飄浮於空中，而後傳至耳際，終至於消散，由於它雖可聞而不可見，是故在其烘托之下，窈窕深遠的空間感倍覺真切。

　　深遠（前後）、遼闊（左右）之外，高低（上下）是空間另一個重要的向度，若缺少此一向度，空間將被壓縮成平面，失去其立體的特質。詩人的空間描寫亦常著墨於此，例如：岑嘉州〈河西春暮憶秦中〉云：「邊城細草出，客館梨花飛」（卷二〇〇）；杜工部〈曲江對酒〉云：「桃花細逐楊花落，黃鳥時兼白鳥飛」（卷二二五），在細草與梨花，花落與鳥飛的對比之下，已可見上下高低的空間關係，只是仍局限於細部空間的描寫。以下的例句將更見代表性：

　　　　天高秋日迥，嘹唳聞歸鴻。寒塘映衰草，高館落疏桐。
（王維〈奉寄韋太守陟〉，卷一二五）
　　　　塞北雲高心已悲，城南木落腸堪斷。（薛奇童〈雲中行〉，卷二〇二）
　　　　微月有時隱，長河到曉流。（黃麟〈郡中客舍〉，卷二〇三）
　　　　樓角臨風迥，城陰帶水昏。（杜甫〈東樓〉，卷二二五）
　　　　露下天高秋水清，空山獨夜旅魂驚。疏燈自照孤帆宿，新月猶懸雙杵鳴。（杜甫〈夜〉，卷二三〇）

西哲有言，人來自泥土，終歸於泥土。莊子亦云：「大塊載我以形，勞我以生，佚我以老，息我以死」（〈大宗師〉）。的確，大地是我們出生、成長、生活、以迄於終老的主要舞臺。人既長久立足於地面，是

故其空間觀念與自我所處的大地實息息相關。以高低而言，凡在地面之上，距離地面愈遠者則愈覺其高；因此樓高、雲高、山高、月高、日高、而天更高。至於地面之下，或者貼近於地平面者，如長河、秋水、寒塘、孤帆、落葉、衰草等相形之下便覺其位置之低下。透過天上與地面景物的對比，可見詩人有意超越平視的角度，向上、向高處、向天空仰望；唯當低頭俯視之際，不免更為自己處境的局促困窘而傷悲。然而不論如何，經由俯仰的不同視角，高低、上下的空間向度已經清晰呈現，空間的視野亦倍覺開闊。

　　誠如梅聖俞所說，詩家摹情寫景的極則在於：「狀難寫之景如在目前，含不盡之意見於言外〔註29〕。」而所謂「狀難寫之景如在目前」，意即寫景要求逼真，具有真實之感。其實這幾乎是所有精采之作的必要條件，以下再舉數例說明：

明月松間照，清泉石上流。(王維〈山居秋暝〉，卷一二六)

詹前花覆地，竹外鳥窺人。(祖詠〈清明宴司勳劉郎中別業〉，卷一三一)

遠水對孤城，長天向喬木。(王昌齡〈酬鴻臚裴主簿雨後北樓見贈〉，卷一四〇)

風亂池上萍，露光竹間月。(李嶷〈淮南秋夜呈周侃〉，卷一四五)

水淨樓陰直，山昏塞日斜。(杜甫〈遣懷〉，卷二二五)

以杜工部〈遣懷〉為例，「水淨樓陰直」是近景，「山昏塞日斜」則是遠景；近景清晰、明確，遠景則昏黃、模糊。二句之中，水是底層，樓是次層，而後是山，塞日位居最上；層次分明，而又相互顧盼因依。至於直與斜，在意識中自然構成一幾何畫面，空間亦彷彿向橫幅發展。短短十字之中，將邊城黃昏的景致刻劃得極為準確、鮮明；而其中藉由景物遠近大小的布置，與光線晦明向背的烘托，形成空間的深度〔註30〕；並由山水、日陰的映襯，呈現出遠近上下多層次的空闊空間。

〔註29〕見歐陽修《六一詩話》，(何文煥《歷代詩話》，頁267)。

〔註30〕參見黃永武《中國詩學——設計篇》，頁62：〈空間的深度〉。

　　詩歌本是一種時間的藝術，然而由上可見，詩人大都能騁其才
情，寫景如畫，表現出繪畫、建築等空間藝術的特質，藉著語言文字，
營構出足以悠遊居止於其中的眞切而立體的空間。詩人的空間描寫確
有其獨到之處，唯詩中所摹寫的世界，其實只是眞實世界的投影，只
有充分把握眞實世界的情狀，方能展現一動人的藝術天地。若說詩中
的世界具有遼闊、深遠、高下相間的特質，其實正說明詩人所認識、
所體察的空間原就是具有三個不同向度的立體空間。

二、虛靈的無限空間

　　在詩詞中，所謂虛實常意謂著情與景，景具體可見故名爲實，情
只能意會故稱作虛〔註31〕，唯在本文中並不採用此種說法，而特就空
間的虛實立論。如前文所論述的立體空間，乃是不同景物錯綜交織所
構成的，因其較爲眞切，範圍亦較爲明確，可視爲一質實的空間。然
而，詩人所描寫的空間型態並不僅於此，例如：

　　　　雲歸碧海夕，雁沒青天時。(李白〈秋日魯郡堯祠亭上宴別
　　杜補闕范侍御〉，卷一七四)

　　　　孤帆遠影碧山盡，唯見長江天際流。(李白〈黃鶴樓送孟
　　浩然之廣陵〉，卷一七四)

　　　　山隨平野盡，江入大荒流。(李白〈渡荊門送別〉，卷一七
　　四)

　　　　連山去無際，流水何時歸。(李白〈秋夕旅懷〉，卷一八三)

　　　　浮雲連海嶽，平野入青徐。(杜甫〈登兗州城樓〉，卷二二
　　四)

這數首詩主要爲送別或登高之作，作者的視點隨著景物由近向遠延
伸，由小景物的描寫而擴張至大景物，像用一個伸縮的鏡頭攝影一
樣，視野愈來愈廣闊，詩中的空間也愈來愈擴張〔註32〕。以「孤帆

〔註31〕范晞文《對床夜語》卷二：「四虛序云：不以虛爲虛而以實爲虛，化
　　　　景物爲情思，從首至尾，自然如行雲流水，此其難也。」(《歷代詩
　　　　話續編》，頁421)。
〔註32〕同註30引書，頁56：〈空間的擴張〉。

遠影碧山盡，唯見長江天際流」爲例，孤帆、長江原是近景，帆影隨著江流逐漸遠去，在視覺中亦愈來愈小，最後變成一個模糊的點而消逝在視野盡頭，唯繼之而起的卻是長江不停流入天際的開闊景象。就詩意而言，孤帆負荷著沈重的離情別意，帆影的消逝意謂送別的完成；但是永不停息的是太白對朋友的厚意深情，一如江水浩浩向遠方流注。值得玩味的是其中所含蘊的空間意識，帆船與長江由近向遠而去，正具體展現空間無限延展的可能性。最終江、帆二者皆沒入天際，在空間關係上，乃是由小入大，由實返虛，由有限而進入無限的空間。

　　詩中碧海、青天、天際、大荒、以至於青徐所象徵的已不是具象的遼闊景觀，而是「連山去無際」中，「無際」所意謂的空間概念。然而中國人所謂的無限虛空和西洋哲學中的無限空間又不盡相同，《晉書‧天文志》云：「天了無質，仰而瞻之，高遠無極，眼瞀精絕，故蒼蒼然也。日月眾星自然浮生於虛空之中，其行止皆須氣焉」，可見這種空間是虛靈而又充實，生氣絪縕而又眞體內充的〔註33〕。

　　因此有時詩人以另一種方式表現空間的廣袤無窮，例如：
　　　　向晚登臨處，風煙萬里愁。（崔顥〈題潼關樓〉，卷一三〇）
　　　　野雲萬里無城郭，雨雪紛紛連大漠。（李頎〈古從軍行〉，
　　卷一三三）
　　　　白草磨天涯，湖沙莽茫茫。（岑參〈武威送劉單判官赴安西
　　行營便呈高開府〉，卷一九八）
　　　　雲雨連三峽，風塵接百蠻。（岑參〈初至犍爲作〉，卷二〇
　　〇）
　　　　莫言關塞極，雲雪尚漫漫。（高適〈使青夷軍入居庸三首‧
　　其一〉，卷二一四）
雲、雨、雪、風、煙、塵、沙，正好是介乎虛實之間的景物，說它是無，刹時間風起雲湧、雨雪紛飛、塵沙瀰天蓋地；說它是有，一旦雪

―――――――――
〔註33〕司空圖《二十四詩品‧雄渾》云：「大用外腓，眞體內充。反虛爲實，積健爲雄。具備萬物，橫絕太空。」（何文煥《歷代詩話》，頁38）。

霽天晴、煙消雲斂，又是長空萬里。雨雪紛紛、湖沙茫茫、雲雪漫漫
的景象，在視覺上易於產生迷茫無盡的空間感受；正如面對著萬里風
煙，總令人有無限的悵惘一般。而這分悵惘之情的根源，其實是來自
於自我渺小而宇宙浩瀚無窮的深刻體認。

　　空間無邊無際，本非有限的視力所能窮盡，是故縱使是謫仙之
才，亦不免有：「憑崖攬八極，目盡長空閒」、「蒼蒼幾萬里，目極令
人愁」〔註34〕之歎。人的視野有其極盡，而天地之大是永遠觀之不盡
的，然則由人視野的有限，反而可以彰顯空間的無限。但是既說虛空
無盡，自然不是人類有限的經驗所能一一盡見，因此空間的無限性並
非完全得之於經驗，而是源於理性的推測，或者心靈的感知。王摩詰
〈答裴迪輞口遇雨憶終南山之作〉云：「君問終南山，心知白雲外」
（卷一二八）；而孟雲卿詩殘句云：「安知浮雲外，日月不運行」（卷
一五七），二詩皆以白雲作為視野的極盡，然而視野雖窮而空間無窮，
在白雲之外，仍有無窮的空間，包藏無限的景物、風光，為吾人心靈
所能推想得知。

　　其實在中國傳統的書畫、建築等空間藝術中，虛實相生是相當
重要的藝術理念。清初畫家笪重光〈畫筌〉中說：「虛實相生，無畫
處皆成妙境」；包世丞《藝舟雙楫》則說：「計白以當黑，奇趣乃出」。
無論是繪畫中的留白，或是書法中的「計白當黑」，抑或是建築中對
庭園、天井等建築空間的重視，都可見中國藝術對於空間安排的特
殊傾向。司空表聖《二十四詩品・雄渾》亦云：「超以象外，得其環
中」，其意在強調詩歌創作要由實入虛，充分發揮虛象的作用；否則
拘泥於實體部分的描寫，不能令讀者有寬廣的想像空間，則缺少審
美的價值〔註35〕。

　　然則，前引摩詰詩：「君問終南山，心知白雲外」；崔顥：「向晚
登臨處，風煙萬里愁」；太白：「孤帆遠影碧山盡，唯見長江天際流」

〔註34〕分見〈遊泰山六首・其三〉，卷一七九；〈登新平樓〉，卷一八〇。
〔註35〕參見曾祖蔭《中國古代美學範疇》第三章，〈虛實論〉，頁150。

等詩作，大概都是由實入虛，超以象外。擬之於畫，已深得留白三分、氣韻自生的精義；千古之下讀之，仍覺情韻綿邈，含不盡之意見於言外。

然而，中國藝術中特殊的空間美學並非憑空而立，其根柢仍在於中國思想，尤其是老莊思想中虛重於實，或以虛爲美的理念。老子雖說「有無相生」（第二章），在一定程度表述了有無互動的關係，但大體而言，無仍處於根本主導的地位。莊子則云：「虛室生白，吉祥止止」（〈人間世〉），以吉祥來形容虛白，其中已可略窺以虛爲美的觀念。緣於對道家思想的體認，中國人的宇宙觀，誠如方東美所說，具有一種「空靈取象性」，亦即不沾滯於形跡、物質，以哲學心靈將物理世界點化成極空靈、極沖虛的現象，而宇宙的眞相亦因此而展現〔註 36〕。

方先生所謂的「空靈取象性」，可用本小節所引的詩篇加以說明。如寫景時，景物本身是實，而由遠近景物所營構而成的空間則爲虛；虛由實生，但虛卻重於實。又如，由眞切立體的空間趨於無限虛靈的空間，亦是由實生虛。唯中國人所認識的虛靈空間，並非空無一物，徒然向四方延伸，一去不返的無情宇宙；而是氣韻生動，萬象紛紜，眞體內充的「眞空」〔註 37〕，故又可以化虛爲實。例如，王摩詰〈渡河到清河作〉云：

> 汎舟大河裡，積水窮天涯。天波忽開拆，郡邑千萬家。行復見城市，宛然有桑麻。回瞻舊鄉國，淼漫連雲霞。（卷一二五）

小舟由有限的河道航向無垠的天涯，是由實入虛；天波開拆，郡邑浮現，桑麻宛然，是自虛而生實；回瞻鄉國，視野又進入一個雲水迷茫、

〔註 36〕參見方東美《中國人的人生觀》第二章，〈宇宙論的精義〉，頁 39、50。書中認爲：中國人的宇宙是普遍流行的生命境界，是一種沖虛中和的系統，而且充滿道德性和藝術性。

〔註 37〕蘇轍《論語解》云：「貴眞空，不貴頑空。蓋頑空則頑然無知之空，木石是也。若眞空，則猶之天焉！湛然寂然，元無一物，然四時自爾行，百物自爾生。粲爲日星，滃爲雲霧。沛爲雨露，轟爲雷霆。皆自虛空生。」轉引自宗白華《美從何處尋》，106 頁。

煙波浩渺的境界，這又是由實而返虛。八句之中，虛實相生的空間關係，凡有三次變化；而這不僅是作者處理空間的技巧，還是他內在空間觀念的具體呈現。此外，如孟襄陽〈望洞庭湖贈張丞相〉云：「八月湖水平，涵虛混太清。氣蒸雲夢澤，波撼岳陽城」（卷一六○）；杜工部〈對雨書懷走邀許十一簿公〉云：「東岳雲峰起，溶溶滿太虛。震雷翻幕燕，驟雨落河魚」（卷二二四）；亦皆可見化實爲虛，返虛入實，乃至虛實相生的空間結構。

唯將虛實相生的微妙關係描摹得最爲傳神的，莫如下列諸例：

　　　江流天地外，山色有無中。（王維〈漢江臨泛〉，卷一二六）

　　　地形連海盡，天影落江虛。（李白〈秋日與張少府楚城韋公

藏書高齋作〉，卷一八二）

　　　日出寒山外，江流宿霧中。（杜甫〈客亭〉，卷二二七）

宗白華曾詮釋太白詩句云：「有限的地形接連無涯的大海，是有盡融入無盡。天影雖高，而俯落江面，是自無盡回注有盡，使天地的實相變爲虛相，點化成一片空靈〔註38〕。」的確，在這些意境虛淡的詩語中，有形的江山、日色、大地已經完全融入虛靈的空間之中；虛與實、有與無，有限與無限，彼此相互含攝。勉強說解固然可說以實入虛，由虛生實，但其實是不知何者爲虛，何者爲實，即實即虛，即虛即實，是化鏡，亦是道境。

這樣的詩境亦啓示我們，詩人所體認的虛靈空間，與形而上的道實具不可分離的關係。

參、吐納乾坤的宇宙意識

若以漢、唐相比，漢人描寫地域遼闊，大概不離：「踰崑崙，越巨海，殊方異類，至于三萬里〔註39〕」，這樣鋪張揚厲的筆法，其目的在能聳人聽聞，並藉以宣揚普天之下莫非王土的思想。而南朝文士

〔註38〕同註37引書，頁107。

〔註39〕見班固〈兩都賦〉。

的空間描寫又往往局限於園林生活，雖講求：「窺情風景之上，鑽貌草木之中」（《文心》，〈物色第四十六〉），但過於重視形貌的巧似，不免無法開展恢宏的空間格局。至於唐人，尤其是盛唐詩人，其空間的描摹則兼具了雄闊和真切的特質；大處著眼，小處著手，外延開闊，而內蘊豐富，形成一種前所未有的雄渾而壯美的風格〔註40〕。然而，這種風格卻是在唐人特有的空間意識中孕育而成的。

由於盛唐漫遊的風氣興盛，加以宦遊與從軍出塞的經歷十分豐富（詳見第一、三章），使得文人的生活空間不再局限於園林、臺閣；尤其是邊塞生活的體驗，對於文人固有的、封閉性的空間觀念，更是強而有力的衝擊。詩人的足跡踏遍天下，飽覽各地氣象萬千的景色；不同的空間景觀在在說明大唐疆土的遼闊，而這遼闊的江山，更進一步觸發詩人天地無盡的想像。盛唐詩人濃厚的宇宙意識，便是以這真實的生活經驗與遼闊的地域觀念為基礎，而逐漸開展出來的。

一、雄偉的空間意像

如前所論，盛唐諸公普遍具有讀萬卷書，行萬里路的生活體驗。他們步出閉門苦讀，或者林園吟詠、臺閣酬酢的生活，真正走入民間，抑或投身於軍旅，遨遊於名山。百姓平凡而真實的生活，沙場生死存亡的戰鬥，豐富了詩人的人生閱歷；而名山大川的濡染，時代精神的興發，則涵養了他們的胸襟、氣度。因此，當他們發而為詩，自然具有一種特殊的精神面貌，此即文學史家所謂的盛唐氣象。

唯盛唐氣象的真意究竟為何，則不易驟然論斷。殷璠《河嶽英靈集・序》批評南朝詩作：「理則不足，言常有餘，都無興象，但貴輕艷」；又評陶翰詩云：「既多興象，復備風骨」；其中雖有興象一語，但與氣象之名仍自有別。葉夢得《石林詩話》卷下中首次論及所謂唐詩氣象：「七言難於氣象雄渾，句中有力，而紆徐不失言外之意。自老杜『錦江春色來天地，玉壘浮雲變古今』與『五更鼓角聲悲壯，三

〔註40〕參見王鐘陵〈唐詩中的時空觀〉，（《文學評論 1992：4》，頁 133～135）。

峽星河影動搖』等句之後，嘗恨無復繼者。」文中極力推崇老杜的七律氣象雄渾，並以「句中有力，紆徐不失言外之意」為「氣象雄渾」下一界說。然而，他既感慨後繼無人，可見並不認為這是唐詩全體的風貌。其後，嚴滄浪在《滄浪詩話·詩評》中，始以氣象作為分辨唐、宋詩的判準，他說：「唐人與本朝人詩，未論工拙，直是氣象不同」；至於所謂「唐人氣象」或「盛唐氣象」，滄浪〈答出繼叔臨安吳景仙書〉中有進一步的說明：「坡谷諸公之詩，如米元章之字，雖筆力勁健，終有子路事夫子時氣象。盛唐諸公之詩，如顏魯公書，，既筆力雄壯，又氣象渾厚，其不同如此。」以「筆力雄壯、氣象渾厚」作為盛唐詩獨具的特質，其說雖本諸夢得，但「盛唐氣象」之說卻由此真正奠立。

　　然而，雄渾原是一種特殊的藝術風貌，其意涵可說是只可意會難以言傳。對於雄渾風格的形成，陳伯海認為：「厚實來源於作品充實的內容，也就是唐詩的風骨與興寄。沒有這種剛勁有力、明朗闊大的精神氣魄，沒有豐富的社會生活體驗和飽滿的政治激情，就談不上唐詩的厚與雄。至於渾成，則跟作品的藝術表現有關，也就是唐詩的興象與文辭。正是由於唐代詩人創造出了一種精煉、含蓄、自然、清新的詩的語言，用以概括豐富深刻的思想感情，構成外形鮮明而又內蘊深沈的藝術境界，雄厚才能返歸於渾成〔註41〕」其說由風骨興寄，以及興象文辭完美的融合，說明氣象雄渾是一種外形鮮明而又內蘊深沈的藝術境界。這對釐清盛唐氣象的意義，自然頗有助益。唯文中以「精煉、含蓄、自然、清新」概括唐詩的語言特質，則仍有待斟酌；尤其若要用以詮釋盛唐詩的雄渾風格，更覺不甚貼切。

　　試看《石林詩話》所舉的詩例：「錦江春色來天地，玉壘浮雲變古今」；「五更鼓角聲悲壯，三峽星河影動搖」；其內涵興寄姑且不論，單就藝術形式而言，無不是由雄偉的空間意象所組成，這些意象相互

〔註41〕見陳伯海《唐詩學引論》，頁34。

呼應，形成開闊深遠的時空場景，輔以悲壯、流變、動搖等語詞，自然令人覺得氣勢恢宏，眞力瀰漫！彷彿面對王者百萬雄師，其行軍布陣，莫不從容合度，其間自有驚天撼地的懾人聲勢。

　　盛唐詩作，最能反映時代剛健精神，寄託作者豪俠情懷，展現盛唐詩雄渾風格的，自非邊塞詩莫屬。盛唐諸公幾乎皆曾以邊塞戰爭爲題材，寫出動人的詩篇；而詩中雄偉的空間意象乃是邊塞詩風形成的重要因素。例如：

　　　　征蓬出漢塞，歸雁入胡天。大漠孤煙直，長河落日圓。
　　（王維〈使至塞上〉，卷一二六）

　　　　大漠橫萬里，蕭條絕人煙。孤城當瀚海，落日照祁連。
　　（陶翰〈出蕭關懷古〉，卷一四六）

　　　　簫鼓聒川嶽，滄溟湧濤波。（李白〈發白馬〉，卷一六五）

　　　　北風捲地白草折，胡天八月即飛雪。……瀚海闌干百丈冰，愁雲黲淡萬里凝。（岑參〈白雪歌送武判官歸京〉，卷一九九）

　　　　萬鼓雷殷地，千旗火生風。……青海陣雲匝，黑山兵氣衝 [註42]（高適〈塞下曲〉，卷二一一）

　　　　落日照大旗，馬鳴風蕭蕭。平沙列萬幕，部伍各見招。
　　（杜甫〈後出塞五首·其二〉，卷二一八）

在這些詩句中，詩人以如椽巨筆，師心造化，鋪陳出塞外宏偉的空間景觀。如詩家所共賞的：「大漠孤煙直，長河落日圓」，以孤煙一道襯托出大漠的平曠無際，而長河橫過大漠，落日接水而圓，尤能呈現出塞外黃昏蒼涼而又壯麗的風光。由於場景的廣闊浩瀚，加上直、圓靜態的屬性，煙起日落的動態感被消弭了；寧謐之中，一種天地本然的大美如如而現。無怪乎王國維要推崇這是「千古壯觀」的名句（《人間詞話》）。

　　他如：「孤城當瀚海，落日照祁連」的遼闊悲壯；「簫鼓聒川嶽，滄溟湧濤波」的元氣淋漓；「北風捲地白草折，……瀚海闌干百丈冰」

〔註42〕按《全唐詩》原作「衡」，今據四部刊要本改。衡蓋以形近而誤。

的雄奇瑰麗；「青海陣雲匝，黑山兵氣衝」的氣動山河；以至「落日
照大旗，馬鳴風蕭蕭」的蒼勁渾厚；亦有待胡天、瀚海、川嶽、滄溟、
青海、黑山、風雪等宏大雄偉的自然意象方能具體展現。因此，若說
雄壯渾厚是盛唐氣象的精神所在，那麼雄偉的空間意象則是構成盛唐
氣象的根本元素。

　　事實上，由盛唐諸公的作品可以發現，他們對於雄偉的空間意象
的確有所偏愛。如以太白詩為例，天、天地、天山、天風、青天等意
象出現約計二八八次；白日、明月、日（不包括時日之日）、星等意
象約計二四五次；雲、雲霄、雲山等意象約計一九四次；雪、雷等意
象計九七次；巫山、雪山、青山、峰等意象約計八九次；江、河、百
川等意象約計一一二次；海、溟、海水、波濤等意象約計二〇八次。
換言之，單就天文與地理類語詞的抽樣統計，其出現次數已達一千二
百三十三次；而現存太白詩總數，凡有一千一百二十首〔註43〕，亦即
平均每一首詩雄偉的空間意象出現一・一次，其頻率不可謂不高。其
他大家之作，可以準此類推。

　　太白一生浪跡天涯，流連名山大川，其眼界自寬，而胸襟又復不
凡，故其空間描寫最具有個人的魅力與色彩。例如：

　　　　黃河西來決崑崙，咆哮萬里觸龍門。（〈公無渡河〉，卷一
　　　六二）

　　　　上有六龍回日之高標，下有衝波逆折之回川。……連
　　　峰去天不盈尺，枯松倒挂倚絕壁。飛湍瀑流爭喧豗，砯崖轉
　　　石萬壑雷。（〈蜀道難〉，卷一六二）

　　　　黃河落天走東海，萬里寫入胸懷間。（〈贈裴十四〉，卷一
　　　六八）

　　　　登高壯觀天地間，大江茫茫去不還。黃雲萬里動風色，

〔註43〕以上資料主要根據袁行霈〈李白的宇宙境界〉，《中國李白研究》，
　　　　頁43～44）。袁先生的資料共分二十三目，計有宏偉意象一千一百一
　　　　十二次；今據花房英樹《李白歌詩索引》，增得日意象九十一次，星
　　　　意象三十次。又太白詩數亦依索引之考訂。

　　白波九道流雪山。(〈廬山謠寄盧侍御虛舟〉，卷一七三)

　　　挂流三百丈，噴壑數十里。欻如飛電來，隱若白虹起。

　　(〈望廬山瀑布水二首・其一〉，卷一八○)

太白筆下的山水大都氣勢磅礡、奇譎壯麗，彷如介於眞實與幻想之間。連峰絕壁，崢嶸高聳、幾可摩天；長江大河，奔騰澎湃、一瀉萬里；飛湍瀑布，倒懸山壁、直下千尺；大自然雄奇的景觀經由太白的描繪，益覺超凡絕俗，氣象萬千。大體而言，太白的空間描寫往往是從大處把握對象，得其神氣而略其形色。所謂：「登高壯觀天地間」，正可見他習於站在高處鳥瞰世界，故能見到大景觀、大氣象。上引的詩句亦是因其宏觀的視角而形成宏偉壯闊的境界。〔註44〕

　　其實詩人筆下的山水何嘗不是胸中的山水，而山水的精神、意境又何嘗不是詩人的精神境界？在〈贈從弟宣州長史昭〉中，太白云：「長川豁中流，千里瀉吳會。君心亦如此，包納無小大」(卷一七一)；而〈望終南山寄紫閣隱者〉亦云：「有時白雲起，天際自卷舒。心中與之然，托興每不淺」(卷一七二)；在這些詩句中，太白明確指出心靈世界與大自然間具有一種微妙的呼應關係，或者可以說是自然意象與主體精神的同一性〔註45〕。由此觀點出發，「黃河落天走東海，萬里寫入胸懷間」等描寫黃河、大江的詩句，無不曲折地表現太白衝決現實與傳統藩籬，追求心靈與個性自由的奮進精神。至如峻極於天的高山，水霧噴壑的飛瀑，亦象徵其奔放的熱情，以及頂天立地的氣概。凡此亦由側面展現了整個盛唐雄放開創的時代精神。

　　相對於太白自由奔放、縱橫變幻的筆法，子美則以密集的意象，舒緩而又有力的節奏，描繪宏偉的空間場景。茲舉數例以明之：

　　　漂蕩雲天闊，沈埋日月奔。(〈贈比部蕭郎中十兄〉卷二二

四)

〔註44〕同註43引文，頁38。

〔註45〕此處觀點主要參考鄧小軍《唐代文學的文化精神》，頁153。書中特別強調盛唐詩中自然意象佔有優勢的地位，而詩人對主客同一的自覺是促成此一優勢的原因之一。

　　星垂平野闊，月湧大江流。(〈旅夜書懷〉，卷二二九)

　　高江急峽雷霆鬥，古木蒼藤日月昏 (〈白帝〉，卷二二九)

　　江間波浪兼天湧，塞上風雲接地陰。(〈秋興八首・其一〉，
卷二三○)

　　吳楚東南坼，乾坤日夜浮。(〈登岳陽樓〉，卷二三三)

杜工部長年飄泊於長江上下游，江流、孤舟、急峽、危城等和詩人的
生活幾乎融爲一體，而他的思想情感自然寄託在這些熟悉的景物之
中，並統攝於雄渾蒼勁的詩境裡〔註46〕。如前引五聯詩句，主要的自
然意象包括：雲天、乾坤、日月、星、雷霆、風雲，平野、大江、高
江、急峽、波浪等，其性質本就屬於較爲雄偉的意象。唯詩人更用心
於字詞的鍛鍊，如奔、湧、垂、鬥、坼都含蘊著一字千鈞之力；而平、
闊、大、高、兼天、接地等形容語，配合著自然意象遂開展出壯闊宏
偉的空間格局。

　　以「星垂平野闊，月湧大江流」爲例，因爲平野遼闊，而覺星幕
低垂；反之繁星低垂，正襯托出原野的平闊。大江浩蕩，波濤洶湧，
而月映大江，乃隨江水而躍動。其中天上的星、月，與地面的平野、
大江，並非獨立的意象，彼此之間實具有上呼下應的密切關係；因此
構成一個既雄闊，而又眞實的立體空間。若再仔細尋繹，星垂、野闊、
與江流，恰可視爲上下、左右、與前後三個向度極爲明晰的空間座標；
而月色湧動、大江流逝的意象，復暗示著時光的旋生旋滅，流逝不息。
然則這十字之中，正含蘊著時空的結合，而詩人正處於無垠的空間，
與無盡的時間交會點上，孤獨地面對著浩瀚的宇宙，叩問人生終極的
意義。詩人的感慨本自深沈悽愴，唯在如此宏深的時空場景襯托下，
情感並不流於哀傷，而顯得雄渾悲壯。

　　至如：「吳楚東南坼，乾坤日夜浮」一聯，尤爲歷代文人雅士所
推崇，以爲堪稱千古以來描寫洞庭壓卷之作。如王阮亭云：「元氣渾
淪，不可湊泊，高立雲霄，縱懷身世。寫洞庭只兩句，雄跨今古。」

〔註46〕參考袁行霈《中國詩歌藝術研究》，頁 276。

劉須溪亦云：「氣壓百代，爲五言雄渾之絕。」〔註47〕然而，此聯所以能雄視千古，其空間描寫乃是關鍵所在。詩中空間，首先同時向吳、向楚，亦即向東、向南展開，接著，又隨日月自東向西延伸。最後，詩人抬眼向北遙望，終至構成一個東南西北氣象恢張的空間。這正是詩人海涵地負般的悲劇性胸襟的對象化〔註48〕。」

　　由此可知，雄偉的空間意象不只是邊塞詩所獨有，以李杜爲首的詩人無不常寫、樂寫、且善於將它融入詩中，寄託個人的胸襟懷抱。「天地山川，日月星辰，草木江南，風雲塞北，一切都在他們無所不包的胸中吐納，在他們橫掃千軍的筆下奔走。他們的心靈是宏大的，作品也是宏大的〔註49〕！」易言之，盛唐詩作取境宏偉，氣象雄渾，並非徒然而生，而是基於詩人有如是的胸懷，如是的氣魄，方能吐納山河，驅遣日月。清人布顏圖在〈畫學心法問答〉中有一段精闢的論述，他說：「宇宙之間，惟山川爲大。始於鴻濛，而備於天地。人莫究其所以然，但拘拘於石法樹法之間，求長見巧，其爲技也不亦卑乎？製大物必用大器，故學之者當心期於大。必有一段海闊天空之見存於有跡之內，而求於無跡之先」；「今之學者必須意在筆先，鋪成大地，創造山川」〔註50〕。這段話雖是爲學畫者而言，但亦深刻地指出要能鋪成大地，創造山川，必須先飽覽名山大川，並上體於道，涵養一種「海闊天空之見」，方是根本。反之，由盛唐詩雄壯渾厚的風格，以及諸多大氣魄、大氣象的作品，實可見盛唐諸公不但有豐富的生活體驗，更具有一種以宇宙天地爲心的宏偉心靈。

二、涵蓋乾坤的胸襟

　　日月、山川等意象固然是足以構成壯闊的空間場景，然而詩人並

〔註47〕以上俱見《杜詩鏡詮》卷十九，頁952。
〔註48〕同註45引書，頁163。
〔註49〕見蔣寅〈時空意識與大曆詩風的嬗變〉，頁83。
〔註50〕轉引自宗白華《美從何處尋》，頁109。

不以此爲足，而常將視野擴展到更爲廣大遼遠的宇宙、乾坤，並將浩
瀚無垠的天地作爲生命揮灑的舞臺。例如：

　　　　俯仰宇宙空，庶隨了義歸。(儲光羲〈同諸公登慈恩寺塔〉，
　卷一三八)

　　　　宇宙誰開闢，江山此鬱盤。(孟浩然〈盧明府九日峴山宴袁
　使君張郎中崔員外〉，卷一六〇)

　　　　登高望四海，天地何漫漫。(李白〈古風〉，卷一六一)

　　　　蒼穹浩茫茫，萬劫太極長。(李白〈短歌行〉，卷一六四)

　　　　始知宇宙闊，下看三江流。(岑參〈登喜州凌雲寺作〉，卷
　一九八)

以上諸篇主要是登高望遠之作，登高使得視點向上提升，由於四無屏
障，是故眼界遂寬，視野亦較爲遼遠；又由於處身於高處，所見者宏
大，故能不局限於目前，而向無窮的時空探索。《孟子》曰：「孔子登
東山而小魯，登太山而小天下」(〈盡心上〉)，足見登高不僅能擴展視
野，以宏觀的視角一覽天下，在此同時常能開拓胸襟，涵養吐納乾坤
的大氣魄。如儲光羲〈同諸公登慈恩寺塔〉詩，岑參、杜甫皆有同詠
之作。岑云：「下窺指高鳥，俯聽聞驚風；連山若波濤，奔湊似朝東。」
杜則云：「秦州忽破碎，涇渭不可求，俯視但一氣，焉能辨皇州。」
其描寫或奇崛，或渾茫，皆各具特色，而儲作則飄飄然有出塵之想，
其胸襟亦自不俗。

　　孟浩然登峴山，興起宇宙從何而起的疑問；太白與嘉州則感到宇
宙的廣闊，進而欲與之同其闊大，而不自限於百年身命，一官半職。
由此亦可略見詩人對於宇宙的驚歎，以及人在宇宙間究竟應如何定位
的觀點。袁行霈認爲盛唐詩人中，李太白最具有一種宇宙的境界，而
此一境界是以其宇宙意識爲基礎的。如太白〈日出入行〉中有感於日
月歷天而不輟，與時光之不可留駐，故云：「吾將囊括大塊，浩然與
溟涬同科」(卷一六二)；意即欲委順自然，而與宇宙、造化同其無限。
其中含有對宇宙、人生的哲學思考，以這種浩然的宇宙意識爲基礎，

故發而爲詩，自然思出天外，不受世俗塵埃的範限〔註51〕。如〈遊泰山六首〉有言：

> 曠然小宇宙，棄世何悠哉！（其一，卷一九七）
>
> 平明登日觀，舉手開雲關。精神四飛揚，如出天地間。
>
> （其三，卷一七九）

其精神、胸襟何其灑落高曠，乃至有棄世絕塵，超越宇宙、天地的氣概，唯王摩詰〈苦熱〉：「思出宇宙外，曠然在寥廓」（卷一二五），可相與頡頏。

然而，除具有出世之想的作品外，詩人亦往往將自己的生命和廣袤的天地作對比，以見出個體生命的渺小。如摩詰云：「高情浪海嶽，浮生寄天地」；李頎云：「四海維一身，茫茫欲何去」〔註52〕即是。這樣的筆法，要以老杜爲最多，且最見精采。例如：

> 君知天地干戈滿，不見江湖行路難。（〈夜聞觱篥〉，卷二二三）
>
> 海内風塵諸弟隔，天涯涕淚一身遙。（〈野望〉，卷二二七）
>
> 側身天地更懷古，迴首風塵甘息機。（〈將赴成都草堂途中有作先寄嚴鄭公五首·其五〉，卷二二八）
>
> 無家問消息，作客信乾坤。（〈刈稻了詠懷〉，卷二二九）
>
> 兒童相識盡，宇宙此生浮。（〈重題〉，卷二三二）
>
> 乾坤萬里内，莫見容身畔。（〈逃難〉，卷二三四）

天寶年間，安祿山起兵，大唐的盛世劃上句點。一波未平一波又起的戰事，造成天下的動盪、家園的殘破、和骨肉的死別生離。在戰火的波及之下，詩人亦只得遠離故鄉，展開漫長而坎坷的流浪生涯，於是思念故土，懷念手足，期盼干戈止息重返朝廷，便成爲子美反復吟詠的主題。「側身天地更懷古，迴首風塵甘息機」，其中隱含多少的心事與感慨！浦起龍《讀杜心解》卷四之一云：「側身天地，無處可容矣。

〔註51〕同註43引文，頁 40～42。

〔註52〕以上二詩分見：〈晦日遊大理韋卿城南別業·其三〉，卷一二五；及〈臨別送張諲入蜀〉，卷一三二。

更懷古者，在亂思治，在困思亨也。回首風塵，歷年滋久矣。甘息機者，還闕無期，依人送老也。」這段話正是對詩人複雜心境的深入剖析。至如「作客信乾坤」、「宇宙此生浮」，彷彿是「知其不可奈何而安之若命」（《莊子・人間世》）的豁達；而其實卻寓含著任憑命運播弄，飄泊無常的無奈。

　　在這些詩句中，詩人所描寫的空間意象不是急川大山、日月風雲，而是形象較爲模糊，但卻更具有概括性的空間自身。子美的思想以儒家爲主導，他所認識的空間即是天地、乾坤、與宇宙；以如是浩瀚的空間與自身相映襯，在強烈對比下，大者益見其大，小者益顯其小。黃生嘗云：「寫景如此闊大，自敘如此落寞，詩境闊狹頓異」；又說：「不闊則狹處不苦，能狹則闊境愈空」〔註 53〕，這正是就其「擅於置小於大，即把較小的空間意象置於較大的空間意象之中，特別是把自己置於廣闊巨大的空間之中，來反映時代，表現性格，顯示出一種廖廓的宇宙感〔註 54〕」而立論。

　　進一步說：以自我和宇宙相映襯，不僅在產生闊狹頓異的鮮明對比效果，並凸顯出作者悲壯的性格與悲涼的境遇而已。事實上，正如在鋼琴協奏曲中，以鋼琴與整個樂團抗衡，但是在對立之中又有統一一般；以自我和天地乾坤對照，深一層而言，正彰顯出自我雖小而非敢自小，故能與天地乾坤之大，分置於天平的兩端。茲再舉數例說明之，如〈發秦州〉云：「大哉乾坤內，吾道長悠悠」（卷二一八）；吾道的悠長，足與乾坤的廣大相互抗衡。〈春日江春五首・其五〉云：「乾坤萬里眼，時序百年心」（卷二二八）；乾坤萬里何等壯闊，但無不在心眼之中。〈宿江邊閣〉云：「不眠憂戰伐，無力正乾坤」（卷二二九）；雖說無力，卻仍有心，宇宙乾坤遂含藏在其關注裡。又如〈江漢〉云：「江漢思歸客，乾坤一腐儒」（卷二三〇）；所謂「一」，意謂著唯一、特立獨行，隱然有以一儒者擔荷乾坤事業的氣概與使命感。凡此皆可

〔註 53〕《讀杜心解》卷三之六，頁 583 引。「又說」以下爲浦起龍的詮釋。
〔註 54〕見李元洛《詩美學》第七章，〈論詩的時空美〉，頁 417。

見，杜詩將小我的生命置入整個宇宙之中來觀照，在強烈的對比中固然呈現出生命的悲劇性；但是由另一層面而言，亦是將自我生命提升到宇宙的層次，具有一種涵蓋乾坤的大氣象。

總之，以宇宙天地為心的宇宙意識，不僅為盛唐詩的空間描寫開創了前所未見的恢宏格局，亦成就了詩壇千古的典型——盛唐氣象。

肆、物我相親的天人觀念
一、自然與人文的圓融

當面對長江大河、崇山峻嶺、抑或大漠風雪等雄偉壯闊的自然景象，詩人或讚歎造化之奇，或驚懼自然之險，或懾伏於宇宙之大，或興起與之抗衡之心，其心態是外向的，其情感則洋溢著振奮而昂揚的色彩。然而隨著空間景觀的千變萬化，詩中的空間描寫亦有不同的情態；其中「移遠就近」的空間安排，與中國人特有的審美觀，和空間觀念皆有密切的關係，值得深入探討。在此先徵引盛唐以前的詩作為例加以說明：

> 雲生梁棟間，風出窗戶裡。(郭景純〈遊仙詩七首·其二〉，
《文選》卷第二十一)

> 窗中列遠岫，庭際俯喬林。((謝玄暉〈郡內高齋閒坐答呂
法曹〉，《文選》卷第二十六)

> 曉月臨窗近，天河入戶低。(沈佺期〈夜宿七盤嶺〉，卷九
六)

> 畫棟朝飛南浦雲，珠簾暮捲西山雨。(王勃〈滕王閣〉，卷
五五)

這些詩句原在描摹所在處的高聳，故風雨雲霧生於身側，曉月天河臨窗入戶，而遠岫在目、喬林在下，別具一般情致。唯就其空間描寫而言，乃移日常生活中的遠景而成就近景，亦即邀風雲星月入我戶牖，故說是移遠就近之法。

這樣的筆法在盛唐詩中亦數見不鮮，如王摩詰〈和使君五郎西樓望遠思歸〉云：「枕上見千里，窗中窺萬室」(卷一二五)；岑嘉州〈南

溪別業〉云：「結宇依青嶂，開軒對翠疇」（卷二〇〇）；皆已將遠處
的千里萬室，重巒疊翠，吸納於軒窗之中。唯曰見、曰窺、曰對，仍
以我為主，以景為客，主客相對的態勢兀自顯明，尚未能真正符合移
遠就近的旨趣。若以之與下列諸例相比，其差別自見：

　　　　大壑隨階轉，群山入戶登。（王維〈韋給事山居〉，卷一二
六）

　　　　澗聲連枕簟，峰勢入階軒。（蕭穎士〈山莊月夜作〉，卷一
五四）

　　　　簷飛宛溪水，窗落敬亭雲。（李白〈過崔八丈水亭〉，卷一
八〇）

　　　　暗水流花徑，春星帶草堂。（杜甫〈夜宴左氏莊〉，卷二二
四）

　　　　山河扶繡戶，日月近雕梁。（杜甫〈冬日洛城北謁玄元皇帝
廟〉，卷二二四）

在上列五首詩中，其意象約可分為自然與人事兩大類。大壑、群山、
澗聲、峰勢、宛溪水、敬亭雲、暗水、春星、山河、日月屬於自然意
象；而階、戶、枕簟、階軒、簷、窗、花徑、草堂、繡戶、雕梁則屬
於人事意象。值得注意的是作者大都以擬人化的方式，使得自然物反
客為主，成為能動的主體，由遠而近，由高而下，前來造訪。這種寫
法，不能僅解釋為求新求變的修辭方式，其中還包含中國人對於自然
的特殊觀點，亦即所謂的「萬物有生論」。宇宙在中國人看來，是精
神與物質浩然同流的生命境界，物質可以表現精神意義，精神也可以
貫注物質核心；世界萬有，一切現象都孕藏著生意，沒有任何事物是
真正冥頑不靈的，這便是萬物有生的觀點〔註55〕。因為視萬物為有生
有情，是故圯上老人可以化為道上黃石；而生公說法，頑石亦為之點
頭〔註56〕。然則，「群山入戶登」、「山河扶繡戶」、「春星帶草堂」等

〔註55〕同註36引書，頁32～34。
〔註56〕按圯上老人事詳見《史記》，〈留侯世家第二十五〉；又《通俗編·地
　　　　理》載：「《蓮社高賢傳》：竺道生入虎邱山，聚石為徒，講涅槃經，

描寫，並不只是空間景觀的呈現，亦說明自然與人文本來並不相隔。

再就人事意象而論，階軒、窗戶等皆爲建築物的部分，而建築純是人爲的空間結構；人固然自詡爲萬物之靈，可以巧奪天工，但是當面對自然無言的大美，亦不禁要自歎弗如。因此，無論山莊、水亭、抑或廟宇，率皆座落於風景佳勝之處；而建築之際，往往殫精竭慮，巧於因借，希望能迎納山容水態，以增添屬於人事的光彩。如中國古代的園林建築，常通過走廊、門、窗的設計，與廣闊的大自然這一無限空間相互交流；或者借取園外之景，以陪襯、擴大、豐富園內之景，使園內園外的景致融成一片，這都是「借景」之法的運用〔註57〕。簡而言之，借景即是借助自然美以豐富人爲美，並借大自然濡染消融的作用，泯除人爲斧鑿的痕跡，乃至使人爲的亭、臺、樓、閣也融入自然，成爲其中和諧的一景。然則，詩中的描寫實已含借景的眞趣。

反之，由於人心的鎔裁點化，亦可使自然之美表現得更爲精美。例如：

> 隔窗雲霧生衣上，卷幔山泉入鏡中。（王維〈敕借岐王九
> 成宮避暑應教〉，卷一二七）

> 山色軒檻內，灘聲枕席間。（岑參〈初至犍爲作〉，卷二〇
> 〇）

> 窗含西嶺千秋雪，門泊東吳萬里船。（杜甫〈絕句四首·
> 其三〉，卷二二八）

「卷幔山泉入鏡中」，山泉本自尋常，在雲霧氤氳中入鏡，宛然便是一立軸的水墨；其中「卷」字尤其呼應著欣賞山水畫的歷程，在捲收之間，一幅畫逐步在眼簾開展。「山色軒檻內」，則山色爲軒檻內的畫境；「灘聲枕席間」，則灘聲亦成爲枕席間的樂音。至於「窗含西嶺千秋雪，門泊東吳萬里船」，門窗彷如一個取景框，將遠近渙漫之景加以鎔裁，捨其俗取其嘉，遂成一意境深遠的山水圖。凡此都可見自然

群石皆點頭。」

〔註57〕同註35引書，頁189～190。

山水之美經過人的再發現，或者經由人文的化成，便能脫離原始素樸的面貌，以更概括、更精緻的藝術美形式出現。因此，由移遠就近的筆法中，自然與人事意象的融合無間，正反映出自然與人文相互輔助、相互圓成的觀念。

　　詩人的空間描寫還有一種類型，姑且稱爲「置大入小」，可視爲移遠就近法的變形，今附論於此，例如：

　　　　山河臨咫尺，宇宙窮寸眸。（儲光羲〈夏日尋藍田唐丞登高宴集〉，卷一三七）

　　　　酒傾無限月，客醉幾重春。（李白〈江夏送張丞〉，卷一七七）

　　　　城池滿窗下，物象歸掌內。（高適〈登廣陵棲靈寺塔〉，卷二一二）

無限的月色進入酒杯，無數的物象歸於一掌，無窮的宇宙納於寸眸，這樣的空間描寫的確頗具巧思與奇趣。唯揆諸物理，則爲理所當然之事，本不足爲奇。月在極遠的虛空之中，倒映人間，雖是一珠一露亦可含攝其影，何況酒杯之大。身處高處，當縱目遠眺，遠方之物愈遠愈小；伸手於眼前，一掌之大便彷彿可以掌握遠方無窮物象。「宇宙窮寸眸」的道理亦同於此。在這樣的構思中，表現的是吐納日月山河，賞玩乾坤物象的豪情，與移遠近法所呈現的人與自然相親的境界又自不同。

二、心靈與萬象的和諧

　　盛唐詩人固然都擅長寫大景觀、大場面，以表現豪情壯志，但其間不乏僅著墨於空間一隅的作品，其所營構的空間雖小，但往往清新可喜。例如：

　　　　竹林新筍穊，藤架引梢長。（孟浩然〈夏日辨玉法師茅齋〉，卷一六〇）

　　　　落花遊絲白日靜，鳴鳩乳燕青春深。（杜甫〈題省中院壁〉，卷二二五）

　　　　圓荷浮小葉，細麥落輕花。（杜甫〈為農〉，卷二二六）

鳥窺新壘栗，龜上半敧蓮。(包佶〈秋日過徐氏園林〉，卷
二○五)

空間的描寫本自有宏觀與微觀的差異，此處所引詩例，其取境較小，
摹寫入微，乃是以微觀的視角來體察物象。如寫藤梢之長，遊絲之靜，
栗之新壘，蓮之半敧，可說是體物入微，猶如以放大特寫的鏡頭，引
領讀者去觀照天地間無處不在的生機、變化。子美「落花遊絲白日靜，
鳴鳩乳燕青春深」，蔡夢弼以爲：「春容閒適」；「圓荷浮小葉，細麥落
輕花」，胡元瑞認爲：「推敲密切」〔註58〕，其緣情體物皆自然工巧，
而不見刻削痕跡。總之，這樣的詩境雖然不大，但卻呈現出萬物自足
自適的情態，詩人以客觀之筆捕捉其形貌，言下一種欣然之意油然可
見。由此亦可知，人與自然，心與萬物，原是如此相近而相親。

對於人與自然的相親，心與物的和諧，在歌詠自然的詩篇中有更
充分的表現。例如：

岸火孤舟宿，漁家夕鳥還。寂寥天地暮，心與廣川閒。
（王維〈登河北城樓作〉，卷一二六）

獨坐幽篁裡，彈琴復長嘯。深林人不知，明月來相照。
（王維〈竹里館〉，卷一二八）

目送去海雲，心閒遊川魚。長歌盡落日，乘月歸田廬。
（李白〈遊南陽白水登石激作〉，卷一七九）

月生東荒外，天雲收夕陰。愛見澄清景，象吾虛白心。
（閻寬〈春宵覽月〉，卷二○三）

論及空間描寫，一般皆以景物，或景物所在的場所，與所構成的空間
爲主；而在自然詩中，自我卻往往成爲自然中的一景，是故物我的關
係可視爲空間關係來討論。以〈竹里館〉爲例，「深林人不知，明月
來相照」，王國瓔以爲：「將明月擬人化，提示我們人與明月是齊一的，
二者是構成自然現象的個體，而共享有這分自然的寧靜」；「我是虛
靜、空寂的，悠閒、自適的，因此可以與大自然的存在建立起一種毫

〔註58〕見蔡夢弼《草堂詩話》卷一，胡應麟《詩藪》內篇卷四。

無障礙的親密關係，即以我心應明月，或以明月應我心，詩人渾然融身於皓月普照中，物我相親相伴，共同參與自然現象的演化〔註59〕。」相同的，因為心靈的虛靜、閒適，所以摩詰說：「寂寥天地暮，心與廣川閒」；太白亦云：「目送去海雲，心閒遊川魚」。暮色蒼茫天地寂寥，是美；白雲入海依依目送，也是美。心如天地般廣廓，故能與川水同其閒澹；如海雲般自在，故能與遊魚同其從容。正如莊子於濠梁之上深體鰷魚出遊之樂，摩詰、太白對於心靈與外物的交感，人類與自然的和諧，亦有獨到的領會。

　　閻寬云：「愛見澄清景，象吾虛白心」；景色的澄清所以能表徵心靈的虛白，其根本的原因乃在中國思想中具有一種天人合一、天人感應的觀念。這樣的觀念對於中國人的人生哲學、政治體制、醫學原理，乃至美學思想皆有深遠的影響。關於天人合一之說，學者論之已多，本書第四章第二節亦曾論及，在此不再贅述。

　　最後我們要談到「回旋往復」的空間描寫筆法，其特色在透過物象的一往一來，呈現一種於有限中見到無限，又於無限中回歸有限的意趣〔註60〕，其中亦洋溢著物我相即相融的情味。例如：

　　　　流水如有意，暮禽相與還。（王維〈歸嵩山作〉，卷一二六）
　　　　日暮飛鳥還，行人去不息。（王維〈臨高臺送黎拾遺〉，卷一二八）
　　　　浮雲幾處滅，飛鳥何時還。（王縉〈同王昌齡裴迪遊青龍寺曇壁上人兄院集和兄維〉，卷一二九）
　　　　溪流碧水去，雲帶清陰還。（儲光羲〈遊茅山五首·其四〉）
　　　　長空去鳥沒，落日孤雲還。（李白〈春日獨酌二首·其二〉，卷一八二）
　　　　簷外長天盡，尊前獨鳥來。（高適〈陪竇侍御靈雲南亭宴詩

〔註59〕見王國瓔《中國山水詩研究》，頁 403。文中對於中國山水詩的物我關係略分為三：一為物我相即相融，二為物我若即若離，三為物我或即或離；唯本文與其觀點略有差異。
〔註60〕同註 50 引書，頁 105。

得雷字〉，卷二一四）

誦讀上列詩篇不難發現其中含有濃厚的陶詩色彩。淵明膾炙人口的
〈飲酒詩二十首・其五〉云：「山氣日夕佳，飛鳥相與還」；〈歸去來
兮辭〉則云：「雲無心以出岫，鳥倦飛而知還」；兩首詩都寫出詩人淡
泊世情，安於田園，而有一種「閒來無事不從容」、「萬物靜觀皆自得」
〔註61〕的閒情遠意；而其筆法正是以上詩作所從出。

　　目送流水、飛鳥、浮雲，由近而遠，而終至沒入無邊無際的海天
之中；而正在此刻，亦有暮禽、孤雲，由遠而近，冉冉向眼前而來；
在這一去一返中，彷彿寄寓著無限的深意。雲鳥向遠方而去，帶領人
打開視野，進窺海天的無限；而遙遠的天際，無窮的天地，令人憧憬、
嚮往，激發人產生追求的豪情，但也易於在蒼茫中悵然失落。雲鳥的
去而復返，意謂著回到眼前，回到當下，乃至回歸自我，重尋自我的
本真，而後能以純淨無染的心觀看萬物，照見萬象本然的丰采，進而
與海天同其廣大無限。若說詩人在水流雲去之際，有些許惆悵不捨；
那麼雲還鳥來之時，當有故友相訪的悅樂。物象的去而復返隱含著一
種回旋的韻律，不但展現了萬象的豐富、變化，亦使人內在的情感得
到安定與平衡。

　　《老子》四十章曾說：「反者，道之動」；《易經・泰卦》亦云：「無
平不陂，無往不復」；在飛鳥沒、浮雲還的律動裡，詩人體會到循環
反復的「道之動」。在去來往還之際，人與物相親相即，心與物任運
自在，同處於大化流行的和諧裡。物我交流共感，誠如《文心》所說：
「目既往還，心亦吐納」、「情往似贈，興來如答」（〈物色〉）是也。

　　至於，詩人以具有時間律動特質的方式呈現空間景觀，可視為空
間描寫的時間化，在下一節中將作進一步的探討。

　　基於以上的論述，本節對於盛唐詩的空間描寫與空間觀念主要的
論點約有如下數端：

〔註61〕見程明道〈偶成〉。

（1）詩人藉著語言文字，往往營構出足以悠遊居止的立體空間，其空間感頗為真切。唯詩中所摹寫的世界，原是外在世界的投影；若說詩中的世界具有遼闊、深遠、高下相間的特質，其實正意謂人所認識的世界是具有三個向度的立體空間。

（2）盛唐詩人常用空間擴張的手法，由小而大，由近而遠，渲染出海天蒼茫，無限虛靈的空間。其所含蘊的意境，與山水畫中的留白具有異曲同工之妙，皆足以令觀賞者有寬廣的想像空間。其中亦反映中國道家思想以虛為美的觀念，唯虛空並非空洞無物，而是氣韻生動，真體內充的虛靈空間，故能由虛生實，呈現出萬象紛紜的景致。所以說，由詩中的空間描寫可見中國虛實相生的空間觀念。

（3）盛唐疆域遼闊，詩人又普遍具有長期漫遊的體驗，是故其世界觀、宇宙觀，皆迥異於前朝。詩人創作時常偏愛雄偉的空間意象，以此形成筆力雄壯、氣象渾厚的篇章；如邊塞詩中的大漠風雨，太白詩中的蜀道黃河，子美筆下的高江急峽，皆展現出壯闊非凡的氣勢。而由詩作取境的宏偉，亦彰顯出作者的胸襟、氣度，以及盛唐雄放開創的時代精神，所謂盛唐氣象便是這諸多特質的有機融合。

（4）有時詩人所描寫的空間由具體的大漠、山川，提升到具有概括性的宇宙、乾坤的境地。將自己和無限的宇宙對比，由於廣狹迥異，作者悲涼的境遇與悲壯的性格，自然凸顯而出。然而，由此亦可見，詩人以宇宙天地為心的宇宙意識，以及吐納乾坤的弘大氣象。

（5）「移遠就近」與「回旋反復」為盛唐詩中常見的空間描寫筆法。由移遠就近的描寫可見，人為的空間必須取資於自然，以豐富其內涵，並泯除其刻削之跡；而自然之美經過人文的化成，遂能以更精緻的藝術形式出現。自然與人文原就可以相互圓成。至於回旋反復的描寫，在萬象的去來之際，則表現出「情往似贈，興來如答」，人與物相近相親，心與物任運而化的和諧境界。

第三節　時間與空間的融合

壹、引　言

　　時間與空間在觀念中似乎是涇渭分明、性狀迥異的概念。時間主動，空間主動靜；時間抽象，空間具體；時間是線性的，空間則是立體的；時間是前後不同、綿延不盡的序列，空間則是同時並列、延展無窮的秩序；這是就其性質上說。若就日常生活中的經驗，或度量上的不同而言，年、月、日、時屬時間，里、丈、尺、寸則屬空間。時間不待人，縱使不言不動，它仍不停流逝；空間則不就人，它有待我們去探索、去征服。

　　然而，時間和空間又有密不可分的關係。除了純屬觀念的存在外，無論日月星辰、山河大地，皆浸潤在時光之中，並隨之而默化潛移；不存在於時間中的空間，或許只見於童話或科幻裡。反之，只有時間而沒有空間，世界將成一片虛無，萬物亦無所安措其身。事實上，存在於空間中任何一物，必定同時具有時間性；而任何存在於時間中之物，亦必定同時佔有一空間位置，時間與空間並無法絕對分離。

　　在盛唐詩中，可以發現詩人對於時間的描寫，或者時間經驗的刻劃，每每有空間化的傾向；相反的，對於空間的描寫，或空間經驗的傳述，亦常有時間化的傾向〔註62〕。不論是時間感滲入空間，或者空間感融入時間；由時空的互相滲透融合，都可見時間與空間雖常以對立的方式出現，但其終極原是可以融合為一的，以下即分別舉證論述。

〔註62〕黃永武《中國詩學——設計篇》，頁68，〈時空的換位〉有云：「有些詩是字面上只寫空間，實質上由於空間的改換，時間即在其中進行；有些詩是字面上只寫時間，實質上由於時間的改換，空間即在其中展現。」其中隱然已有時間空間化，空間時間化的概念；唯本文所論兼及時空藝術交感的課題，方向不盡相同。

貳、時間的空間化傾向

一、時間描寫的空間化

　　時間本非具體之物，視之不可見，聽之不可聞，搏之亦不可得；是故無論是度量或詮釋它，都必須倚重空間物體的運動與變化。以日升月落計算日月，以日月的運轉訂定年歲，或者以沙漏、竿影測量時辰，皆不能和空間脫離關係。在歲時中，春天的花鳥，夏日的雲雨，秋天的霜月，冬日的冰雪，是物色與節候自然的呼應，所以詩人遂常借用物色的描摹，指點出季節的流轉。本書第二章中論及盛唐作者用以表現時間意識的主要意象，如飛花、落葉、鶯囀、蟬鳴、蟲吟、埃塵、露水、白髮、荒城、古殿、明月、流水等，已清楚可見時間的感覺與性狀，必待空間意象方能彰顯。唯前此的論述著重在時間流逝所引發的感懷，此處則將針對時間描寫空間化的層面加以探討。

　　如以大自然中草木的生長變化刻劃時間的流變，在詩中可說是俯拾即是，然在下引的詩例中時間描寫空間化的傾向尤為明顯。例如：

　　　　步欄滴餘雪，春塘抽新蒲。梧桐漸覆井，時鳥自相呼。

（儲光羲〈閒居〉，卷一三八）

　　　　憶與君別年，種桃齊蛾眉。桃今百餘尺，花落成枯枝。

（李白〈獨不見〉，卷一六三）

　　　　荒庭衰草徧，廢井蒼苔積。（李白〈謝公宅〉，卷一八一）

　　　　欲覽碑上文，苔侵豈堪讀。（李白〈陵歊臺〉，卷一八一）

　　　　雨滋苔蘚侵階綠，秋颭梧桐覆井黃。（岑參〈秋夕讀書幽興獻兵部李侍郎〉，卷二○一）

　　　　一片飛花減卻春，風飄萬點正愁人。且看欲盡花經眼，莫厭傷多酒入脣。（杜甫〈曲江二首·其一〉，卷二二五）

〈閒居〉詩中，餘雪逐漸消融滴落，蒲草日日抽芽滋長，而梧桐亦日漸茂盛，乃至遮蔽井上；其中雪水的滴落正如沙漏一般，彷彿細數著冬日的離去，而蒲草與梧桐的生長，不但具體表徵春意的深濃，同時

也記錄了時間推移的歷程。〈獨不見〉藉著桃樹的前後變化，亦即由齊蛾眉而至百餘尺，將離別時間的久遠，轉化為空間的高度，空間化的傾向十分清楚。太白在另首〈久別離〉中云：「別來幾春未還家，玉窗五見櫻桃花」（卷一六三）；則以花開的次數來計量時間，雖是異曲卻有同工之妙。〈謝公宅〉、〈陵歊臺〉、和〈秋夕讀書〉中，苔蘚是最主要的意象；然而前兩首詩的蒼苔代表時間的積澱，或者時間對人事的侵蝕，後一首則由苔蘚的侵階意謂久無人客到訪，以見其幽興。其相同之處則在於，蒼苔總是以極隱微的方式一點一滴生長，往往在不自覺中，已經是滿眼苔綠；一如時間總是無聲無息地，一分一秒地，靜靜流淌，待人驚覺時，已經是不堪回首。成敗也罷，青春也罷，就如逐漸被青苔佔領的土地，不知不覺中便被埋藏在過往的時間裡。至於少陵〈曲江〉，由一片落花開始，關注著片片飄零的殘瓣，而後風飄萬點，終至繁花欲盡；花的凋零即是春光的遞減，亦即是時光無情的流逝。凡此都是將時間的推移、久暫，寄託在空間物象的變化裡，時間描寫的空間化於此可見一斑。

又如以河水比喻時光，或以日月的位移表示時間的變遷，亦是詩歌中描寫時間常見的方式。例如：

　　君不見黃河之水天上來，奔流到海不復回。君不見高堂明鏡悲白髮，朝如青絲暮成雪。（李白〈將進酒〉，卷一六二）

　　大江東流去，遊子去日長。（杜甫〈成都府〉，卷二一八）

　　螢飛秋窗滿，月度霜閨遲。（李白〈塞下曲·其四〉，卷一六四）

　　夜深坐南軒，明月照我膝。驚風翻河漢，梁棟已出日。
（杜甫〈寫懷二首·其二〉，卷二二二）

　　寒日經簷短，窮猿失木悲。（杜甫〈寄杜位〉，卷二三一）

〈將進酒〉描寫黃河從天際瀉落，浩浩蕩蕩流向大海，其實正是為了描摹時間的無始無終，奔流不返。揆諸文義，全篇在感歎人生苦短，應把握良辰盡情暢飲，與黃河毫不相涉；且下二句亦由青春的易逝著墨，益足證明太白寫空間即是在表時間。〈成都府〉的構思與

此同一機杼。〈塞下曲〉：「月度霜閨遲」一句，表現出霜閨怨婦的淒冷寂寞，而由月亮經過深閨時速度的緩慢，說明長夜漫漫何時旦的煎熬。我們彷如可以想見，閨中思婦在不眠的夜晚仰望著天上的明月，在它一分一寸的移動中，忍受無盡時間的相思。〈寫懷〉具體寫出日月交替的軌跡；〈寄杜位〉則以「寒日經簷短」說明冬日白晝的短暫，時間空間化的傾向皆極為清楚。此外，少陵〈春水〉詩云：「三月桃花浪，江流復舊痕」（卷二二六），在江流水位的起落間，在昔日江水浸潤而成的水痕裡，不也刻劃著時間的足跡和遷變？

　　今昔對比是盛唐詩中時間描寫相當普遍，相當重要的一環，但是其空間化的傾向亦不可避免，例如：

　　　　昔時紅粉照流水，今日青苔覆落花。（李白〈送祝八之江東得浣紗石〉，卷一七六）

　　　　吳宮花草埋幽徑，晉代衣冠成古丘。（李白〈登金陵鳳凰臺〉，卷一八○）

　　　　嬌娥曼臉成草蔓，羅帷珠簾空竹根。（岑參〈梁園歌送河南王說判官〉，卷一九九）

　　　　野花留寶靨，蔓草見羅裙。（杜甫〈琴臺〉，卷二二六）

在這些懷古色彩濃郁的詩中，除了太白詩點綴了今昔、吳晉等時間語詞外，主要是透過兩兩對比的空間畫面，呈現出昔日的繁華，今日的零落，以表達撫今追昔的感概。茲將對比的空間意象臚列如下：（紅粉流水）青苔落花，（吳宮花草）幽徑，（晉代衣冠）古丘，（嬌娥曼臉）草蔓，（羅帷珠簾）竹根，野花（寶靨），蔓草（羅裙）；這種種空間畫面組接而成的寫法，與現代電影的語言「蒙太奇」頗有雷同之處。上下兩個鏡頭間的對比，產生一種詩的張力，盛衰間大幅度的落差更留下一片空白，有待讀者去想像、填補。而無論是由昔而今，或是由今追昔（〈琴臺〉），時間都以大跨度的方式進行；上句是春秋，下句已是唐代，甚至一句之中已經跨越古今。然而，這種精采的大跨度的時間描寫，正是藉由空間意象的組接而完成的。

二、時間藝術的空間化

　　若依感覺作爲分類的標準，通常可將藝術分爲時間藝術、空間藝術、與綜合藝術三類。所謂時間藝術是：「此藝術的表現，除時間的延續爲其要件外，在感覺上需以聽覺爲主來欣賞其過程，俟其作品整個延續的結束，獲得全部印象。屬於時間感覺的藝術，便是音樂和文學。」而所謂空間藝術是：「藝術（品）本身須占有空間，因所占空間、位置、大小的不同，而有平面與立體之分。……所以繪畫、雕刻及建築，是屬於以視覺爲主的空間藝術」〔註63〕。由此可知時間藝術與空間藝術，無論在表現的方式、媒材，以及觀賞者欣賞時感官的運用，皆有相當大的不同。

　　然而有趣的是，時、空藝術的分際並非絕對嚴明；時間藝術的空間化，與空間藝術的時間化，在藝術領域中是常見的現象，如音樂與繪畫可以相互感通，詩與繪畫亦可相互感通。而當詩樂中注入大量的空間形象，即稱爲時間藝術的空間化，反之則稱爲空間藝術的時間化。當然時、空藝術相互取資、相互滲透並非毫無根據，朱光潛嘗引介法國象徵派詩人的「感通」說云：「自然界中聲色、形相雖似各不相謀，其實是遙相呼應的，由視覺得來的印象往往可以和聽覺得來的印象相感通〔註64〕」正因視、聽印象可以相互感通，時、空藝術的相互融合才有可能。

　　事實上，在中國傳統思想中，對於視聽通感、五官相互爲用的觀念已經有所論述。如《列子‧黃帝篇》云：「內外進矣，而後眼如耳，耳如鼻，鼻如口，無不同也。」《楞嚴經》亦有「六根互相爲用」之說，《五燈會元》則云：「鼻裡音聲耳裡香，眼中鹹淡舌玄黃，意能覺觸身分別，冰室如春九夏涼」〔註65〕。當然這些說法都具有證道的神

〔註63〕見凌嵩郎等著《藝術概論》，頁48～49。
〔註64〕見朱光潛《文藝心理學》，頁335。又「感通」或作「通感」，如錢鍾書有〈通感〉一文。本文兼採二說，視行文上下而取捨。
〔註65〕《楞嚴經》與《五燈會元》語，轉引自覃召文《中國詩歌美學概論》，頁143。

秘色彩，本非就感官的相互爲用而立說，但至少已經觸及這一層面。

　　盛唐詩中，如王摩詰〈終南別業〉中的名句：「行到水窮處，坐看雲起時」，其中第二句的重心在於體察雲起那一刹那的奧祕，亦即萬物始生之機；唯在上下文中，「時」是看的受詞，由於視覺性動詞的影響，時間乃有空間化的傾向〔註66〕。又如杜子美〈詠懷古跡五首·其二〉：「悵望千秋一灑淚，蕭條異代不同時」，其中千秋原是時間的描寫，但作者用視覺性動詞「望」字，將時間空間化了。當然，這尚非視聽通感的典型，前文曾徵引的子美詩：「高江急峽雷霆鬥」（〈白帝〉），會是更好的例證。雷霆本是一種聲音，但卻用具有視覺效果的「鬥」來形容，正是以視覺表聽覺的現象，同樣是時間的空間化。

　　以下再舉詩人描寫音樂的作品，進一步說明時間藝術的空間化。如李頎〈聽安萬善吹觱篥歌〉、〈聽董大彈胡笳聲兼寄語弄房給事〉云：

　　　　枯桑老柏寒颼颼，九雛鳴鳳亂啾啾。龍吟虎嘯一時發，
　　萬籟百泉相與秋。忽然更作漁陽摻，黃雲蕭條白日暗。變調
　　如聞楊柳春，上林繁花照眼新。（卷一三三）

　　　　空山百鳥散還合，萬里浮雲陰且晴。嘶酸雛雁失群夜，
　　斷絕胡母戀兒聲。……幽音變調忽飄灑，長風吹林雨墮瓦。
　　迸泉颯颯飛木末，野鹿呦呦走堂下。（卷一三三）

其實《禮記》卷第三十九〈樂記〉已經出現用通感手法摹寫音樂的記載，所謂：「故歌者，上如抗，下如隊，曲如折，止如槁木，倨中矩，句中鉤，累累乎端如貫珠。」用抗墜形容聲音的抑揚，用槁木形容音樂的休止，以鉤矩形容曲調的轉折，而貫珠則形容音樂的和諧流暢；透過形象化的語言，將歌曲演唱的特質如實呈現。孔穎達疏云：「聲音感動於人，令人心想形狀如此」，以形狀表聲音，正是將聽覺所得的美感視覺化，亦即是時間藝術空間化的一種形式。

〔註66〕劉若愚〈中國詩中的時間、空間與自我〉，（《書目季刊》，二一卷第三期，頁29）認爲此句可解作：當我坐看白雲升起的「那個時候」，故說：「發言者和層雲的空間關係是由時這個字予以時間化。」與本文理解的方式略有不同。

　　至於李東川對音樂聲音的描寫主要可分為兩類，第一類是用大自然，或者人事中的聲音來比擬。例如：龍吟虎嘯、九雛鳴鳳、萬籟百泉、雛雁失群、胡兒戀母、風吹雨墮等；而且大都以連綿詞來形容其聲音，如颼颼、啾啾、嘶酸、颯颯、呦呦。基本這是以聲音寫聲音，並非真正的視聽通感，但由於這些聲音是伴隨著鮮明生動的空間場景而生，是故仍有視覺化的傾向。另一類描寫則與聲音不相關，純粹是空間畫面的呈現。例如：「黃雲蕭條白日暗」、「上林繁花照眼新」、「空山百鳥散還合，萬里浮雲陰且晴」，在這些詩意濃厚的句子中，前二句以形象化的語言揣摩曲調中的情感：或悲涼如置身黃雲蕭條的大漠，或歡愉如蒞臨繁花照眼的上林。後二句則試圖掌握表演者的演奏技巧，百鳥的飛散聚合，似比擬彈奏時收放回旋的手法，而由不同的手法，也傳達了情感的起伏變化。值得特別一提的是，句中出現黃白、明（新）暗、陰晴等具有色彩、亮度的語詞；也許這些字眼只是詩人用以點染情境，暗示情感而已，但是否也意謂著詩人在聆聽音樂之時，的確由聲音的抑揚、緩急、以及節奏的律動中，感受到顏色的差別，以及明暗的變化 [註67]？然而不論如何，這些詩句的確是以視覺意象表聽覺的成功例證。

　　李頎之後，如太白〈夜泊黃山聞殷十四吳吟〉：「昨夜誰為吳會吟，風生萬壑振空林，龍驚不敢水中臥，猿嘯時聞巖下音」（卷一八一）；〈聽蜀僧濬彈琴〉云：「為我一揮手，如聽萬壑松，客心洗流水，餘響入霜鐘」（卷一八三）；其中主要在表現一種音樂的氣象，以及其感人的力量，對於樂曲本身著墨較少，若純就對音樂的刻劃而言，終究不如李頎真切。

　　音樂之外，詩歌亦是屬於時間藝術，而歷來對於詩的要求卻是要情中有景，景中有情，乃至於情景交融。范晞文《對床夜語》卷二云：「水流心不競，雲在意俱遲；景中之情也。卷簾惟白水，隱几亦青山；

────────────────

〔註67〕同註65引書，文中亦嘗論及「著色的聽覺」的美學實驗，說明音調與顏色的想像間亦有部分關聯。頁334。

情中之景也。感時花濺淚，恨別鳥驚心；情景相融而莫分也。……因知景無情不發，情無景不生。」由此可知，「詩中有畫」不僅是田園山水詩追求的境界，也是盛唐詩人普遍奉行的寫作原則。本章第二節中有關空間描寫的例句都可作爲印證，此處不再贅述。而所謂「詩中有畫」，恰是詩歌藝術（屬於時間藝術）空間化的最佳寫照。

　　總之，由盛唐詩可見，無論是時間的描寫，或是時間藝術皆有空間化的傾向，由此已暗示時間與空間雖似對立，卻存在著相互融合的可能性。

參、空間的時間化傾向
一、空間描寫的時間化

　　放眼所見，呈現在眼中的空間景物，無不同時具有時間性，是故或濃或淡都染有時間的色彩。詩人爲能準確地描繪外在世界的情貌，對於空間景觀的刻劃便不能不加入時間的考量。事實上，由於節候的影響，春山和秋山迥異，夏雲和秋雲也有別；以草木而言，前人曾有：「春條擢秀，夏木垂陰，霜枝葉零，寒柯枝璅〔註68〕」的分辨，足見四時與物色關係十分密切。然而，有時詩人並不去仔細描繪因時間所導致的物態變化，而直接以帶有時間意義的語彙作爲形容詞，使所形容的空間景物，彷彿內蘊著特定時序的豐富意涵。例如，王摩詰詩中以「春」作爲形容語的景物至少有：春日、春風、春雨、春山、春流、春澗、春池、春園、春樹、春草、春芳、春鳩、春鶯、春蟲、春城、春窗、春衣、春服、春物、與春色等〔註69〕，其餘可見一斑。以下再舉數例加以說明：

　　　　柳色春山映，梨花夕鳥藏。（王維〈春日上方即事〉，卷一二六）

　　　　天地朝光滿，江山春色明。（儲光羲〈遊茅山五首·其二〉，

〔註68〕見笪重光〈畫筌〉，（《芥子園畫譜》第一集附錄）。
〔註69〕參見《全唐詩索引·王維卷》，「春」字條。

卷一三六）

照日秋雲迥，浮天渤澥寬。（孟浩然〈與顏錢塘登障樓望潮作〉，卷一六〇）

泰山嵯峨夏雲在，疑是白波漲東海。（李白〈早秋單父南樓酬竇公衡〉，卷一七八）

迴廊映密竹，秋殿隱深松。（岑參〈冬夜宿仙遊寺南涼堂呈謙道人〉，卷一九八）

日色隱空谷，蟬聲喧暮村。（岑參〈緱山西峰草堂作〉，卷一九八）

在春山、夏雲、秋殿、秋雲、朝光、夕鳥、暮村等詞語中，無疑地空間景觀才是描摹的對象，至於朝夕、春秋則以修飾語成為附屬於物的屬性；但由於其感染力極強，因此當我們讀到春山、暮村這樣的語詞，便不只是解讀為春天的山、日暮的村而已。所有屬於春日時分的溫暖、愉悅、生意、明媚、潤澤、豐盈等特質都含攝於「春」字裡，而所有屬於日暮時分的昏黃、日落、惆悵、疲憊、返家、溫馨等特質也都含攝在「暮」字中；從而使山、村浸潤在含蘊豐富的時間氛圍之中。太白〈早秋單父南樓酬竇公衡〉詩云「夏雲在」，岑參〈冬夜宿仙遊寺南涼堂呈謙道人〉詩云：「秋殿隱」，詩題與正文節候不同，其中透露出的訊息是，詩中春夏秋冬等時間除了點明時序之外，已經成為季節特質的代稱，而在詩文裡這遠比單純點綴時序更為重要。因此，春山、暮村這一類的描寫意謂時間滲入空間之中，而成為空間描寫不可避免的傾向。

除了春、夏、秋、冬、朝、暮、早、晚等時間語外，詩中亦用時間的量詞賦予空間景物時間感。例如：

歲月青松老，風霜苦竹疏。（孟浩然〈尋白鶴巖張子容隱居〉，卷一六〇）

荒涼千古跡，蕪沒四壇連。（李白〈過四皓墓〉，卷一八一）

萬古仇池穴，潛通小有天。（杜甫〈秦州雜詩二十首・其十四〉，卷二二五）

　　江濤萬古峽，肺氣久衰翁。（杜甫〈秋峽〉，卷二三〇）

「歲月青松老」中，老字本就具有時間的意涵，加上歲月二字，意指經歷無數歲月，致使青松如此蒼古；反之由青松的蒼老亦可推知歲月的長久，時間感相當濃厚。「荒涼千古跡」中，以千古這代表無限時間的語詞，形容四皓墓的荒涼，遂使遺跡所在憑添無比的時間滄桑，而時間的悠遠綿亙令空間顯得格外深邃。至於「萬古仇池穴」與「江濤萬古峽」則意謂峽與池皆自古形成，而又萬古不易；可說是閱歷今古而又超越今古，具有綿長的時間性，凡此亦可見空間描寫的時間化。

　　而有時為了具體呈現空間的遼遠，詩人亦借用時間來襯托。例如嘉州詩〈磧中作〉云：「走馬西來欲到天，辭家見月兩回圓」（卷二〇一）；以月圓兩度具體記載離家後旅途的時間已久，藉著時間的計量，所行里程的遙遠更見說服力，「欲到天」的形容便不致流空泛。嘉州又有〈西過渭州見渭水思秦川〉云：「渭水東流去，何時到雍州？憑添兩行淚，寄向故園流」（卷二〇一）；由渭水不知何時方能到達雍州的自問裡，渭州與秦川的距離已不言而喻；而渭水無止盡的東流，並不能解除兩地的懸隔，僅僅提醒其距離的迢遙。由此亦可見空間的距離可以由時間單位來計量；反之空間的差距遂不只是空間的差距，而同時亦是時間的差距。時間與空間遂不只是同時存在，而具有可互換的性質〔註70〕。

　　此外，由於唐代的疆域遼闊，各地四時的景觀亦頗有差異，其中又以西域風候最是特殊；因此詩人每由時序與中土的異同，凸顯出空間的距離。例如：

　　　秦中花鳥應已闌，塞外風沙猶自寒。夜聽胡笳折楊柳，教人意氣憶長安。（陶翰〈涼州詞二首·其二〉·卷一五六）

　　　二庭近西海，六月秋風來。……舊國眇天末，歸心日

〔註70〕參見柯慶明〈試論幾首唐人絕句裡的時空意識與表現〉，（《中外文學》，第一卷十一期，頁146～147）。

悠哉。(岑參〈登北庭北樓呈幕中諸公〉,卷一九八)

　　三月無青草,千家盡白榆。……愁見流沙北,天西海

一隅。(岑參〈輪臺即事〉,卷二○○)

　　河塞東西萬餘里,地與京華不相似。燕支山下少春暉,

黃沙磧裡無流水。(屈同仙〈燕歌行〉,卷二○三)

詩中主要在描寫塞外荒寒的異域景觀,並表達對家鄉故國的憶念。其
中節候與中土的殊異,除了暗示對邊塞生活的不適應,對舊日春暖花
開記憶的眷戀外,亦喚醒自己身處塞外,與中土距離遙遠的意識。塞
外風沙寒與意氣憶長安,六月秋風來與舊國眇天末,三月無青草與天
西海一隅,以及燕支山下少春暉與河塞東西萬餘里,是緊密連繫、相
互呼應的;所以可以說,詩人寫時序最終是為了表空間,節候的差異
愈大,愈見和故國距離之遠,益增思鄉念土之情。

　　總之,不論是以時間語詞、量詞來形容空間,或者用具體的行程
時間來計量空間距離,抑或是以節候差異彰顯空間的迢隔,都可見詩
人對於空間的描寫實不免有時間化的傾向。

二、空間藝術的時間化

　　時間藝術的空間化意謂,以空間的特質來創作或詮釋音樂、詩歌
等時間藝術。反之,空間藝術的時間化則意謂,以時間的律動來創作
或詮釋繪畫、建築等空間藝術。如前所論,這是以視覺和聽覺相互感
通為基礎的。因為視覺易於引發真切的形象感,它所感受的對象空間
性比較鮮明,而聽覺易於覺察韻律與節奏,它所感受的對象時間性較
為強烈 (註71);時空藝術主要即奠基於視覺與聽覺之上,是故唯有視
聽能相互感通,時空藝術才有相互融通的可能。

　　王摩詰〈青谿〉,杜子美〈同諸公登慈恩寺塔〉云:

聲喧亂石中,色靜深松裡。(卷一二五)

七星在北戶,河漢聲西流。(卷二一六)

─────────

〔註71〕參見李元洛《詩美學》第十章,〈五官的開放與交感〉,頁535。

摩詰詩由水聲的喧嘩，對比出松林的深邃寧靜，進而體會到松色也是寧靜的。「靜」字不但包含靜止之意，和「亂」的動態感相對照，更重要的是還具有和「喧」相對照的安靜無聲的意味。經過詩人點化，色彩遂有了語言，或者也懂得含蓄緘默，一字之間全詩的精神頓見。與此相似，子美登上慈恩寺塔，由於地勢高迥，彷彿身跨蒼天，而與天上星斗相近。銀河繁星如流，就在如流的星河中，詩人聽到了河聲淙淙西流。這種奇思妙想，或許誠如黃永武所說，是作者：「故意將接納感官交綜運用，造成印象與感官間的錯綜移屬，使意象活潑生新〔註72〕。」的確，色字原是視覺意象，靜字卻是一種聽覺感受，以靜形容色，即是視聽的交感；河漢原是視覺意象，加一聲字遂增加了聽覺的感受，亦是視聽交感的運用。而將形象賦予聲音，令整個空間畫面注入了新的生命力，這亦即是感官錯綜運用的動人效果。

　　至於時、空藝術交感的現象，在中國藝術裡，最引起討論，也最具特色的便是繪畫藝術的時間化。西洋繪畫主要以焦點透視的單一視點來構畫全圖，所以呈現出具有三度景深幻覺效果的畫面，無論色彩、光影、比例、大小都和外在的世界類似；而中國人繪畫採取的是俯仰觀照，指點流覽的散點透視法，強調要能「以大觀小」，籠括大自然的全景。沈括《夢溪筆談》卷十七中曾針對焦點透視的畫法有如下的批評，他說：「李成畫山上亭館及樓塔之類，皆仰畫飛簷，其說以為自下望上，如人平地望塔簷間，見其榱桷。此論非也。大都山水之法，蓋以大觀小，如人觀假山耳。若同真山之法，以下望上，只合見一重山，豈可重重悉見？兼不應見其谿谷間事。又如房舍，亦不應見其中庭及後巷中事。若人在東立，則山西便合是遠境；人在西立，則山東卻合是遠境，以此如何成畫？李君蓋不知以大觀小之法，其間折高、折遠，自有妙理，豈在掀屋角也。」沈括所謂的「折高、折遠」，與郭熙在《林泉高致·山水訓》所論的「平遠、高遠、深遠」這三遠

〔註72〕同註62引書，頁17。

之法（註73），觀點上是一致的。他們或從理論推想，或從創作實踐中體會到中國山水畫的精神正在於視點移動的觀念。

郭熙在〈山水訓〉中亦談到，山景無論由遠近、正側、四時、朝暮、乃至陰晴看，皆有所不同；所謂山形步步移，山形面面看，四時之景不同，而朝暮之變態不窮，是故必須要飽遊飫看，方能真正領略山水的精神面貌（註74）。飽遊飫看之餘，提筆揮毫，所畫的自非眼前的山水，而是胸中的山水；畫中呈現的自非定點透視，而是散點透視的構圖。由於整幅山水是由俯仰、遠近、前後不同視角觀照所得的印象融合而成，是故自然含有時間歷程的意趣。宗白華認為：中國繪畫這種「以大觀小」，把握全境的畫法，能充分體現自然山水的氣韻、節奏與和諧。同時也反映出：「畫家在畫面所欲表現的不只是一個建築意味的空間『宇』，而須同時具有音樂意味的時間節奏『宙』（註75）。」這一段話可以說是空間藝術時間化的最好詮釋。

如果再從中國長卷繪畫來考察，更能了解長卷的繪畫形式與中國人的時空觀點是相互配合的。觀賞長卷時，一面展放左手的畫卷，一面收捲右手的起始部分，在捲收與展放之間：「時間可以靜止、停留，可以一剎那被固定，似乎是永恆，但又無可避免地在一個由左向右大的逝去規則中。我們的視覺經驗，在瀏覽中，經驗了時間的逝去、新生，有繁華，有幻滅，有不可追回的感傷，也有時間展現的新的興奮與驚訝（註76）。」蔣勳從繪畫的形式深刻地指出，不只是創作手法，甚至包括欣賞，中國傳統繪畫都具有一種流動的、時間經驗的特質。

不但是繪畫，同屬於空間藝術的建築亦然。「中國園林建築空間

〔註73〕至於「高遠」意指「自山下而仰山巔」，「深遠」意指「自山前而窺山後」，「平遠」意指「自近山而望遠山」。

〔註74〕參見敏澤《中國美學思想史》，頁365。

〔註75〕見宗白華〈中國詩畫中所表現的空間意識〉，(《美從何處尋》，頁98）。宗先生又說：「我們的宇宙是時間率領著空間，因而成就了節奏化音樂化了的『時空一體』」，頁105。

〔註76〕見蔣勳《美的沈思》，頁101。

美感的獲得，並不在於某一個固定的透視畫面，而是整個遊賞的過程中，在時間的進程中，逐步匯集、疊加、增強而形成的總的印象〔註77〕。」因此園林的空間要考慮到行進的動線，結構的縱深，乃至時序、氣象對景觀的影響等等。凡此皆與繪畫藝術相同，具有音樂化、時間化的濃厚傾向。

詩歌中題詠畫作的作品起源於唐朝，沈德潛《說詩晬語》卷下嘗云：「唐以前未見題畫詩，開此體者老杜也。」然而，事實上盛唐之前題畫詩已經出現，如上官儀〈詠畫障〉、宋之問〈壽陽王花燭圖〉、〈詠省壁畫鶴〉、陳子昂〈山水粉圖〉、〈詠主人壁上畫鶴寄喬主簿崔著作〉等皆是；是故，若說題畫詩開創於唐代則較近乎眞實。唯在唐代詩人中，無論由質或量而言，杜甫的題畫詩確是冠絕群倫，無有出其右者〔註78〕。今試舉一二以見其餘：

> 素練風霜起，蒼鷹畫作殊，㑦身思狡兔，側〔註79〕目似愁胡。絛鏇光堪摘，軒楹勢可呼。何當擊凡鳥，毛血灑平蕪。（〈畫鷹〉，卷二二四）

> 沱水流中座，岷山到此堂。白波吹粉壁，青嶂插雕梁。直訝杉松冷，兼疑菱荇香。雪雲虛點綴，沙草得微茫。嶺雁隨毫末，川蜺飲練光。霏紅洲蕊亂，拂黛石蘿長。暗谷非關雨，丹楓不爲霜。秋城玄圃外，景物洞庭旁。繪事功殊絕，幽襟興激昂。從來謝太傅，丘壑道難忘。（〈奉觀嚴鄭公廳事岷江畫圖十韻〉，卷二二八）

〈畫鷹〉篇浦起龍認爲，「㑦身」、「側目」是以眞鷹擬畫，「堪摘」、「可呼」乃從畫鷹見眞，至於結聯則：「竟以眞鷹氣概期之。乘風思奮之心，疾惡如讎之志，一齊揭出」（《讀杜心解》卷三之一）。的確，誦讀此章，畫中之鷹肅殺威猛的氣勢、㑦身而立的姿勢、凌屬凝注的眼神、以及躍躍欲試的神采，宛然如在目前。然而子美並不以摹寫畫鷹

〔註77〕見《中國園林建築研究》，頁122。
〔註78〕此處觀點主要採自孔壽山《唐朝題畫詩注》，第1頁、109頁。
〔註79〕按《全唐詩》作「俱」，今依《讀杜心解》、《杜詩鏡詮》本。

為足,故雖句句不離於畫,其精神意趣卻出於畫外。畫中之鷹是一層,真實之鷹是一層,而理想之鷹又是一層;作者藉畫為題,真正詠寫的不是畫鷹、亦非真鷹,而是氣宇非凡的理想之鷹,當然那正是作者的豪情、壯志寄託之所在。

另首描繪岷山沱江畫圖的詩作中,除「白波吹粉壁,青嶂插雕梁」二句,較具雄強的氣勢外,中間六聯寫景都呈現出一種恬靜秀雅的風格。十二句中,每聯分寫山水,相映成趣。其中「雪雲虛點綴」、「嶺雁隨毫末」,暗點用筆筆法,「川蜺飲練光」兼及畫作材質,霏紅、拂黛、暗谷、丹楓則寫畫面的用墨和色彩:「直訝杉松冷,兼疑菱荇香」則讚歎畫作的逼真,然而訝、疑二字又隱含終究是畫而非真。通篇對於畫鷹的描寫都具有這種雖畫似真,似真還畫的辯證趣味。

整體而言,杜甫題畫詩強調的是畫的逼真,要能在筆墨丹青之中,捕捉真實世界的精神、外貌;當然藉著詠畫之作,他亦常抒發個人的情志和懷抱。至於由他所題詠的內容來看,畫家是否已採用散點透視來構圖,似乎並不明確。唯以詩歌的敘事形式來吟詠畫作,即是以飽含韻律和節奏的語言,展現屬於空間的圖像,這即是時空藝術的感通,亦可視為空間藝術的時間化。

以下再看太白的〈觀元丹丘坐巫山屏風〉:

> 昔遊三峽見巫山,見畫巫山宛相似。疑是天邊十二峰,飛入君家彩屏裡。寒松蕭瑟如有聲,陽臺微茫如有情。錦衾瑤席何寂寂,楚王神女徒盈盈。高咫尺,如千里,翠屏丹崖粲如綺。蒼蒼遠樹圍荊門,歷歷行舟泛巴水。水石潺湲萬壑分,煙光草色俱氛氳。溪花笑日何年發,江客聽猿幾歲聞。使人對此心緬邈,疑入嵩丘夢綵雲。(卷一八三)

這首詩由畫中的巫山想起昔遊的巫山,進而追溯到楚王與神女相會時的巫山,透過記憶和聯想使得單一的畫面具有歷史的縱深,綿延的時間感豐富了畫作的意蘊。而由全圖的摹寫中,畫家散點透視的構圖法依稀可見。如「疑是天邊十二峰」等四句,極寫巫山的高聳入雲,作

畫時應是由山下仰望山頂;「蒼蒼遠樹圍荊門」是遠景;「歷歷行舟泛巴水」則是近景;「水石潺湲萬壑分」則將視點提升到頂峰,由上向下俯視群山萬壑。由視點的移動,彷彿可以想見畫家仰觀俯察,飽遊飫看的時間歷程。最後太白代畫中的人物發問:「溪花笑日何年發?江客聽猿幾歲聞?」依舊是導向生命的誕生、宇宙的起源,以及人生歸宿等屬於時間的永無解答的謎題。因此,不論是由詩的主題,或者由構思的方式,抑或由以詩題畫的形式,在在可見空間藝術的時間化。至於畫家以散點透視的觀點來經營全圖,尤其含蘊著中國繪畫時間化、音樂化的特質,這個特點經由詩人的詩筆,亦可揣摩得之。

　　此外,在盛唐山水詩中,登山臨水的體驗是詩中吟詠的重點,因此與山水畫的精神意趣頗為接近,由此亦可印證山水長卷中的表現特色。以下便以兼具詩情與畫筆的摩詰詩為例,加以補充說明,〈終南山〉詩云:

> 太乙近天都,連山接海隅。白雲迴望合,青靄入看無。
> 分野中峰變,陰晴眾壑殊。欲投人處宿,隔水問樵夫。(卷一二六)

首聯是登山前對終南全景的勾勒,「太乙近天都」極言終南山高可摩天,視點在平低之處,由山下仰望山嶺;「連山接海隅」描摹山勢連綿不絕,延伸向視野盡頭,乃是由近向遠遙望的畫面。頷聯是入山後身在山中的體驗,「青靄入看無」寫步履所到處雲靄似有還無,這是向前看的近景;「白雲迴望合」則是回顧來處,依舊是白雲環繞,這是深入山中後回顧山前的景象。頸聯是登上峰頂遍覽千岩萬壑所見,「分野中峰變」寫終南山的廣闊,一峰之隔便是不同的州治;「陰晴眾壑殊」則寫山谷間陰晴不同的變化,兩句視點都在高處,攝取的是臨空俯瞰的鏡頭。尾聯則是下山後的場景,畫面上添加了環山的流水,以及隔水而立的兩個淡淡的人影 [註80]

〔註80〕關於王摩詰〈終南山〉詩的解析,主要參考王國瓔《中國山水詩研究》,頁 383。唯「白雲迴望合」書中認為是「自山前而窺山後」似

在全詩四聯八句之中，登山的流程相當清晰；而隨著所在之處的不同，視點亦隨之轉移。經由移動的視點，呈現出終南不同層次、不同角度的景觀。在仰望俯視、遠觀近看、前瞻回顧中，終南山的雄偉壯闊、綿延不窮、深邃神秘，有如山水畫般逐步展露在眼前。總之，經由散點透視組織而成的畫面，所表現的不只是固定位置、單一視點的空間景物，而是大自然的全幅面貌；亦不是美感經驗的局部，而是美感經驗的全體。在仰觀俯察，極目流覽的觀物方式中，時間的特質注入空間藝術中；因此詩人、畫家筆下的自然，不是靜態的景物，而是氣韻生動，形神兼備，具有一種節奏和韻律的和諧宇宙。時間與空間就在詩人與畫家的藝術世界中，自然而完美的融合了。

肆、時空與自我的合一

以上探討了盛唐詩中時間空間化、與空間時間化的現象，由其中可見不論是就時空描寫的層面，或是就時空藝術的層面而言，時間與空間，在詩人觀念中，並非截然劃分、壁壘分明的。時間可以表現空間，空間亦可以描繪時間，時間中可以融入空間，空間裡亦可以包納時間；時空原非彼此對立，而是相互開放、相互圓成的系統。

當然唐詩中時空分設的詩句相當普遍，尤其是律詩之中，上句寫時間，下句寫空間，這種時空對幾乎是典型的對仗方式。以下不拘古、近體，酌舉數例如後：

> 遠道隔江漢，孤舟無歲年。（常建〈古意三首‧其一〉，卷一四四）

> 山中一夜雨，樹杪百重泉。（王維〈送梓州李使君〉，卷一二六）

> 千巖曙雪旌門上，十月寒花輦路中。（李頎〈送李四〉，卷一三四）

> 萬里悲秋常作客，百年多病獨登臺。（杜甫〈登高〉，卷二二七）

與詩意不合。

　　　　永夜角聲悲自語，中天月色好誰看？（杜甫〈宿府〉，卷
二二八）

然而我們不能僅就時空分設的外在形式，便認爲這意謂著時間與空間的
對峙〔註81〕。事實上正如對仗忌諱出句與對句同義，而要求相反相成一
般，時空分設在形式上雖然貌似二者的對立，但其內在則趨向於統一。
何況時、空相隨出現，不正反映出時空不可須臾分離的潛在觀念？

　　時、空關係的奧妙在杜少陵〈絕句四首·其三〉：「窗含西嶺千秋
雪，門泊東吳萬里船」（卷二二八）一聯中，尤其耐人尋味。基本上
這亦是時空對仗的形式，其中千秋是時間，萬里是空間。然而萬里所
意謂的並非空間的遼闊，而是旅程的漫長，是故雖含有風急浪險，萬
里行舟的艱辛，但是卻也蘊涵「行行重行行」所衍生的時間漫漫之感。
再者，以千秋形容西嶺之雪，本著眼在：「西山白雪，四時不消」（原
注）；唯由此亦可想見，此時此刻所見的雪景，乃是自古以來無數次
雪花紛飛所堆疊、積聚而成，而由於它四時不融，可以預見未來仍將
保持如斯的面貌，於是西山白雪遂有一種終古不易，與宇宙同老的悠
悠況味，故稱之爲「千秋雪」；這是空間的時間化。反之，亙古至今，
包含著無窮的過去，以及潛存著無窮未來的時間，皆融注於眼前當下
的一刻，彷彿被嚴寒冰凍，凝固成白皚皚的冰雪。抽象的時間宛如被
凍結，而以千秋之雪的形態具體展現；這則是時間的空間化。然則，
由「千秋雪」一詞，已可窺見時空高度結合的觀念。

　　誠如西哲亞力山大氏所謂：每一時間，皆遍於一切空間，而每一
空間，亦通貫至一切時間〔註82〕。天地之大，「上窮碧落下黃泉」（白
居易〈長恨歌〉），無不在時間的沾溉浸潤之中〔註83〕物無大小、遠近、

〔註81〕如張曉風〈中國詩中時間與空間並峙的現象〉一文，即隱有此意。（《古
　　　　典文學·第十一集》）。
〔註82〕參見唐君毅《哲學概論》下冊，頁902。
〔註83〕唐詩中亦曾出現天上、人間的時間並非以等速運行的觀念，唯大都
　　　　出於神話與想像，在此不多作論述。可參見王鐘陵〈唐詩中的時空
　　　　觀〉。

高下、顯隱皆受時間的支配,而有生住異滅的變化,不同的只是遲與
速的差異而已。反之,宇宙之間無論山河大地、羽族走獸、抑或花草
木石,也都含蘊著時間全體的奧秘。以一砂一石為例,其外觀雖然微
小,但卻已經歷無窮的歲月滄桑,不知是多少時光淘洗變化而成。甚
至亦可能分享了大地生成,宇宙創始那一刻的神奇經驗。時、空間的
關係原就是如此複雜而密切,因此:「詩人們在寫時間的發展時,自
然離不開空間,而寫到空間的情景時,自然同樣也離不開時間。因為
時間的流水,畢竟是在空間的河床中運行,而浩茫的空間,也無時無
刻不受到時間流水的洗禮〔註84〕。」

時間的流水潺湲不息,空間的萬象浩瀚無窮,詩人面對時空總不
免有一分感慨和驚嘆。在詩人筆下,時空無不真切而客觀的存在;然
而重視生命學問的中國詩人,總不免要進一步探問,在這廣宇長宙
中,自我應該如何定位?時間與空間對自我生命又有何意義?王之渙
的小詩〈登鸛雀樓〉中,為這些問題的解答提供了部分的線索:

　　　白日依山盡,黃河入海流。

　　　欲窮千里目,更上一層樓。

首先就空間描寫的角度解析第一、二句。這一聯主要在呈現黃昏時分
登樓遠眺的闊大空間場景:日下西山、河入東海,在左顧右盼之際,
廣袤的空間鋪陳在眼前;而日與山位處天際,河與海則位於平地,上
下高低之感分明可見;至於黃河入海,對詩人而言乃是由近而遠,遂
產生深遠的感受,上下十字已勾勒出真切而立體的空間形貌。然而白
日的依山而盡,黃河的入海而流,又具有由有而無,返實入虛,由有
限而趨向無限空間的特質,所以二句中實有「尺幅千里之勢〔註85〕」
般雄偉壯闊的氣象。

其次,白日一分一分由山上向下汩沒,又何嘗不是時間遷移變

〔註84〕同註71引書,頁364。
〔註85〕杜甫〈戲題畫山水圖歌〉云:「尤工遠勢古莫比,咫尺應須論萬里」
　　　　(卷219),可比並參考。

化、不停流逝的具體展現？而黃河的東流，亦給予我們「大江流日夜〔註86〕」的時間消逝感。但是就黃河的入海而言，時間的河水乃由有限的河道，流入無限的海洋，而且其運行是無止無息，終古不變的〔註87〕。換句話說，「流」否定了「盡」字表面的窮盡、結束之意，而暗示並非眞正澈底消逝，正如流水一樣，白日也處於永遠不息的時間的循環結構裡〔註88〕。

由此可知首聯不只是寫空間，亦在寫時間，它所揭示的是：「天地玄黃，宇宙洪荒」這遠超乎人類歷史之外，悠渺遼夐而又亙古如斯的宇宙本質。面對如此廣闊、悠遠的時空場景，在感慨驚歎之後，繼之而起的是對生命的叩問和沈思。和宇宙相對照，生命確如東坡〈赤壁賦〉所云：「寄蜉蝣於天地，渺滄海之一栗」，這亦即是對自我的時間性和空間性的覺察，或者說一種時空意識。而時空意識喚醒眞正的生命意識，促使生命由隨波逐流而開展出主體對人生大方向的抉擇。

「欲窮千里目」的「欲」字，已經點出時空意識眞正覺醒之後，內心的意向和選擇；亦即欲以此有限、渺小的生命，去窮盡發現無限時空的奧秘，以及人在時間範限下最大的可能性。事實上，時空作爲人類生存的條件，並不只是生命的束縛，同時亦是自我實現的唯一舞台。唯時空雖恆向人間開放，邀請人走向前去認識、體察它的豐富和無限，但其中永遠含蘊著更多的未知等待我們去探險。易言之，宇宙本就以其本然之姿如如呈現，但是心量小者所見者小，心量大者所見者大；以有涯之生欲窮究宇宙之秘，便不能不努力提升、超越自己，以涵養包納宇宙的心量。而「更上一層樓」所意謂的即是生命境界的不斷提升，當眼界愈寬，心靈的層次愈高，愈能盡窺宇宙人生的全貌。當然正如時空是無窮的，生命境界的再上層樓亦是一個永無止盡的辯

〔註86〕見謝朓〈暫使下都夜發新林至京邑贈西府同僚〉，（《文選》第二十六卷）。

〔註87〕同註70引文，頁138。

〔註88〕參見王建元〈中國山水詩的空間經驗時間化〉，（《當代台灣文學評論大系・文學理論卷》，頁178）。

證歷程〔註89〕。

　　總之，本詩展現了時間與空間，以及時空與自我錯綜而微妙的關係，也揭示了時空與生命相互含攝、圓融的途徑。

　　一般而言，時空常被視爲人所賴以生存的世界，或者活動的舞臺，它是和主體相對的外在的客體。據此，人和時空將只有從屬的關係，或屈服於時空的範限，抑或奮力與之相抗、對峙，乃至設法征服；彼此之間應無融攝的可能。然而西哲克羅齊指出：「時空不是存在的條件，而是存在的元素」，存在的本質中即包含了原始的時空性〔註90〕。亦即人存在於時空之中，而時空亦內在於生命之內；唯生命若不能由有限契入無限，由相對邁入絕對，則自我終究只能佔有極微小的時空，而不能與之同臻於無窮。

　　因此，唯有經過心性的修持，方能提升生命的境界，開拓心靈的視野，體證時、空、自我的圓融不二。如，儒家經由「盡心、知性、知天」（《孟子‧盡心上》）的歷程，開發自己的良知、德性，而臻於：「與天地合其德，與日月合其明，與四時合其序」（《易‧乾文言》）的境地。道家則由「心齋、坐忘」的工夫，重返生命純淨無染的本質，進而達到：「天地與我並生，萬物與我爲一」（《莊子‧齊物論》），與道冥合的絕對境界。至於佛家則由三學、四聖諦、六度等法門，消除業障、無明，而證悟眞如本性。然而所謂與天地合德、與四時合序，與天地並生、與萬物爲一，固然意謂人能充盡其原始的時空性，而與宇宙無窮無際的時空相融合；但進一步說這實是對於外在時空、客觀時空的超越。在自我的修證中，突破物與我，乃至生與死的藩籬，亦即從時空對人的限制中解脫出來，獲得生命的眞正自主和自由，這才是眞正的逍遙無待。唯時空的超越亦可視爲生命的回歸，歸返自性、歸返本心，亦即歸返生命的大本大源：天、或道。然後方知，自我與

〔註89〕關於本詩的解析，主要觀點採自註70引文。
〔註90〕參見曾厚成〈圓教與中道〉引克羅齊時空説，（《學庸研究論集》，頁315）。

時間、空間，原是同出於一源，同樣分享至道的永恆與無限〔註91〕。
這也正是：「宇宙便是吾心，吾心即是宇宙〔註92〕」的真諦。

　　基於以上的論述，本節對於盛唐詩中「時間與空間的融合」主要
的觀點可歸結如下：

　　（1）時間並非具體之物，是故無論是度量或描摹，都必須假借
空間物體的運動與變化，方能具體說明。盛唐詩中常以河水的東流比
喻時光的流逝，以日月的位移表示時間的變遷，或以草木的生長刻劃
歲月的流變，抑或以空間景物的對比，呈現出歷史的滄桑，凡此皆可
見時間描寫的空間化傾向。

　　（2）一切空間的景物無不同時具有時間性，是故詩人為能真確
反映外在世界的情貌，便不能不顧及時間的因素。詩人或以春秋、朝
暮等時間語詞賦予空間景物時間感，或以歲月、千古等時間量詞令空
間顯得格外悠遠深邃，或以時間的久暫來計量空間距離，乃至以節候
的差異彰顯空間的迢隔，凡此則可見空間描寫的時間化。

　　（3）在盛唐詩中亦可見時空藝術相互感通的現象，如以空間意
象呈現音樂的意境，或以散點透視法呈現出具有時間節奏的畫面；又
如詩歌要求詩中有畫，繪畫卻要求畫中有詩，都可見時間與空間藝術
相互交感的傾向。由此可知，在詩人觀念中，時間可以融入空間，空
間亦可以包納時間，時空原非對立，而是相互開放、圓成的系統。

　　（4）其實時間、空間、與自我，原是同出於一源，同樣分享至
道的永恆與無限；然要突破物與我，乃至生與死的藩籬，超越時空的

〔註91〕同上註引文，曾厚成於文中融合西哲海德格《存有與時間》與中國
　　　　先哲的時空觀，頗有獨到之見。如以《中庸》：「至誠無息，不息則
　　　　久，久則徵，徵則悠遠，悠遠則博厚，博厚則高明。博厚，所以載
　　　　物也；高明，所以覆物也，悠久，所以成物也。」（第二十六章）說
　　　　明時間與空間的形成，及其與萬有存在的關係。又以海德格「原始
　　　　的時間」與「日常時間」之說，闡明人得證本體，上契天道之時，
　　　　自然便回到了原始的時間中，而超越了相對時間。
〔註92〕陸象山《陸九淵集》卷三十六，頁483。

限制，由有限契入無限，由相對邁入絕對，則有賴於自我的修持。唯有在不斷追尋、體悟、超越的歷程中，重返生命的本根，方能真實體證時、空、與自我的圓融不二。

結　語

時間與空間是文化系統中最根本的元素，經由時空觀念可以發掘民族心靈的內在圖式，進而把握民族性格的特質，是故時空觀念的探討具有相當重要的意義。本章透過盛唐詩的時空描寫，發現盛唐詩人的時間觀含括：遷化流逝的時間知覺、崇古尚遠的歷史意識、與循環恆常的天道觀念等特色；至於空間觀則包括：虛實相生的空間結構、吐納乾坤的宇宙意識、與物我相親的天人觀念等層面。此外，時間的空間化、空間的時間化、以及時空的融合，則說明在盛唐詩人心中，時空雖是分設，但究竟而言，卻又相互含攝，同歸於道。

當然詩人本非哲學家，對於時空的探討自難周延而深入，唯就詩歌中所見，盛唐諸公的時空觀念並不侷限於日常的、經驗的、抑或物理的時空，而能由有限的時空延伸至綿亙的歷史、與無窮的宇宙之中，開拓出悠遠壯闊的時空格局，並觸及無限時空的奧秘。憑藉著文學家敏銳的直覺，詩人對時空的體悟已經超越感性，而含蘊著哲理的意趣。

經由盛唐詩中時空觀念的分析，的確有助於我們了解唐代詩人、乃至傳統中國人的人生觀、歷史觀、和宇宙觀；其中崇古尚遠的歷史意識，與吐納乾坤的宇宙意識，尤為盛唐詩人獨具的時空觀點。詩中處處可見詩人以宏觀的視野，包攬宇宙，出入古今，彰顯出深遠雄偉的時空意識，詩歌史上所讚歎的盛唐氣象即由此而尊立。總之，濃厚的歷史意識，與恢弘的宇宙意識不僅反映出盛唐詩壇特殊的美學傾向，亦反映出詩人雄視千載，吐納乾坤的胸襟和氣度，甚至亦是大唐時代精神，與民族生命力的具體展現。

第六章　結　論

　　上文中已經對盛唐詩中的時空感懷，時空憂患的消解與超越之道，以及時空描寫與時空觀念做了重點的剖析；對於時空意識的本質，時空意識產生的內因外緣，以及時空意識表現的特殊形貌，亦有相當程度的探討，以下再就時空意識對盛唐詩歌的意義（一至四項），以及盛唐詩時空意識研究的價值（五至七項），略進數言，以作為本文的結語。

第一節　時空意識對盛唐詩的意義

壹、抒情泉源的作用

　　陳世驤〈中國的抒情傳統〉一文，嘗由比較文學的角度探討中、西文學的差異，認為中國文學的本質是抒情的，與西方文學重視戲劇、史詩的傳統不同。中國文學具有「抒情傳統」的觀念於焉奠立。而在整個「抒情傳統」中，詩歌是最具代表性的典型。雖然詩中所抒發的情感內容繁複，唯萬變不離其宗，其根柢乃在於人性的基本渴求；而時空意識與主體生命的自覺息息相關，自然成為觸動詩人生命意識，激勵其發憤創作的「抒情泉源」。

　　就盛唐詩來考察，季節感懷、登臨懷古、以及悼亡傷逝固然是

觸發詩人時間意識的外在因素，反之時間意識亦是上述詩類中主導的感情。相同的，遠離家鄉、京師，或者身赴異域、邊塞，則是觸發空間意識的主要因素，而空間意識又是思鄉、懷京、與邊塞詩作的抒情核心。至於飲酒、田園山水、游仙、與玄言等詩類，往往亦和時空憂患的消解與超越密不可分。由此可見，盛唐詩中大部分重要的詩類皆與時空意識血脈相連，若說時空意識是盛唐詩的抒情泉源，殆不爲過。

貳、情感內涵的深化

時間意識意謂著對時間流逝不返的自覺，其中直接牽繫著自我生命的醒覺，與人生無常的感喟。所以說，觸動時間意識的外緣雖多，但其內在原因卻端在於生命本身的有限性。詩人渴望解脫時間的範限，邁向永恆與不朽，然而就在不朽的期願與生命的短暫對照之下，時間的壓力愈發沈重，時間意識亦愈見強烈。

至於空間意識意謂著對空間變化與空間距離的自覺，其中蘊含著生命在天地間飄泊不定、無所歸屬的存在感受。事實上，中國人並不十分著重外在空間的探索，而較關切自我在整個時代、與歷史中的定位；因此其空間意識產生的原因，實根源於理想的追尋與挫折。無論是思鄉、懷京、或邊塞詩中對家國的惦念，情感的重心並非止於有形的家園、故國，而是進一步指向精神的家，生命的意義，以及人生的歸宿等課題。

總之，時空意識反映出詩人在時空的命限中，永無止盡的努力與層層累加的創傷，並刻劃著人與時空、命運相抗衡的悲劇精神。對於生命本質與人生意義的思考，原就是切身而又嚴肅的命題，而時空意識正是扣緊這一嚴肅課題而產生；是故當其融入盛唐詩中，成爲詩歌詠歎的主題，遂具有深化全詩情感內涵的作用，杜詩的悲壯沈鬱即是最好的例證。

參、思維層次的提升

　　盛唐詩歌雖以描寫生活、抒發情志爲主，然而卻又不停留於情感發抒、經驗描摹的層面。尤其是時空意識在詩人心中醱酵、作用，促使其探索自我與時空的奧祕，這已不只是感性的層次，而蘊涵著宇宙人生的哲理。無論是由生命的時空性出發，進而深入時間與空間浩瀚無窮的領域，或是由綿延遼闊的宇宙，觀照人生的處境，都具有宏觀的視野，能由整體的角度，把握宇宙人生普遍的原理原則，而不局限於個人狹隘的生活經驗。

　　時空意識喚醒詩人的生命意識，並驅使其展開生命本質的思索，與人生終極意義的追尋；在飲酒、隱逸、游仙、與佛老詩中，在在可見其追尋的足跡，以及生命由憂患而至洞澈通達的歷程。易言之，時空意識觸發強烈的存在感受，而生命的不安令詩人不得不眞實面對生命本質的範限與缺憾，並經由檢視、揚棄、進而提升人生的境界。所以說時空意識的最大意義，便是導向時空意識的超越與泯除，使生命的不安與缺憾消解，而臻於圓滿和諧的究竟境界。

　　而由時間的本質，以至於歷史規律、天道運行的觀照，或由空間的虛實，以至於宇宙萬象、天人關係的探討；亦可見時空意識提升了詩人思維的層次，在以抒情爲主的盛唐詩作中，融入了富於哲思理趣的體悟。

肆、盛唐氣象的開拓

　　盛唐詩的風格、意境因詩人的性格與思想觀念，而有不同的典型，太白的飄逸、子美的沈鬱、嘉州的豪放、與摩詰的澹遠，皆各自展現其精采。然而，總體而言，盛唐詩又具有一種特殊的精神面貌，文學史上稱爲「盛唐氣象」，那是盛唐最重要的美學特色，亦是盛唐詩歌與其他各朝，乃至中晚唐最主要的分野。

　　盛唐詩人普遍具有綿亙悠遠的歷史感，和浩瀚無窮的宇宙感，詩中千古、萬古、千里、萬里等時空語詞，與歷史遺跡的滄桑，自然景

觀的壯闊，交織融合成悠遠宏偉的時空場景，進而形成雄壯渾厚的風格，這正是盛唐氣象的精神所在。其中亦反映出詩人恢弘的胸襟氣度，以及整個時代剛健蓬勃的精神。

由此可知，若說「盛唐氣象」象徵唐代、乃至千古詩壇最高的典型，時空美淋漓盡致的展現，無疑是此一典型形成的基本因素。盛唐諸公的時空意識（歷史意識、宇宙意識），的確爲詩壇開拓了嶄新的格局，盛唐詩歌雄渾開闊的氣象，及無以倫比的藝術魅力亦由此而產生。

第二節　盛唐詩時空意識研究的價值

壹、掌握詩歌情貌的關鍵

詩歌研究的範疇十分廣泛，主要可包括詩歌史、詩歌理論、與詩歌批評等方面；然而不論何者，皆須以作品本身的理解爲基礎。唯詩歌語言講求含蓄精鍊，其意旨往往介於意會與言傳之間，繁複的隱喻與意象，含蘊著作者內在的情思，但是其眞意卻常隱奧朦朧，是故每有仁智不同之見，甚至令人興起歸趣難求之歎。

時空意識既是詩人抒情的泉源，對於了解詩人的寫作動機，實有相當的助益；而藉由創作動機的釐清，可以更準確地把握全詩的要義。此外由詩中時空意識淺深，及其展現的特質，亦反映出情感內涵的深度，思想境界的高下，以及風格面貌的異同。例如，對詩人而言，因時空意識所衍生的憂患之感本質上是雷同的，但由於性格的差異，人生觀的不同，其因應之道便各有偏重。王摩詰傾向隱逸與學佛，其詩風空靈而閒澹；李太白偏愛飲酒和游仙，其詩風飄逸而出塵；至於杜子美面對生命的憂患，固然不免以詩酒度日，宣洩積鬱，但實具有直下承擔的悲劇情懷，故其詩風沈鬱而悲壯。詩佛、詩仙、與詩聖的分野由此了了可見。

因此無論就內涵或風格而言，時空意識的探討對詩歌的詮釋、評價，皆有重要的參考價值。

貳、詮釋文學現象的線索

時空意識的研究，不僅對於掌握詩歌主題內涵、與風格面貌有所助益，對於文學史的現象往往亦能提供解答的線索。例如：在盛唐季節感懷詩中，春、秋詩的質量遠高於夏、冬詩，而春詩之中，惜春、傷春之作幾乎完全取代遊春、喜春；這一文學發展趨勢形成的原因固然很多，但最主要的因素在於春、秋二季較具推移、變化的特色，故能喚醒時間流逝、生命不永的感受，而這種時間意識最能感動詩人的心靈，故成為季節詩中優先表現的主題。由此，詩歌中偏愛春、秋，略於冬、夏，以及傷春、惜春詩成為春季詩主流的現象都得到合理的解釋。相同的，入唐後詠史詩逐漸褪去其敘事、議論的形式，懷古的情感日漸成為詠歎的主題，其根本的原因亦在於，時間意識在以歷史為題材的詩作中取得主導地位的緣故。

又如去國、懷鄉的詩作所以能成為詩人反復吟詠的主題，引發無數讀者的感動和共鳴，若僅就離別、思念的角度來考察，恐怕難以獲得完滿的答案。飄泊無根，不知何所依止；流落不偶，理想難以圓成，這分深沈的空間意識方是鄉國詩的抒情核心。而傳統社會的詩人普遍具有濃郁的空間意識，是故懷京、鄉愁詩自然蔚為文學史上重要的詩類。

此外，盛唐飲酒詩、游仙詩十分發達，若非由時空意識消解與超越的層面來探討，則飲酒、游仙不免被視為淺薄的享樂主義，與愚昧的迷信思想；唯有由時空意識的角度契入，方能把握其真精神，並理解其盛行的原因所在。凡此皆可見，時空意識的研究實為解答文學史諸多現象的重要線索。

參、探索民族心靈的門徑

民族心靈與民族性格的探索是了解一個民族極為重要的工作，而時間與空間是文化體系中基本的架構，透過時空意識的研究，可以掌握民族心靈與性格的特質。進而由整個民族心靈的特質，更深刻、更

眞切地認識自我，俾能爲自己的生命尋得最好的定位。

由盛唐詩中時空意識的研究可知，大唐民族的菁英分子對人生、家國具有一種強烈的使命感，對生命的有限更具有清楚的自覺。他們無不期盼經由科舉，入朝仕君，以實現兼善天下的理想，並以有限的生命追求永恆與不朽。在詩歌中，詩人每每面向過去，詠歎著歷史興亡的無情，但亦蘊涵著取法前賢，承先啓後的精神。和山河大地、宇宙乾坤相互對照，詩人雖自覺生命的渺小，但卻又隱含著涵蓋乾坤的胸襟和氣魄。由於其理想極高遠，追求極熱切，是故其失望益深沈，痛苦益強烈；唯不論如何痛苦失望，一種強韌的生命意志，剛健奮進的精神卻永不磨滅。

而由盛唐詩中對天道的描述，與天人關係的刻劃，亦可見藉由天道恆常的啓示，詩人不斷開發自我的潛能，期能由有限邁向無限。透過時空奧祕的探索，與自我生命的體證，物與我，自我與時空，不再是主客相待，而是相互含攝、圓融不二的。這即是與道冥合、天人合一的最高境界，亦是盛唐、乃至中華文化最終極的理想。

總而言之，時空意識的探討對於了解民族心靈的特質、理想追尋的模式、以及文化終極的關懷，皆不失爲一重要的門徑。經由盛唐詩中時空意識的探討，可以深入偉大詩人的心靈世界，與其同悲共喜；詩人對生命眞切的反省與探索，亦在潛移默化之中幫助我們認識自我，進而對宇宙、人生有另一番不同的體會。

以上分別就時空意識在盛唐詩中的意義，與盛唐詩時空意識研究的價值而立論，其中亦概括說明本文主要的內容和觀點。審視全文，對於盛唐詩中的時空感懷、時空憂患的消解與超越、以及時空的描寫與時空觀念，本文中有較爲詳盡深入的探討。唯本文既定位於斷代的研究，對於前朝詩作中的時空意識雖曾概要追溯，以見其因循流變的軌跡，但不免較爲疏略，未能充分彰顯唐以前詩人的時空意識所展現的特質。再者，時空意識雖是人人所共有，但其表現卻隨個人主導的思想而有不同的風貌；然而本文較側重於共相的歸納，以見人性之所

同然，對於個別的差異，僅採取隨文說明的方式，其不及之處，唯有俟諸他日，另作深入的分析。

　　當然，除以上所述之外，關於詩歌中時空意識的研究，仍有無限開展的空間。一篇論文的完成本非該主題的發掘殆盡，而是拋磚引玉，期望引發進一步的討論。無論是學術、抑或自我生命的追尋，原就是永無止盡的歷程；而時空，蘊藏著無窮的奧祕，恆向人生開放，等待我們去領會、探索。

參考書目

一、唐人詩集

1. 清聖祖御定，《全唐詩》，（文史哲出版社，1987 年）。
2. 陳尚君輯佚，《全唐詩補編》，（北京中華書局，1988 年）。
3. 趙殿成，《王右丞集箋註》，（香港中華書局，1975 年）。
4. 趙桂藩，《孟浩然集注》，（北京旅遊教育出版社，1991 年）。
5. 瞿蛻園，《李白集校注》，（里仁書局，1981 年）。
6. 陳鐵民，《岑參集校注》，（漢京文化事業公司，1985 年）。
7. 劉開揚，《高適詩集編年箋註》，（漢京文化事業公司，1983 年）。
8. 浦起龍，《讀杜心解》，（古新書局，1976 年）。
9. 楊倫，《杜詩鏡詮》，（華正書局，1990 年）。

二、古代典籍

1. 孔穎達，《毛詩正義》，（藝文印書館《十三經注疏》，1979 年）。
2. 孔穎達，《周易正義》，（藝文印書館《十三經注疏》，1979 年）。
3. 朱熹，《詩經集傳》，（蘭臺書局，1979 年）。
4. 程頤，《易程傳》，（河洛圖書出版社，1974 年）。
5. 朱熹，《四書集註》，（學海出版社，1979 年）。
6. 瀧川龜太郎，《史記會注考證》，（中新出版社，1977 年）。
7. 班固，《漢書》，（鼎文書局，1981 年）。
8. 陳壽，《三國志》，（鼎文書局，1981 年）。

9. 劉昫，《舊唐書》，（鼎文書局，1991年）。

10. 歐陽修、宋祁《新唐書》，（鼎文書局，1991年）。

11. 王溥，《唐會要》，（商務印書館，1968年）。

12. 司馬光，《資治通鑑》，（大申書局，1979年）。

13. 辛文房，《唐才子傳》，（金楓出版社，1987年）。

14. 王弼，《老子王弼注》，（河洛圖書公司，1974年）。

15. 郭慶藩，《莊子集釋》，（華正書局，1979年）。

16. 錢穆，《莊子纂箋》，（東大圖書公司，1985年）。

17. 董仲舒，《春秋繁露》，（中華書局，四部備要本）。

18. 朱棣，《金剛經集註》，（文津出版社，1989年）。

19. 鳩摩羅什譯，《妙法蓮華經》，（大乘講堂《釋氏十三經》，1993年）。

20. 釋性梵，《大乘妙法蓮華經講義》，（世樺出版社，1991年）。

21. 迦葉摩騰譯，《佛說四十二章經》，（大乘講堂《釋氏十三經》，1993年）。

22. 僧肇，《維摩詰經註》，（大乘講堂，1994年）。

23. 龍樹，《中論》，（新文豐出版公司《大藏經》第三十冊，1983年）。

24. 丁福保，《六祖壇經箋註》，（文津出版社，1978年）。

25. 邵雍，《皇極經世書》，（中華書局，四部備要本）。

26. 朱熹，《朝鮮古寫徽州本朱子語類》，（京都中文出版社，1982年）。

27. 王陽明，《傳習錄》，（廣文書局，1979年）。

28. 李時珍，《本草綱目》，（商務印書館，國學基本叢書，第143～146冊）。

29. 朱熹，《楚辭集註》，（河洛圖書公司，1980年）。

30. 昭明太子，《文選》，（藝文印書館，1976年）。

31. 郭茂倩，《樂府詩集》，（里仁書局，1981年）。

32. 王蒓父，《古詩源箋註》，（華正書局，1984年）。

33. 楊勇，《陶淵明集校箋》，（盤庚出版社，1979年）。

34. 《陶淵明詩文彙評》，（中華書局，1974年）。

35. 森大來，《唐詩選評釋》，（喜美出版社，1981年）。

36. 汪中，《詩品注》，（正中書局，1976年）。

37. 劉勰，《文心雕龍》，（文史哲出版社，1979年）。

38. 嚴羽，《滄浪詩話校釋》，（河洛圖書公司，1979年）。

39. 高棅，《唐詩品彙》，（學海出版社，1983年）。

40. 胡應麟，《詩藪》，（正生出版社，1973 年）。

41. 胡震亨，《唐首癸籤》，（上海古籍出版社，1984 年）。

42. 趙翼，《甌北詩話》，（木鐸出版社，1982 年）。

43. 何文煥，《歷代詩話》，（漢京文化事業公司，1983 年）。

44. 臺靜農，《百種詩話類編》，（藝文印書館，1974 年）。

45. 陳夢雷編，《古今圖書集成》，（鼎文書局，未載出版年月）。

三、當代文藝理論與工具書

1. 凌嵩郎等，《藝術概論》，（空中大學出版部，1993 年）。

2. 朱光潛，《文藝心理學》，（開明書店，1974 年）。

3. 錢鍾書，《談藝錄》，（開明書店，1948 年）。

4. 錢鍾書，《管錐篇》，（臺北新校本，未載出版資料）。

5. 宗白華，《美從何處尋》，（元山書局，1986 年）。

6. 李澤厚，《美的歷程》，（臺北新校本，未載出版資料）。

7. 林興宅，《藝術魅力的探尋》，（谷風出版社，1987 年）。

8. 蔣勳，《美的沈思》，（雄獅圖書公司，1991 年）。

9. 簡政珍，《語文與文學空間》，（漢光出版社，1989 年）。

10. 徐復觀，《中國藝術精神》，（學生書局，1981 年）。

11. 《中國園林建築研究》，（丹青圖書公司，1987 年）。

12. 曾祖蔭，《中國古代美學範疇》，（木鐸出版社，1987 年）。

13. 敏澤，《中國美學思想史》，（山東齊魯書局，1989 年）。

14. 劉若愚著、杜國清譯，《中國文學理論》，（聯經出版事業公司，1985 年）。

15. 蔡英俊主編，《中國文化新論・文學篇一・抒情的境界》，（聯經出版事業公司，1987 年）。

16. 柯慶明，《境界的探求》，（聯經出版事業公司，1984 年）。

17. 張淑香，《抒情傳統的省思與探索》，（大安出版社，1992 年）。

18. 李元洛，《詩美學》，（東大圖書公司，1990 年）。

19. 劉若愚著、杜國清譯《中國詩學》，（幼獅文化事業公司，1985 年）。

20. 黃永武，《中國詩學》，（巨流圖書公司，1985 年）。

21. 蕭馳，《中國詩歌美學》，（北京大學出版部，1986 年）。

22. 袁行霈，《中國詩歌藝術研究》，（北京大學出版部，1987 年）。

23. 覃召文，《中國詩歌美學概論》，（廣州花城出版社，1990 年）。

24. 李正治,《中國詩的追尋》,(業強出版社,1990 年)。

25. 松浦友久著、孫昌武等譯,《中國詩歌原理》,(洪葉出版社,1993 年)。

26. 童慶炳,《中國古代心理詩學與美學》,(北京中華書局,1992 年)。

27. 周裕鍇,《中國禪宗與詩歌》,(麗文文化事業公司,1994 年)。

28. 龔鵬程,《春夏秋冬——中國古典詩歌中的季節》,(故鄉出版社,1979 年)。

29. 蔡英俊,《興亡千古事——中國古典詩歌中的歷史》,(故鄉出版社,1982 年)。

30. 王國纓,《中國山水詩研究》,(聯經出版事業公司,1986 年)。

31. 張三夕,《死亡之思與死亡之詩》,(華中理工大學出版部,1993 年)。

32. 劉揚忠,《詩與酒》,(文津出版社,1994 年)。

33. 栗斯,《唐詩的世界之一——唐代長安和政局》,(木鐸出版社,1985 年)。

34. 李志慧,《唐代文苑風尚》,(文津出版社,1989 年)。

35. 侯迺慧,《詩情與幽境——唐代文人的園林生活》,(東大圖書公司,1991 年)。

36. 葛兆光,《想像力的世界——道教與唐代文學》,(北京現代出版社,1990 年)。

37. 霍然,《唐代美學思潮》,(麗文文化事業公司,1993 年)。

38. 鄧小軍,《唐代文學的文化精神》,(文津出版社,1993 年)。

39. 陳伯海,《唐詩學引論》,(上海知識出版社,1990 年)。

40. 呂正惠編,《唐詩論文選集》,(長安出版社,1985 年)。

41. 松浦友久著、陳植鍔等譯,《唐詩語匯意象論》,(北京中華書局,1992 年)。

42. 何寄澎,《總是玉關情——唐代邊塞詩初探》,(聯經出版事業公司,1978 年)。

43. 劉遠智,《陳子昂及其感遇詩研究》,(文津出版社,1987 年)。

44. 余正松,《高適研究》,(四川巴蜀書社,1992 年)。

45. 葉慶炳,《中國文學史》,(學生書局,1987 年)。

46. 中國文學史研究委員會編,《新編中國文學史》,(文復書店,未載出版年月)。

47. 陸侃如,《中國詩史》,(臺北重刊本,未載出版資料)。

48. 林庚等編,《魏晉南北朝文學史參考資料》,(漢學供應社,未載出版年月)。

49. 繆天華，《離騷九歌九章淺釋》，（東大圖書公司，1975 年）。

50. 馬茂元，《古詩十九首探索》，（復文圖書公司，1984 年）。

51. 余冠英，《三曹詩選》，（廣城出版社，1977 年）。

52. 孔壽山，《唐朝題畫詩注》，（四川美術出版社，1988 年）。

53. 《先秦漢魏六朝詩鑒賞辭典》，（西安三秦出版社，1990 年）。

54. 蕭滌非等編，《唐詩鑒賞辭典》，（上海辭書出版社，1983 年）。

55. 夏松涼，《杜詩鑑賞》，（遼寧教育出版社，1986 年）。

56. 陳抗等編，《全唐詩索引‧王維卷》，（北京中華書局，1992 年）。

57. 陳抗等編，《全唐詩索引‧孟浩然卷》，（北京中華書局，1992 年）。

58. 花房英樹，《李白歌詩索引》，（上海古籍出版社，1991 年）。

62. 陳抗等編，《全唐詩索引‧岑參卷》，（北京中華書局，1992 年）。

63. 鐘夫、陶鈞編，《杜詩五種索引》，（上海古籍出版社，1992 年）。

四、中國歷史與文化思想專著

1. 錢穆，《國史大綱》，（商務印書館，1980 年）。

2. 錢穆，《中國歷史精神》，（東大圖書公司，1986 年）。

3. 余英時，《中國知識階層史論：古代篇》，（聯經出版事業公司，1984 年）。

4. 傅樂成，《隋唐五代史》，（眾文圖書公司，1994 年）。

5. 陳寅恪，《隋唐制度淵源略論稿‧唐代政治史述論稿》，（里仁書局，1994 年）。

6. 董乃斌，《流金歲月──中國歷史寶庫唐代卷》，（書泉出版社，1992 年）。

7. 李燕捷，《唐人年壽研究》，（文津出版社，1982 年）。

8. 梁漱溟，《中國文化要義》，（里仁書局，1982 年）。

9. 方東美，《中國人的人生觀》，（幼獅文化事業公司，1988 年）。

10. 李亦園等編，《中國人的性格》，（全國出版社，1981 年）。

11. 韋政通，《中國的智慧》，（水牛出版社，1986 年）。

12. 張法，《中國文化與悲劇意識》，（中國人民大學出版，1989 年）。

13. 劉小楓，《中國文化的特質》，（北京新華書店，1990 年）。

14. 高亞彪等，《在民族靈魂的深處》，（台灣高等教育出版社，1990 年）。

15. 劉長林，《中國系統思想》，（北京中國社會科學出版社，1991 年）。

16. 金耀基，《從傳統到現代》，（時報文化出版事業公司，1979 年）。

17. 成中英，《知識與價值──和諧、真理與正義的探索》，（聯經出版事業

公司，1989年）。

18. 陳江風，《天文與人文》，（國際文化出版社，1988年）。

19. 趙有聲等，《生死、享樂、自由》，（雲龍出版社，1991年）。

20. 傅偉勳，《死亡的尊嚴與生命的尊嚴》，（正中書局，1993年）。

21. 唐君毅，《中西哲學思想之比較研究集》，（宗青出版社，1978年）。

22. 李澤厚，《中國古代思想史論》，（漢京文化事業公司，1987年）。

23. 黃俊傑主編，《中國文化新論‧思想篇‧理想與現實》，（聯經出版事業公司，1987年）。

24. 方東美，《生生之德》，（黎明文化事業公司，1980年）。

25. 王煜，《老莊思想論集》，（聯經出版事業公司，1981年）。

26. WM. M. Megovorn 著、江紹原譯述，《佛家哲學通論》，（新文豐出版公司，1975年）。

27. 雪廬老人，《佛學概要十四講》，（華藏佛教圖書館，1993年）。

28. 于凌波，《向智識分子介紹佛教》，（佛陀教育基金會，1993年）。

29. 鎌田茂雄著、鄭彭年譯，《簡明中國佛教史》，（谷風出版社，1987年）。

30. 趙樸初等，《佛教與中國文化》，（國文天地出版社，1990年）。

31. 楊惠南，《佛教思想新論》，（東大圖書公司，1982年）。

32. 方立天，《佛教哲學》，（洪葉出版社，1994年）。

五、西洋哲學與史學專著

1. 唐君毅，《哲學概論》，（學生書局，1979年）。

2. 謝幼偉，《哲學講話》，（文化大學出版部，1982年）。

3. 亞斯培著、張康譯，《哲學淺論》，（東大圖書公司，1983年）。

4. Harald Hoffeding 著、王國維譯，《心理哲學》，（地平線出版社，1970年）。

5. Philip G. Zimbardo 著、游恆山編譯，《心理學》，（五南圖書公司，1989年）。

6. 曾霄容，《意識論》，（青文出版社，1970年）。

7. 曾霄容，《時空論》，（青文出版社，1972年）。

8. 史作檉，《空間與時間》，（仰哲出版社，1984年）。

9. 李震，《哲學的宇宙觀》，（學生書局，1994年）。

10. 柏拉圖著、陳康譯，《巴曼尼得斯篇》，（問學出版社，1979年）。

11. 曾仰如，《亞里斯多德》，（東大圖書公司，1989年）。

12. 奧斯丁著、應楓譯，《懺悔錄》，（光啓出版社，1961 年）。

13. 卡爾·雅斯培著、賴顯邦譯，《奧古斯丁》，（自華出版社，1986 年）。

14. 吳康，《柏格森哲學》，（商務印書館，1966 年）。

15. 康德著、牟宗三譯註，《純粹理性之批判》，（學生書局，1983 年）。

16. 朵伊森著、胡昌智譯，《歷史知識的理論》，（聯經出版事業公司，1987 年）。

17. 柯靈烏著、黃宣範譯，《歷史的理念》，（聯經出版事業公司，1991 年）。

18. 黃俊傑，《歷史的探索》，（東昇出版社，1981 年）。

19. 杜維運，《史學方法論》，（三民書局，1987 年）。

20. 吳光明，《歷史與思考》，（聯經出版事業公司，1991 年）。

21. 李約瑟著、范庭育譯，《大滴定——東方的科學與社會》，（帕米爾出版社，1994 年）。

22. 路易·加迪等著、鄭樂平等譯，《文化與時間》，（淑馨出版社，1992 年）。

六、期刊與單篇論文

1. 唐君毅，〈文學意識之本性——文學意識與歷史意識中之「時空」及「類」〉，（《民主評論》，第十五卷第十四期，1964 年 7 月）。

2. 柯慶明，〈試論幾首唐人絕句裡的時空意識與表現〉，（《中外文學》，第一卷第十一期，1973 年 4 月）。

3. 黃居仁，〈時間如流水——由古典詩歌中的時間用語談到中國人的時間觀〉，（《中外文學》，第九卷第十一期，1985 年 4 月）。

4. 劉若愚著、陳淑敏譯，〈中國詩中的時間、空間與自我〉，（《書目季刊》，第二十一卷第三期，1987 年 12 月）。

5. 蔣寅，〈時空意識與大曆詩風的嬗變〉，（《文學遺產》，北京中國社會科學出版社，1990 年第一期）。

6. 王鐘陵，〈唐詩中的時空觀〉，（《文學評論》，北京文學評論雜誌社，1992 年第四期）。

7. 侯迺慧，〈試論李白獨酌詩的時空場景〉，（《政大學報》，第六十七期，1993 年 10 月）。

8. 王建元，〈中國山水詩的空間經驗時間化〉，（簡政珍主編《當代台灣文學評論大系·文學理論卷》，正中書局，1993 年 5 月）。

9. 李暉，〈論唐詩的時間描寫〉，（《中國古代、近代文學研究》，北京中國人民大學書報資料中心，1994 年第八期）。

10. 廖蔚卿，〈論中國古典文學中的兩大主題——以登樓賦與蕪城賦探討「遠

望當歸」與「登臨懷古」〉,(《幼獅學誌》,第十七卷第三期,1983 年 5 月)。

11. 吉川幸次郎,〈推移的悲哀──古詩十九首的主題〉,(《中外文學》,第 六卷第四、五期,1977 年 9 月、10 月)。

12. 程自信、王友勝,〈論古代文人的生命意識〉,(《中國古代、近代文學研 究》,北京中國人民大學書報資料中心,1993 年第一期)。

13. 喬健,〈論陶淵明超世不絕俗的積極人生選擇〉,(《中國古代、近代文學 研究》,北京中國人民大學書報資料中心,1994 年第一期)。

14. 王立、劉衛英著,〈雁意象與民族傳統文化心理〉,(《中國古代、近代文 學研究》,北京中國人民大學書報資料中心,1994 年第六期)。

15. 李文初,〈超世之想與詩境開拓〉,(《中國古代、近代文學研究》,北京 中國人民大學書報資料中心,1994 年第十二期)。

16. 孟修祥,〈論中國古代詩人的詩酒精神〉,(《中國古代、近代文學研究》, 北京中國人民大學書報資料中心,1994 年第十二期)。

17. 梁超然,〈唐詩分期論綱〉,(中國唐代文學學會第五屆年會暨唐代文學 國際學術討論會論文,1990 年)。

18. 孫克寬,〈唐代道教與政治〉,(《大陸雜誌》,第五十一卷第二期,1975 年)。

19. 史墨卿,〈盛唐邊塞戰爭詩興起的時代背景〉,(《建設》,第二十卷第八 期,1972 年 1 月)。

20. 陳光,〈唐代的邊塞詩和戰爭詩〉,(《中國文化復興月刊》,第十卷第三 期,1977 年 3 月)。

21. 羅宗濤,〈唐人題壁詩初探〉,(《中華文史論叢》,第四十七輯,上海古 籍出版社)。

22. 李豐楙,〈唐人遊仙詩的傳承與創新〉,(《中國詩學會議論文集》,彰化 師大國文系,1992 年 9 月)。

23. 李正治,〈山河大地在詩佛〉,(《鵝湖》,第一卷第六期,1975 年 11 月)。

24. 廖棟樑,〈詩與超越:試論王維及其詩〉,(輔仁大學第二屆國際文學與 宗教會議論文,1990 年 9 月)。

25. 松浦友久著、孫東臨譯,〈李白的蜀中生活──論其客寓意識的泉源〉, (《日本學者中國文學研究譯叢第三輯》,吉林教育出版社,1990 年 3 月)。

26. 袁行霈,〈李白的宇宙境界〉,(《中國李白研究》,江蘇古籍出版社,1990 年上集)。

27. 孟修祥,〈論李白的懷鄉詩〉,(《中國古代、近代文學研究》,北京中國

人民大學書報資料中心，1992 年第一期）。

28. 林繼中，〈李白歌詩的悲劇精神〉，（《文學遺產》，北京中國社會科學出版社，1994 年第六期）。

29. 譚雅倫，〈岑參的邊塞詩〉，（《幼獅文藝》，第三十九卷第三期，1974 年3 月）。

30. 何寄澎，〈「岑參的邊塞詩」讀後〉，（《幼獅文藝》，第四十卷第一期，1974 年 7 月）。

31. 祁和暉〈杜甫爲什麼要不斷漂泊〉，（《杜甫研究學刊》，四川新華書局，1989 年第一期）。

32. 曾厚成，〈圓教與中道〉，（吳康等著《學庸研究論文集》，黎明文化事業公司，1981 年）。

33. Northrop Frye 著、高錦雪譯，〈文學的原型〉，（《中外文學》，第六卷第十期，1978 年 3 月）。

34. 李亦園等編譯，〈返古論〉，（《觀念史大辭典 II》，幼獅文化事業公司，1988 年 3 月）。

36. 張鈞莉，《六朝遊仙詩研究》，（臺灣大學中研所碩士論文，1987 年）。

37. 廖振富，《唐代詠詩史之發展與特質》，（臺灣師範大學國研所碩士論文，1989 年）。

附錄：盛唐詩大事年表

公元	干支	年　　號	史　　事	詩　人　事　蹟
710	庚戌	唐睿宗景雲元年	韋氏等，擁其父相王旦即位，是爲睿宗。復重茂爲溫王。立隆基爲太子。 7月改爲景雲。	
711	辛亥	唐睿宗景雲二年	2月，命太子隆基監國。 3月，睿宗女金仙公主、玉眞公主入道。 5月，遣使按察十道。	李適卒。
712	壬子	唐睿宗太極元年 唐睿宗延和元年 唐玄宗先天元年	正月，改元太極。 5月，改元延和。 8月，睿宗傳位於太子隆基，是爲玄宗，改元先天。	正月1日，杜甫生。王灣登進士第。 蘇頲襲封許國公。 張九齡舉道侔伊呂科，授左拾遺。
713	癸丑	唐玄宗先天2年 唐玄宗開元元年	7月，太平公主謀廢帝。玄宗與郭元振等先發，誅其黨，賜公主死。宦官高力士有功，破格任右監門將軍、知內侍省事，宦官之盛自此始。 12月，改元開元。慧能卒。	崔湜坐太平公主謀反事賜死。 盧藏用坐附太平公主，配流嶺表，尋卒。 張說封燕國公，爲中書令。 郭震卒。宋之問卒？
714	甲寅	唐玄宗開元2年	正月，置左右教坊，選樂工教曲於梨園。 詔沙汰僧尼，還俗者12000人。 9月，作興慶宮、花萼樓、勤政樓。	李昂狀元及第。 孫逖登制舉科。 李乂卒。
715	乙卯	唐玄宗開元3年	正月，立郢王嗣謙爲太子。	李白15歲，能作賦。 李嶠卒？沈佺期卒？ 元結生。李華生。
716	丙辰	唐玄宗開元4年	6月，太上皇李旦卒。	閏12月，蘇頲爲相。 王維17歲，作〈九月九日憶山東兄弟〉詩。

717	丁巳	唐玄宗開元 5 年	12 月，詔訪逸書。	日本阿倍仲麻呂來長安，入太學，改名晁衡。 岑參生。皇甫冉生？
718	戊午	唐玄宗開元 6 年	正月，禁諸州惡錢。	杜甫 7 歲，始吟詩。
719	己未	唐玄宗開元 7 年	置劍南節度使。	
720	庚申	唐玄宗開元 8 年	正月，宋璟、蘇頲罷相。	正月，蘇頲爲益州長史。 李白始漫遊蜀中，謁蘇頲，蘇極稱其才。 王翰約於是年舉直言極諫科。 張若虛卒？皎然生。司空曙生？
721	辛酉	唐玄宗開元 9 年	2 月，以宇文融爲勸農使，括逃戶與籍外田。 4 月，玄宗親試舉人於含元殿。 11 月，《群書四部錄》編成，分經、史、子、集四部，凡書 48000 餘卷。	王維、薛據登進士第。 王維初授太樂丞，坐伶人舞黃獅子事，貶濟州司倉參軍。
722	壬戌	唐玄宗開元 10 年	6 月，玄宗注《孝經》，頒於天下。 11 月，劉知幾之子劉餗奉詔錄上家寫《史通》。	4 月，張九齡轉中書舍人，封曲江縣男。 閏五月，張說往朔方軍巡邊，玄宗作詩送之，張九齡、賀知章等奉和。 張說兼麗正殿修書使，奏請賀知章等入書院同撰《文纂》等書。
723	癸亥	唐玄宗開元 11 年	5 月，置麗正書院，聚文學士修書、侍講。	正月，張說兼中書令。賀知章入麗正書院。崔顥登進士第。
724	甲子	唐玄宗開元 12 年	神會於河南滑台大雲寺設無遮大會，立南宗宗旨。	祖詠登進士第。 杜甫在洛陽，曾出入岐王李范及崔滌邸宅。 李白離蜀東遊。
725	乙丑	唐玄宗開元 13 年	4 月，改麗正殿書院爲集賢殿書院。 11 月，封禪於泰山，祭孔子宅。 累歲豐稔，東都米斗十錢，青、齊米斗五錢。	張說爲集賢殿書院學士，知院事。 賀知章遷禮部侍郎，加集賢殿學士，充皇太子侍讀。 獨孤及生。孟雲卿生？

726	丙寅	唐玄宗開元 14 年	5 月，戶部進計帳，戶 706 萬，口 4141 萬。	4 月，張說罷相。儲光羲、崔國輔、綦毋潛登進士第。張九齡出爲冀州刺史。王翰出爲汝州長史，徙仙州別駕。嚴武生。
727	丁卯	唐玄宗開元 15 年	正月，制草澤有文武高才，令詣闕自舉。	3 月，張九齡改洪州都督。王昌齡、常建登進士弟。蘇頲卒。顧況生？包佶生？
728	戊辰	唐玄宗開元 16 年	8 月，頒行《開元大衍曆》。	孟浩然遊長安，應進士試不第。李白成婚，定居安陸。
729	己巳	唐玄宗開元 17 年	限明經、進士及第每歲無過百人。	2 月，張說復爲相。岑參移居河南登封，從兄受書。孟浩然在長安與張九齡、王維等遊。徐堅卒。
730	庚午	唐玄宗開元 18 年	神會於洛陽大會，力排北宗禪，自是南宗漸盛。	杜甫始遊晉。李白約於是年入長安求仕。失意歸。孟浩然遊吳越。張說卒。張鷟卒。
731	辛未	唐玄宗開元 19 年	正月，高力士譖死倖臣王毛仲，宦官勢益盛。吐蕃求《毛詩》等書，與之。	3 月，張九齡以桂州刺史入京，守秘書少監。杜甫漫遊吳越。
732	壬申	唐玄宗開元 20 年	是歲有戶 786 萬，口 4543 萬。	高適北遊薊州。時王之渙流寓薊門，與高適遊。戴叔倫生。
733	癸酉	唐玄宗開元 21 年	分天下爲 15 道，置採訪使。	張九齡爲相。劉昚虛進士及第。陳羽生？
734	甲戌	唐玄宗開元 22 年	5 月，李林甫爲相。6 月，幽州節度使張守珪大破契丹。	李白與元丹邱同隱嵩山。王昌齡舉博學宏詞科，授汜水尉。岑參至長安獻書求仕。高適南返宋州。

735	乙亥	唐玄宗開元 23 年	12 月冊楊玄琰女爲壽王妃。	王維擢右拾遺。 張九齡封始興伯。 蕭穎士、李華、李頎登進士第。 高適至長安應制科試不第。 杜甫自吳歸洛，赴京兆貢舉，不第。 李白遊太原。
736	丙子	唐玄宗開元 24 年	3 月，始以禮部侍郎掌貢舉。 張守珪使安祿山討奚、契丹，敗還，守珪執祿山送京師。張九齡請殺之，玄宗不聽。	11 月，張九齡罷相。 杜甫遊齊越。 高適在長安，與張旭等遊。
737	丁丑	唐玄宗開元 25 年	正月，置玄學博士。 12 月，武惠妃卒。 殺太子瑛。	4 月，張九齡貶荊州長史，到任後辟孟浩然爲從事。 王維爲監察御史，入河西節度使幕。 李白移家任城。與孔巢父等同隱徂徠山，號"竹溪六逸"。韋應物生。
738	戊寅	唐玄宗開元 26 年	6 月立忠王璵爲太子，改名亨。	崔曙登進士第。 高適在長安，作〈燕歌行〉。 秋離長安回梁宋。
739	己卯	唐玄宗開元 27 年	8 月，追贈孔子爲文宣王。	秋，高適遊梁宋齊魯，於汶上會杜甫。 王昌齡貶嶺南，過襄陽時會孟浩然。 崔曙卒。
740	庚辰	唐玄宗開元 28 年	是歲有戶 841 萬，口 4814 萬。	王昌齡北歸，經襄陽，訪孟浩然。浩然食鮮疾動，卒。冬，王昌齡謫爲江寧丞，離長安前，岑參兄弟往訪之。王維知南選至襄陽，畫孟浩然像於刺史亭。 杜甫作〈望嶽〉詩。 張九齡卒。

741	辛巳	唐玄宗開元 29 年	正月，制兩京，諸州置玄元皇帝廟並崇玄學。8 月，以安祿山爲營州都督。	王昌齡任江寧丞。 李頎棄官，隱潁陽東川，與王維、高適、王昌齡、綦毋潛等相過往。 岑參遊河朔。 高適寓居淇上。 杜甫成婚，居首陽山下。 王維、儲光羲於此後數年間一度隱居終南山。
742	壬午	唐玄宗天寶元年	正月，改元天寶。2 月，號莊子爲南華眞人，文子爲通玄眞人，列子爲沖虛眞人，庚桑子爲洞虛眞人。置玄學博士。安祿山爲平盧節度使，進階驃騎大將軍。	李白應詔赴長安，賀知章見之，稱爲“謫仙人”。玄宗召見，命供奉翰林。 王維爲左補闕，遷庫部郎中。 杜甫應進士試不第。 賈至明經擢第。 王之渙卒。
743	癸未	唐玄宗天寶 2 年	正月，安祿山入朝，寵待甚厚。鑑眞東渡日本，未成。	丘爲、張謂登進士第。 李華舉博學宏詞科。
744	甲申	唐玄宗天寶 3 載	正月，改年爲載。2 月，安祿山兼范陽節度使。玄宗納壽王妃楊太眞。	春，李白離長安，遇杜甫於洛陽，又遇高適於汴州。夏，三人同遊梁宋，過汴州時，同登吹臺。夏秋間，又同遊單父琴臺。秋末，高適離梁宋東下。 王維約於是年始營藍田輞川別墅，與裴迪遊咏其間。 賀知章辭官還鄉，詔賜鏡湖剡川一曲。不久卒。 芮挺章編《國秀集》。 戎昱生？
745	乙酉	唐玄宗天寶 4 載	8 月，冊楊太眞爲貴妃。神會入主東都荷澤寺，南宗益盛。	王昌齡貶龍標尉。 杜甫再遊齊、魯、會李邕。又遇李白，作〈贈李白〉詩。兩人別於兗州，杜甫西入長安，李白南遊吳越。

746	丙戌	唐玄宗天寶5載	王忠嗣大破吐蕃。宰相李林甫傾陷勝己者。屢興大獄。	4月，李適之罷相。高適應李邕召赴臨淄，又隨李往北海。杜甫至長安，與王維遊。岑參登進士第。
747	丁亥	唐玄宗天寶6載	正月，令通一藝者詣京師就試，李林甫故難其試，使無一人及第，上表賀野無遺賢。李林甫遣人杖殺李邕，迫李適之自殺。安祿山兼御史大夫，得出入宮中。10月，玄宗如驪山溫泉，名其宮曰華清。12月，以天下歲貢物賜李林甫。	正月，杜甫、元結應詔就試，不第。高適歸睢陽。薛據舉風雅古調科。包佶登進士第。元結以文辭待制闕下，作〈二風詩〉10篇。李邕卒。李適之卒。
748	戊子	唐玄宗天寶7載	4月，以高力士爲驃騎大將軍。6月，賜安祿山鐵券。10月，封楊妃三姐爲國夫人。擢楊釗（後改名國忠）爲給事中。	李嘉祐登進士第。李益生。
749	己丑	唐玄宗天寶8載	6月，哥舒翰攻拔吐蕃石堡城。	高適舉有道科，授封丘尉。岑參入安西節度使高仙芝幕。
750	庚寅	唐玄宗天寶9載	5月，安祿山封東平郡王。8月，兼河北採訪處置使。10月，入朝。賜楊釗名國忠。	秋，高適往薊北送兵，于濮陽遇沈千運。鄭虔授廣文館博士。張旭卒。
751	辛卯	唐玄宗天寶10載	2月，安祿安兼雲中太守、河東節度使。4月，鮮于仲通討南詔，大敗。6月，高仙芝與大食戰，大敗。8月，安祿山攻契丹，大敗。11月，楊國忠兼劍南節度使。	杜甫進〈三大禮賦〉，作〈兵車行〉。岑參於初秋隨高仙芝還長安。元結作〈系樂府〉12首。錢起登進士第。孟郊生。

752	壬辰	唐玄宗天寶11載	楊國忠兼京兆伊，領20餘使。 11月，李林甫卒，楊國忠為相。 冬，安祿山、哥舒翰入朝。	秋，高適棄封丘尉，入長安，與崔顥、儲光羲、岑參、薛據、杜甫等唱酬。 高適、杜甫、岑參、儲光羲、薛據同登慈恩寺塔，各有詩作。 冬，高適赴河西節度幕，杜甫作詩送之。 李白北遊幽燕，歸至梁園。作〈將進酒〉。
753	癸巳	唐玄宗天寶12載	楊國忠為厚結哥舒翰以抗安祿山，奏以哥舒翰為河西節度使，封西平郡王。 鑑眞東渡日本。	杜甫作〈麗人行〉。高適入哥舒翰幕。 張繼、皇甫曾登進士第。 晁衡返日本，途中舟覆，李白作詩哭之。 殷璠編《河嶽英靈集》。
754	甲午	唐玄宗天寶13載	正月，安祿山入朝，加尚書左僕射。 3月，安歸范陽。 6月，李宓擊南詔，全軍皆沒。楊國忠隱其敗，更發兵討之。 秋，霖雨60餘日，關中飢。是歲，戶906萬，口5288萬。	春，李白遊廣陵，遇魏顥，又同遊金陵。 岑參入安西北庭節度使封常清幕為判官，作〈輪台歌奉送封大夫出師西征〉等詩。 夏，高適隨哥舒翰入朝，秋返河西。 杜甫困居長安，作〈秋雨嘆〉。 元結、韓翃登進士第。 崔顥卒。李頎卒？
755	乙未	唐玄宗天寶14載	11月，安祿山反。 12月，陷洛陽。 命哥舒翰為兵馬副元帥，守潼關。	李白居宣城。 晁衡復返長安。 11月，杜甫往奉先省親，作〈自京赴奉先縣咏懷五百字〉。 12月，高適佐哥舒翰守潼關。 綦毋潛卒？楊巨源生。
756	丙申	唐玄宗天寶15載 唐肅宗至德元載	正月，安祿安稱大燕皇帝於洛陽。 6月，潼關陷。玄宗奔蜀，至馬嵬驛，軍士殺楊國忠等。縊殺楊貴	2月，杜甫返長安，就右衛率府胄曹參軍職。6月，移家至鄜州羌村。8月，奔靈武，途中為叛軍執往長安。作〈哀王孫〉等詩。

			妃。 7月，太子李亨即位於靈武，改元至德，是爲肅宗。 12月，永王璘領四道節度使，引兵東下。	6月，高適奔長安，上表獻策。玄宗奔蜀，適又追至河池獻策。擢諫議大夫。 12月，肅宗授適淮南節度使，討永王璘。 岑參領伊西、北庭副使。 王維、儲光羲等爲安祿山所拘，迫受僞職。 11月，李白入永王璘幕，作〈永王東巡歌〉。 郎士元登進士第。 王昌齡卒？
757	丁酉	唐肅宗至德2載	正月，安祿山爲其子慶緒所殺。 2月，永王璘兵敗被殺。 9月，郭子儀復長安。 10月，復洛陽，肅宗自鳳翔返長安。 12月，玄宗返長安。	春，杜甫在長安，作〈哀江頭〉等詩。4月，逃至鳳翔。5月，授左拾遺。因諫房琯事，忤肅宗。閏8月，往鄜州省親，作〈北征〉等詩。11月攜家至長安。 3月，李白繫潯陽獄中。9月經宋若思等營救出獄。 2月，高適率軍討永王璘。旋因李輔國讒，左遷太子少詹事。 10月，岑參從肅宗還長安。 顧況登進士第。
758	戊戌	唐肅宗至德3載 唐肅宗乾元元年	2月，改元乾元，仍以載爲年。2月，以李輔國爲太僕卿。立成王俶爲太子，更名豫。 9月，郭子儀等九節度使討安慶緒。	2月，李白流放夜郎。5月至江夏，作〈經亂離後天恩流夜郎憶舊遊書懷贈江夏韋太守良宰〉。 王維免罪復官，責授太子中允。 春末，賈至、岑參、王維、杜甫作早朝大明宮唱和之詩。 儲光羲被貶逐。 賈至出爲汝州刺史。 4月，高適離揚州至東京。 6月，杜甫貶華州司功參軍。韋應物入太學就讀。 劉長卿攝海鹽令。 權德輿生。武元衡生。

759	己亥	唐肅宗乾元二年	正月，史思明自稱燕王。 3月，九節度之兵潰於相州。史思明殺安慶緒。 4月，史思明自稱皇帝。 9月，史思明陷洛陽。	3月，高適、賈至南奔襄、鄧。 5月，高適拜彭州刺史，賈至貶岳州司馬。 春，杜甫自洛陽回華州，作"三吏"、"三別"。7月，杜甫棄官西去，客居秦州，作〈秦州雜詩〉。10月往同谷，11月作〈乾元中寓居同谷縣作歌七首〉歲末至成都。 5月，岑參出爲虢州長史。 夏秋間，李白流至夔州，遇赦東歸。秋遇賈至於岳陽。 元結擢山南東道節度參謀。 王播生。
760	庚子	唐肅宗乾元3年 唐肅宗上元元年	閏4月，改元上元。 5月，以劉晏爲戶部侍郎，充度支、鑄錢、鹽鐵等使。 李光弼屢敗史思明。	春，杜甫建草堂於成都浣花溪畔。 春，元結編《篋中集》。 7月，元結任荊南節度判官。李白東歸豫章，作〈廬山謠寄盧侍御虛舟〉復東遊。 劉長卿貶南巴尉，遇李白於餘乾。 王維轉尚書右丞。 高適轉蜀州刺史。蕭穎士卒。
761	辛丑	唐肅宗上元2年	3月，史思明爲其子史朝義所殺。 4月，梓州刺史段子璋反。5月平。 9月，去上元年號，但稱元年，以11月爲歲首。 江淮大饑。	7月，王維卒。 秋，李白往臨淮投李光弼軍，中途病歸，依族叔當塗令李陽冰。 冬，高適代成都尹，訪杜甫。冬末，嚴武爲成都尹、劍南西川節度使，時往草堂訪杜甫。劉長卿自南巴歸吳、越。

762	壬寅	唐代宗寶應元年	4月，玄宗卒。改元寶應。蕭宗卒。李輔國殺張后。引太子豫即位，是爲代宗。 6月，解李輔國兵權，以宦官程元振代之。 10月·雍王李適破史朝義，收洛陽。	春，岑參改太子中允，兼殿中侍御史，充關西節度判官。 4月，賈至復爲中書舍人。 7月，杜甫送嚴武還朝至綿州。避亂入梓州，後往返梓州、閬州之間。 11月，李白卒於當塗。 元結乞免官，詔可，居武昌樊水郎亭山下。
763	癸卯	唐代宗寶應2年 唐代宗廣德元年	正月，史朝義敗死，安史之亂平。 7月，改元廣德。吐蕃攻占河西、隴右諸州。 10月，吐蕃侵入長安，越12日遁去。 11月，放程元振。 12月，以魚朝恩總禁兵。	2月，高適任劍南西川節度使。 秋，韋應物爲洛陽丞，岑參任祠部員外郎。 12月，元結赴道州刺史任。耿湋登進士第。 儲光羲卒。 王涯生？
764	甲辰	唐代宗廣德二年	正月，立雍王李適爲太子。 3月，劉晏爲河南、江淮轉運使。 8月，僕固懷恩引回紇、吐蕃兵入侵。 11月，爲郭子儀擊潰。 是歲，戶293萬，口1692萬。	正月，嚴武爲劍南東西川節度使。高適奉召回京，任刑部侍郎，轉左散騎常侍，封渤海縣候。 3月，杜甫回成都。 6月，嚴武表薦杜甫爲節度參謀，檢校工部員外郎。 5月，元結到道州刺史任，作〈舂陵行〉等詩。 鄭虔卒？
765	乙巳	唐代宗永泰元年	正月，改元永泰。 8月，僕固懷恩引回紇、吐蕃兵擾邊。 9月，僕固懷恩死。 10月，郭子儀說回紇同擊吐蕃，吐蕃退去。	正月，杜甫辭嚴武幕職。3月，杜甫離成都。4月至忠州。秋至雲安。 4月，高適卒。嚴武卒。 11月，岑參出爲嘉州刺史。因蜀中亂，行至梁州而還。 劉灣入湖南觀察使幕，遇元結。 劉長卿入京。雍裕之至潞州謁李抱玉。 皇甫冉登進士第，授無錫尉。 孟雲卿約於是年登進士第。

766	丙午	唐代宗永泰 2 年 唐代宗大曆元年	正月，命劉晏、第五琦分理天下財賦。 8 月，以魚朝恩判國子監事。 11 月，改元大曆。	春末，杜甫自雲安移居夔州。秋，作〈秋興八首〉。 岑參隨杜鴻漸入蜀，7月到成都。 戎昱入荊南節度使幕。 韋應物棄官，閒居洛陽。 孟雲卿赴廣州，欲依嶺南節度使幕。 賈至改兵部侍郎。 李觀生。令狐楚生。 張籍生？王建生？。
767	丁未	唐代宗大曆 2 年		6 月，岑參赴嘉州刺史任。 杜甫在夔州，數度移居。 薛據卒？
768	戊申	唐代宗大曆 3 年	4 月，征李泌於衡山。 8 月，吐蕃擾靈武、邠州。	正月，杜甫出峽東下。3月到江陵。秋，移居公安。冬末，至岳州。 7 月，岑參罷嘉州刺史，客居成都。 韓愈生。薛濤生？
769	己酉	唐代宗大曆 4 年		正月，杜甫自岳州至潭州，又至衡州。夏復返潭州，居於舟中。 元結丁母憂，辭官居道州浯溪。 李益登進士第，任華州鄭縣尉。 冷朝陽登進士第，歸金陵省親，錢起、李端、李嘉祐、韓翃等作詩送之。 戴叔倫在荊南劉晏府中任職。 張仲素生。
770	庚戌	唐代宗大曆 5 年	3 月，誅魚朝恩。 4 月，臧玠據潭州作亂。	正月，岑參卒於成都。 2 月，賈至為京兆尹。 4 月，杜甫避亂往衡州。夏，阻水耒陽。秋，復返潭州。冬，自潭州赴岳州，卒於舟中。 李端登進士第。 皇甫冉卒？

771	辛亥	唐代宗大曆 6 年	吐蕃請和，遣使答之。	章八元登進士第。 李益舉諷諫主文科，擢鄭縣主簿。 李嘉祐任袁州刺史。
772	壬子	唐代宗大曆 7 年	10 月，朱泚充幽州盧龍節度使。	正月，白居易生。 春，賈至卒。 4 月，元結入朝，旋卒於長安。 張謂以禮部侍郎知貢舉。 暢當登進士第。 劉禹錫生。李紳生。 呂溫生。竇鞏生。
773	癸丑	唐代宗大曆 8 年	2 月，朱泚封懷寧郡王。 10 月，吐蕃擾涇州、邠州，郭子儀拒之。	柳宗元生。
774	甲寅	唐代宗大曆 9 年	4 月，詔郭子儀閱師，以備吐蕃。 9 月，朱泚入朝。	春，皎然、顏眞卿、皇甫曾、張志和等在湖州，常作詩唱酬。 韋應物任京兆府功曹。 李益入渭北節度使幕。 韓愈 7 歲，隨兄韓會至長安。
錄自周勛初《唐詩大辭典》（江蘇古籍出版社）				